KB260826

天山刀客

천산도객

오채지 新무협 판타지 소설

FANTASTIC ORIENTAL HEROES

천산도객 3

오채지 新무협 판타지 소설

초판 1쇄 찍은 날 § 2009년 5월 15일
초판 1쇄 펴낸 날 § 2009년 5월 22일

지은이 § 오채지
펴낸이 § 서경석

편집장 § 문혜영
편집책임 § 정서진
편집 § 서지현

펴낸곳 § 도서출판 청어람
등록번호 § 제1081-1-89호
등록일자 § 1999. 5. 31
어람번호 § 제2-1740호

주소 § 경기도 부천시 원미구 심곡2동 163-2 서경B/D 3F (우) 420-822
전화 § 032-656-4452 팩스 § 032-656-4453
http://www.chungeoram.com
E-mail § eoram99@chollian.net

ⓒ 오채지, 2009

ISBN 978-89-251-1806-2 04810
ISBN 978-89-251-1759-1 (세트)

천산도객

천지겁

3 오채지 新무협 판타지 소설
FANTASTIC ORIENTAL HEROES

북쪽에서 부는 바람

第一章
북쪽에서 부는 바람

天山刀客

항주의 서북쪽 천목산 꼭대기에 커다란 장원이 하나 들어섰다. 깎아지른 듯한 뒤편의 절벽과 앞쪽의 가파른 경사 위에 쌓인 석벽으로 인해 멀리서 보면 높다랗게 솟은 고성(高城)을 방불케 했다.

장원의 안쪽에는 수십 개의 크고 작은 전각과 세 개의 연무장, 그리고 후원이 있었다. 단순히 규모로만 따지자면 항주 최대의 장원인 구룡장에 비할 정도는 아니었다.

하지만 산꼭대기에 지어졌다는 것과 성벽이라고까지 불리는 까마득한 외벽으로 인해 훨씬 더 웅장하고 위엄이 있었다.

그리고 한 가지 더. 외벽 바깥, 여인의 치맛자락처럼 펼쳐진 산자락이 모두 장원 소유의 숲이었다는 점에서 상당한 규모인 것만은 분명했다.

"좋다, 좋아! 우리가 이곳의 주인이란 말이지?"

"살다 보니 이런 날도 오는구려. 코딱지만 한 무관에 입문하던 때가 엊그제 같은데."

공춘보와 하풍달은 하루 종일 장원을 싸돌아다녔다.

보고 또 봐도 질리지 않았다.

청석판을 깔아 시원하게 펼쳐진 연무장은 비가 와도 질척이지 않을 것 같았고, 하늘을 향해 날갯짓을 하듯 힘차게 뻗은 전각의 처마들은 장차 금룡문의 미래를 얘기하는 것 같았다.

그걸 예고하기라도 하듯 입문을 하겠다는 제자들은 꾸역꾸역 몰려들었다.

하지만 금룡문의 제자가 되는 것은 결코 쉽지 않았다.

뛰어난 무재에 올곧은 성품까지 꼼꼼하게 따지는 절차 때문이었다.

반면에 용무관과의 일전을 치를 때 끝까지 함께했던 평제자들은 이대제자로 승격했다.

그들은 이제 금룡문의 비전무공을 배우고 있었다.

그런 사람은 또 하나 있었다.

은서령의 목숨을 구해줌으로서 인연을 맺은 채홍만은 가장 파격적이어서 일대제자로 승격했고 나이에 따라 막내가 되었다.

그는 이대제자들과 달리 공춘보나 하풍달에게 무공을 배우지 않고 바로 은도천에게 직접 사사를 할 예정이기 때문이었다.

"어이쿠. 문주님 나오셨습니까?"

장원을 구경하던 공춘보가 저만치 걸어오는 은도천을 보고 과장된 몸짓으로 인사를 했다.

"문주님을 뵙습니다."

하풍달도 연달아 허리를 숙였다. 두 사람은 문주님이라는 말을 하고 싶어 안달이 난 것 같았다.

"허허, 녀석들. 그렇게 좋으냐?"

"크크크. 아무렴, 좋다마다요. 문주님께서는 좋지 않으십니까?"

공춘보가 물었다.

"한 문파의 힘은 장원의 크기가 아니라 그곳에 사는 사람들에게 달려 있다. 개파를 했다고는 하나 어려운 시절을 잊지 말고 항상 겸손한 자세로 수련에 매진해야 할 것이야."

"크크크. 여부가 있겠습니까요, 문주님."

"거 방정맞은 웃음소리도 좀 고치고."

"크크크. 자꾸 웃음이 나오는 걸 어떡합니까, 문주님?"

"허허. 그 녀석 참."

은도천이 저만치 사라지자 이번엔 은서령이 다가왔다.

"어이쿠. 금룡문의 영애가 아니십니까요?"

"금룡문의 영애를 뵈오."

공춘보와 하풍달이 또 장난을 쳤다.

"이제 좀 그만들 하세요. 지겹지도 않아요?"

"지겹다니요. 대금룡문의 영애를 뵙는 일이 지겨우면 세상
에 지겹지 않은 일이 어디 있겠습니까?"

"에효. 그런 말이 아니잖아요."

"공 사형이 밑도 끝도 없는 소리하는 게 어디 어제오늘 일이
야? 그냥 한 귀로 듣고 한 귀로 흘려."

하풍달이 그제야 장난을 멈추고 말했다.

"그나저나 대사형은 왜 아까부터 보이지 않는 거죠?"

"글쎄, 아침나절에 어디론가 나가시는 것 같던데. 왜, 무슨
일 있어?"

"아니에요, 아무것도."

웃으며 말을 했지만 은서령은 어쩐지 쓸쓸해 보였다.

하풍달은 그 웃음 속에 담긴 쓸쓸함의 의미를 알고 있었다.

자신이 서문홍주를 소개해 준 후 대사형의 북망동 출입은
부쩍 잦았다.

서문홍주의 미모가 세상을 놀라게 할 정도라는 소문이 도는
판국에 그녀가 신경이 쓰이지 않으면 이상한 것이다.

그건 곧 은서령의 마음이 대사형에게로 점점 기울어지고 있
다는 걸 의미했다.

"자자, 대사형인지 뭐시깽인지는 잊어버리고 금룡문의 영
애께서는 우리와 같이 술이나 한잔하러 갑시다."

공춘보가 너스레를 떨며 은서령의 소매를 잡아끌었다.

"두 분이나 많이 드세요."

은서령은 톡 쏘아붙이고는 저만치 사라지는 것이었다.

"쟤, 왜 저래?"
공춘보가 황당하다는 얼굴로 말했다.
"휴우. 아무래도 내가 실수를 했나 보오."
"실수? 무슨 실수?"
"그런 게 있소."
"어쨌든 잘됐다. 진짜로 따라간다면 어쩌나 했는데."
"그럼, 일 보시오."
하풍달은 말을 하고 걸음을 옮겼다.
"어디 가냐? 오늘 한잔 빨기로 했잖아."
"아침부터 무슨 술이오?"
"네가 뭘 모르는 모양인데, 아침부터 빨아야 저녁때가 되면
알딸딸한 게 딱 좋다고."
"난 생각 없으니 홍만이랑 다녀오시오."
"내가 돈이 어딨냐?"
"그건 내 알 바 아니고."
"야야, 그냥 가면 어떡해?"
"거 순진한 애 술 너무 많이 먹이지 마시오."
하풍달은 뒤도 돌아보지 않은 채 말을 하고는 저만치 가버
렸다.
"하, 빌어먹을 자식. 홍만이한테 오늘은 꼭 딱지를 떼 준다
고 철썩 같이 약속했는데."
그때 갑자기 공춘보의 머리 위로 그림자가 졌다. 슬그머니
뒤를 돌아보니 채홍만이 공춘보를 내려다보고 있었다.

목욕재계를 했는지 얼굴도 뽀얗고 옷도 깨끗한 옷으로 갈아 입은 상태였다.

은서령이 어렵게 구해다 준 비단 장삼으로 좋은 곳에 갈 때만 입겠다며 채홍만이 아끼고 아꼈던 옷이다.

채홍만은 발개진 얼굴로 뒤통수를 긁적이며 말했다.

"공 사형… 저 준비됐습니다."

＊　　　＊　　　＊

밀물과 썰물이 교차하는 전단강은 예로부터 고기가 많이 잡히기로 유명했다. 지금도 곳곳에는 고기잡이를 나온 배들이 그물질을 하고 있었다.

용악산은 강을 건너기 위해 전단강 중류에 있는 삼문포구로 향했다. 포구에는 용악산 보다 먼저 와서 배를 기다리는 사람들이 대여섯 명 정도 더 있었다.

약초가 삐져나온 망태기를 든 아이에서부터, 봇짐장수, 선비, 죽립을 눌러쓴 승려, 걸인까지 다양했다. 심지어 포쾌도 보였다.

그들은 용악산이 나타나자 힐끗 시선을 주더니 이내 고개를 돌렸다. 모두들 뱃사공을 기다리느라 지친 기색이 역력했다.

"옘병할, 도대체 이놈의 뱃사공은 언제 오는 거야?"

포쾌 중 하나가 사방을 휘휘 둘러보며 화를 냈다.

"이게 다 강하방 놈들이 나룻배의 권리를 독점해서 생긴 폐

단이야. 허 노인이 죽고 어디서 굴러먹다가 온 젊은 놈이 물려받았다는데 도대체 장사를 어떻게 할 생각인지 원."

다른 포쾌가 말을 받았다.

그 와중에 잔뜩 술에 취한 거지가 포쾌에게 슬그머니 다가갔다. 세상에 많고 많은 거지가 있었지만 이렇게 악취가 나는 거지는 드물었다.

머리카락은 떡이 질대로 져서 까치집이 따로 없었고 바지에는 똥을 쌌는지 누런 자국도 있었다.

실제로 똥냄새도 났다.

"뭐야?"

처음 불평을 했던 포쾌가 버럭 소리를 질렀다.

"머, 먹어."

입가에 술지게미가 잔뜩 묻은 거지가 포쾌에게 쉰내가 폴폴 나는 떡을 건네주었다.

"이런 미친놈이. 저리 안 가!"

하지만 거지는 바지 속에 손을 넣어 사타구니를 두어 차례 벅벅 긁더니 그 손으로 다시 떡을 내밀었다.

"머, 먹어. 맛있어."

"에잇, 젠장."

결국 포쾌는 자리를 피하고 말았다.

포쾌가 피해 버리자 거지는 다른 사람을 찾아 주변을 두리번거렸다.

사람들은 거지와 눈이 마주칠까 봐 피하는 기색이 역력했다.

하지만 거지는 선비를 발견하고 비틀비틀 다가가 사타구니
때가 잔뜩 묻은 떡을 내밀었다.

선비는 인상을 찌푸리면서도 사람을 차별하지 말라는 공맹
의 가르침을 저버릴 수 없었는지 떡을 받았다.

선비가 받기만 하고 먹지를 않자 거지가 말했다.

"머, 먹어. 맛있어."

선비가 똥 씹은 표정이 되어 떡을 한 입 베어 먹었다.

그 모습에 여기저기서 토악질을 하는 소리가 들렸다.

거지는 씨익 웃었고 선비는 날카로운 눈초리로 노려보았다.

배를 기다리는 사람들 중에는 제법 돈푼깨나 있어 보이는
단아한 차림의 여자도 있었다.

그녀는 거지를 보며 눈살을 찌푸렸다.

저 거지와 함께 좁은 배를 타고 강을 건너야 한다고 생각하
니 골치가 아픈 것이다.

잠시 후 뱃사공이 솔잎으로 이를 쑤시면서 나타났다.

스무 살쯤 되었을까? 새파랗게 젊은 사람이 뚱뚱하게 살까
지 쪄서 잔뜩 게으른 인상을 주었다.

"옘병할, 거 좀 빨리빨리 다녀!"

포쾌가 뱃사공을 보자마자 역정을 냈다.

"밥은 먹어야 할 것 아니오. 다 먹고살자고 하는 짓인데."

뱃사공도 지지 않았다.

"네놈 입만 입인 줄 알아!"

"거 별일도 아닌 걸 갖고 깝치기는. 내키지 않으면 모광촌으

로 가시오. 거기도 나룻배가 있으니까.”

“아니, 그래도 이놈이.”

포쾌가 방망이를 들고 다가가자 다른 포쾌가 말렸다.

그러거나 말거나 젊은 뱃사공은 배에 올라타 노를 잡았다.

사람들이 하나둘씩 올라타자 배는 금방 만선이 되었다. 용악산 역시 배에 올라 적당한 곳에 자리를 잡았다. 거지는 배에 오르자마자 사람들에게 떡을 나눠주며 돌아다녔다. 그때 포쾌가 무언가를 발견하고 목청을 높였다.

“이런 제길. 배 밑바닥에 구멍이 뚫렸잖아.”

“어디 말이오?”

“여기. 눈이 있으면 똑바로 봐. 주먹만 하게 구멍이 뚫려 물이 쏨풍쏨풍 들어오잖아! 도대체 배를 관리하는 거야? 안 하는 거야?”

“아하. 그거? 수리를 한다한다 하면서 자꾸 까먹네. 여기 이 걸로 포쾌 나리께서 물을 좀 퍼주시오.”

그러면서 뱃사공이 바가지 하나를 포쾌에게 획 던져 주었다.

“지, 지금 뭐 하자는 거야!”

“염려 마시오. 두 사람이 번갈아 가면서 부지런히 퍼내면 강을 건널 때까지는 가라앉지 않을 테니까.”

“뭐, 뭐야?”

“뭐, 사흘 전에 한 번 가라앉기는 했지만 그땐 거의 다 건넌 상태라 빠져 죽은 사람은 없었소.

희한한 뱃사공이었다.

도대체 책임감이라고는 눈곱만큼도 없는 사람.

포쾌는 도저히 저 똥배짱을 당할 수 없다고 생각했다.

"에잇 젠장. 젊은 놈이 도대체 밥벌이 정신이 없어. 카악 퉤!"

포쾌 둘은 더 이상 참지 못하고 배에서 내리며 침을 뱉었다.

그리고는 모광촌이 있는 방향으로 종종걸음을 치며 사라지는 것이었다. 포쾌들의 뒤를 이어 불안한 마음을 떨치지 못한 몇 사람이 더 배에서 내렸다.

시녀를 데리고 함께 탔던 여자도 내렸다. 지독한 악취를 풍기는 거지에 이어 도무지 믿음이 안 가는 뱃사공까지.

도저히 함께 배를 타고 건널 마음이 안 생긴 것이다.

배는 이제 용악산을 포함한 십여 명 정도만 태우고 강을 건너기 시작했다.

과연 주먹만 하게 구멍이 난 배의 밑바닥에선 물이 쏨풍쏨풍 솟아올랐다. 하지만 포쾌의 말처럼 바가지를 쉴 새 없이 퍼내는 일은 없었다.

걸인이 바지를 내리더니 척 하니 주저앉아 살찐 엉덩이로 구멍을 막아버렸기 때문이었다.

그 모습을 보고 여기저기서 실소가 터져 나왔다.

"큭큭큭. 둘째 형님은 그새 걸인이 다 됐소?"

말을 한 사람은 저만치 난간에 엉덩이를 걸치고 앉은 선비였다. 조금 전 거지에서 쉰내 나는 떡을 얻어먹었던 사내.

"네놈도 먹물 냄새가 물씬 나던 걸. 큭큭큭. 어떻게 학관의 훈장 노릇은 할 만 하냐?"

조금 전 술에 찌들어 말까지 더듬던 거지는 온데간데 없었
다. 더더욱 놀라운 것은 이들이 서로 아는 사이였다는 것이다.

거지가 묻자 청건을 쓴 선비는 공손한 표정으로 대답했다.

"애들 가르치는 일이 제법 쏠쏠하답니다. 껄껄껄."

"천하의 추살대귀(追殺大鬼)가 꼬맹이들에게 천자문을 가르
치다니. 큭큭큭."

"다섯째는 이렇게 게을러서 밥 먹고 살겠느냐? 멀쩡한 배에
구멍은 왜 내냐?"

추살대귀라 불린 선비가 이번엔 젊은 뱃사공에게 물었다.
뱃사공 역시 아는 사이였던 것이다.

이어지는 뱃사공의 말은 더욱 가관이었다.

"그래야 형님들을 이렇게 은밀히 모실게 아닙니까. 그보다
둘째 형님은 바지에 똥 쌌소? 아후. 냄새가 장난 아니오."

뱃사공이 다시 거지를 걸고 넘어졌다.

뱃사공의 말을 필두로 여기저기서 원성이 목소리가 쏟아졌
다.

"그러게 말이야. 위장을 해도 하필이면 거지로 살게 뭐람."

"옷이라도 좀 제대로 빨고 다니던지."

"차라리 조장처럼 승려로 위장을 하던가."

사람들이 뭐라고 하든 말든 거지는 실실거리며 대답했다.

"아아, 먹고 노는 데는 거지만큼 편한 게 없더란 말이지. 난
조장님처럼 염불도 잘 모르고. 큭큭큭."

말을 하면서 거지가 가사를 입은 승려를 보았다.

“나라고 뭐 알고 씨부리겠어? 크크.”

승려가 죽립을 쓰윽 벗으면서 말을 하는데 석승이었다.

이들은 모두 용악산의 옛 수하들이었다. 이리저리 신분을 숨기고 활동하던 수하들이 은밀한 자리를 만들기 위해 이런 짓을 벌인 것이다.

“무슨 일로 보자고 한 거야?”

용악산이 물었고 석승이 대답했다.

“개파를 성공하신 것도 축하를 할 겸, 다들 대주님을 뵙고 싶다고 해서요.”

“다들 지내는데 어려움은 없고?”

“보시다시피 이렇게들 지내고 있습니다.”

석승의 말에 뱃전에 앉아 있는 수하들이 피식피식 미소를 지어 보였다.

수하들이 변하고 있었다.

천산을 떠난 지 반년, 누군가 슬쩍 건드리기만 해도 목을 물어뜯을 것처럼 사납던 수하들이 어느새 사람들과 어울려 범부의 삶에 동화되고 있었다.

그 옛날의 무공이나 기도가 어디 가겠느냐마는 새로운 세계에 조금씩 뿌리를 내리고 있는 것만은 확실했다.

강하방에 들어가 나룻배를 몰지 않나, 학관에 들어가 아이들에게 글을 가르치지 않나. 더 믿을 수 없는 건 저들이 그런 자신들의 삶에 애착을 느끼는 것 같다는 점이었다.

뱃사공 장산이 갑판을 뜯어내더니 술 단지 하나를 꺼내놓았다. 거지 평개가 박수를 쳤고 즉석에서 술이 몇 순배 돌았다.

금룡관의 개파와 모두 이렇게 살아 있는 것에 대한 축하의 말들이 쏟아졌다.

참으로 오랜만에 가져보는 평화였다.

"그나저나 소문 들으셨습니까?"

석승이 용악산에게 물었다.

"……?"

"한 달 전 난주에서 이름난 살수와 낭인 백여 명이 몰살을 당했답니다."

석승의 말에 사람들의 얼굴이 딱딱하게 굳었다. 술 마시는 것도 멈추고 약속이나 한 듯 용악산을 바라보는 것이었다.

그들도 강호에 떠도는 소문에 대해서는 어느 정도 알고 있었던 것이다.

소문의 진상은 이랬다.

강북 십대살문으로 언급되는 지적곡과 뇌정곡의 살수들과 낭인들이 정체 모를 괴한들에게 몰살을 당했다.

살수와 낭인들의 삶이란 원래가 죽음을 벗하는 삶이라서 그들이 어디에서 얼마나 죽든 하등의 이상할 것이 없었다.

하지만 그 사건이 무림인들의 시선을 끈 것은 죽은 자들 속에 섞여 있는 몇 사람의 신분 때문이었다.

지저곡주 냉자랑과 뇌정곡주 강황, 그리고 근자에 혜성처럼 떠오른 낭인 고수인 공야도. 이들은 모두 도백이라는 자와 함께 거액의 현상금이 걸린 마교의 패잔병들을 사냥했다.

도백은 강북의 유명한 도곤(賭棍:도박사)인데 그자가 모든 일을 설계하면 살수와 낭인들이 행동하는 방식이었다.

청부를 받아 살행을 하는 살문의 습성상 현상금을 노리고 인간 사냥을 한다는 것은 외도였다.

하지만 그들이 왜 외도를 했는지 따위는 중요하지 않았다.

문제는 그들이 단 한 번도 실패를 한 적이 없었다는 것이다.

실패 여부를 차치하고서라도 그 정도의 전력이면 능히 일파를 멸문시키고도 남을 전력인데 도대체 누가 그들을 몰살시켰단 말인가.

여기서 강호인들의 촉각을 곤두세우게 만드는 두 번째 이유가 있었다.

도백과 그 일행들이 최근에 사냥한 자들은 마도고수들이었다는 점. 곧, 그들이 마지막으로 부딪친 자들 역시 마도의 고수였다는 얘기다.

마도가 패망한 후 패잔병들은 절대 자신의 신분을 드러내지 않았다. 신분을 드러내는 순간 정파무림의 표적이 될 테니까.

더구나 무리를 지어 움직인다는 것은 상상도 못할 일이었다.

그런데 그런 일이 벌어졌다. 그건 마인들이 소수나마 누군가를 중심으로 다시 뭉쳤다는 말이 되고 정파무림으로선 가장 우려하던 일이 벌어진 것이다.

용악산 역시 그 소문에 대해서 듣고 있었다. 일부러 수소문할 필요도 없다. 하풍달과 공춘보의 대화를 듣고만 있으면 된다.

그들은 어디서 그렇게 싱싱한 소문들을 들었는지 하루가 멀다 하고 새로운 소식들을 물어왔다.

그리고선 자기들끼리 안주 삼아 노닥거리는 것이다.

“그 일로 무림맹이 지단을 급파하는 한편 섬서의 십여 개 문파에 협조문을 보냈답니다. 난주를 중심으로 섬서 일대에는 천라지망이 펼쳐졌지만 유유히 뚫고 사라졌다고 합니다.”

생각보다 발 빠른 행보다.

마치 촉수를 건드린 독충처럼 즉각적인 반응.

“사건이 벌어졌다는 곳의 흔적은 조사해 봤어?”

용악산은 당연히 수하들 중 누군가가 그것을 조사했을 거라는 전제하에 물었다. 그건 당연한 일이었다. 다른 사람도 아니고 신교의 교도들이 관련된 일이다.

“우리 쪽 사람들이 도착했을 때는 시체가 치워지고 불을 질러 흔적을 없앤 후였습니다. 무림맹에서는 의도적으로 이 사건을 은폐하고 축소하려는 것 같습니다.”

그럴 만도 했다.

아직 수많은 마도의 고수들이 잡히지 않은 상태에서 누군가 바람을 일으키는 건 좋지 않았다.

정마대전이 끝난 결정적인 원인은 대종사의 죽음이었다. 십만마도는 대종사 천제강이라는 강력한 구심점을 잃는 순간 모래성처럼 와르르 무너졌다.

애초 무림맹은 천마신교 내부의 그런 취약한 경쟁 구도를 알기에 처음부터 시종일관 대종사의 목숨을 노렸다.

인간이란 모든 것을 잃어야 비로소 예전에 가진 것들의 소중함을 아는 법. 마인들은 다시 자신들의 강력한 구심점이 되어줄 마도 영웅의 탄생을 손꼽아 기다리고 있을 것이다.

그런 차에 북쪽에서 바람이 불었다.

더구나 죽은 사람들의 면면을 보자면 한 귀로 듣고 흘려버릴 만큼 작은 바람도 아니었다.

그러니 무림맹으로선 긴장할 수밖에 없었다.

놈은 도대체 누구인가? 무슨 배짱으로 이 살벌한 시국에 전 무림의 시선을 한 몸에 받으려는가.

"난주에서 소식을 알려주고 있는 사람이 누구지?"

용악산이 물었다.

"삼조 조장 표충수입니다. 조원 십여 명을 이끌고 피륙장사를 하고 있죠."

석승은 묻지도 않은 것까지 시시콜콜하게 알려줬다.

그가 이렇게까지 말을 하는 데는 언제쯤 우리도 하나로 뭉칠 수 있느냐는 무언의 압박이다. 이렇게 하다가 우리의 정체성마저 사라지는 게 아니냐는 걱정.

아니나 다를까, 석승의 입에서 조심스런 말이 흘러나왔다.

"어떻게… 하실 생각입니까?"

석승의 말에 수하들의 얼굴이 상기됐다.

신교가 무너진 후 갈피를 잡지 못하고 뿔뿔이 흩어져 있던 이들에게 용악산은 유일한 구심점이었다.

이제나저제나 칼을 들고 일어설까 기다리곤만 있었던 것이다.

그들에게 금룡문은 천마신교 비밀결사대의 대주이자 죽은 대종사의 유일한 제자였던 용악산이 신분을 감추기 위해 잠시 머무는 곳이라고만 생각했다.

그런 차에 교도들 중 누군가가 북쪽에서 분연히 일어섰으니 당연히 그들과 합류해 못다 이룬 뜻을 펼치는 게 순서가 아닐까?

하지만 용악산의 대답은 전혀 달랐다.

"더 이상의 신교는 없다."

"대주!"

신교을 다시 일으키지 않겠다는 건 더 이상 전날의 꿈을 쫓지 않겠다는 걸 의미했다. 하루를 일 년처럼 살았던 지난 십 년간의 지독한 수련이 수포로 돌아가는 것이다.

"대종사가 없는 신교는 더 이상 신교가 아니다."

"하지만 대주께서 대종사의 진전을 잇지 않으셨습니까? 마도백가의 무맥이 이어지는 한 신교는 영원합니다."

"내가 유일한 적통이라면 지금 난주에서 칼부림을 일으킨 사람은 누구지?"

"……?"

"그가 누군지도 모르고 합류를 하자는 것인가?"

"그, 그건……."

용악산은 수하들을 둘러보며 말했다.

"모두들 대종사의 마지막 모습을 기억하고 있으리라고 본다. 그때 대종사께서는 충분히 후일을 도모할 수 있는데도 불구하고 스스로 목숨을 바치셨다. 왜 그랬을까?"

"설마… 정마대전을 끝내시려고?"

"지난 이십 년간의 전쟁으로 우리는 아무것도 얻지 못했다. 전쟁으로는 세상을 바꿀 수 없어. 종사께서는 그걸 뒤늦게 깨달으신 것 같다."

"하지만 대주와 저희들을 남겨둔 건 후일을 도모함이 아니겠습니까?"

석승이 다시 물었다.

"그게 또 다른 전쟁이라고는 생각지 않는다. 어쩌면 그 반대일 수도 있고."

"그게… 무슨 말씀입니까?"

"아직은 나도 정확히는 모른다. 다만 낮은 강물이 되어 흘러갈 뿐."

용악산의 알 수 없는 말에 사람들은 고개를 갸우뚱거렸다.

용악산은 잠시 사이를 두었다가 말을 이었다.

"지금은 그가 왜 그런 짓을 벌였는지가 중요해."

용악산의 말은 묘했다.

누가 소동을 일으켰는지가 아니라, 왜 그랬는지가 중요하다니. 그건 범인이 누구인지 알고 있다는 얘기가 아닌가.

"혹 짚이는 사람이라도 있으십니까?"

"십종지룡(十宗之龍)!"

"서, 설마, 멸천대주 장산벽 말씀이십니까?"

십종지룡은 멸천대주 장산벽의 별호였다. 십종가의 용이라는 말이 아깝지 않을 만큼 하늘이 내린 무공의 천재.

용악산은 대답을 하지 않았다. 무언의 대답은 긍정을 의미했다.

"그럴 리가요. 멸천대주는 신산전투에서 결사대 오백과 함께 전사했다고 들었는데."

"항주로 오기 전 평원에서 그를 만났어. 수하 몇 명과 함께 평원을 가로지르는 중이더군. 살수와 낭인들을 한 명도 살려두지 않은 냉혹함도 그렇고. 난주에서 혈사를 일으켰다는 그자가 아무래도 멸천대주인 것 같다는 생각이 들어."

석승의 얼굴이 참혹하게 일그러졌다.

십종가와 마도백가는 천마신교의 양대 산맥이었다.

수단과 방법을 가리지 않고 불사의 마공을 추구한 십종가와 달리 마도백가는 마공의 완성을 추구했다.

정공과 달리 수련 과정이 사이하고 악랄한 마공은 짧은 시간에 강해진다는 장점이 있지만 반드시라고 해도 좋을 만큼 마병(魔病)을 동반한다.

흔히 주화입마라고도 불리는 이것은 오랫동안 마인들을 괴롭혀 온 숙제였다. 마병의 강도는 극강의 무공일수록 더했고, 그건 고스란히 보다 강한 마공을 익히는데 걸림돌로 작용했다.

전율적인 고대의 마공서를 두고도 두려워 익히지 못하는 것이다.

마도백가는 바로 그 마병을 치료하는데 전력을 쏟았다.

마병이 제거된 마공은 그야말로 천하무적이 될 테니까.

반면에 십종가는 다른 측면에서 접근했다.

그들은 마병의 발현을 피할 수 없는 숙명이라 여겼고, 그보다는 불사를 추구했다.

죽지 않는다!

이 얼마나 가슴을 뛰게 하는 말인가.

십종가는 불사를 통한 인간의 한계를 벗어나야 비로소 마병에서도 완전히 자유로워질 수 있다고 믿었다. 하늘의 섭리를 정면으로 거스르는 역천의 무학이 있다면 바로 십종가의 무학을 두고 일컫는 말일 것이다.

가는 길은 같았으나 다른 곳을 바라봤던 두 개의 거대한 마가(魔家).

그러나 대종사 천제강이 마도백가의 무학을 적통으로 인정함으로써 사실상 십종가의 무학은 비주류로 남게 되었다.

더불어 대종사는 한 가지를 천명하게 되었는데 향후 천마신교의 대종사는 자신의 절기 세 개를 포함해 마도백가의 십대비기(十大秘技)를 모두 익힌 자라야만 한다는 것이었다.

천하의 어느 무공이 쉽겠느냐만 마도백가의 무공은 마공의 특성상 수련이 까다롭고 어려운 난공(難功)이 많았기 때문에 십대비기를 모두 익힌 사람은 아직까지 없었다.

그건 소림의 칠십이종(七十二種) 절예를 모두 익힌 고승이 천년 역사 이래 한 명도 탄생하지 않은 것과도 맥이 통했다.

더구나 대종사의 삼대비기(三大秘技)까지 덧붙여 익힌다는 것은 거의 불가능에 가까웠다.

때문에 천제강의 뒤를 이어 대종사의 반열에 오를 사람이 정해지지도 않고 또 있지도 않은 상태에서 사실상 정마대전이 끝나 버렸다.

물론 그건 어디까지나 공식적인 얘기였다.

사람들은 대종사 천제강과 마도백가의 진전을 고스란히 익힌 후예가 존재한다는 걸 까맣게 몰랐다.

어쨌든 장산벽은 천마신교의 양대무맥 중 하나였던 십종가의 무맥을 정통으로 이었다.

용악산과 수하들은 장산벽과 멸천대에 대한 소문은 귀가 따갑도록 들었다.

저승사자, 지옥에서 온 사람들, 피에 굶주린 귀신들, 이 모두가 멸천대를 묘사하는 말들이었다. 그들이 가는 곳에는 생존자가 남아 있지 않았으며 냉혹함이 극에 달했다.

같은 마(魔)라는 이름으로 뭉쳤으나 그들의 살생은 필요 이상으로 과도했다. 그건 역천의 무공을 추구하면서 그들에게 생긴 일종의 마병과도 같은 것이었다.

멸천대와는 한번쯤 겨뤄보고 싶었다. 그런 날이 오기를 기다리기도 했다. 이제는 다함께 쫓기는 신세가 되었지만.

어쨌든 용악산의 말이 사실이라면 장산벽이 이끄는 멸천대와 합류할 것인지를 놓고 고민해야 했다.

한동안 침잠한 분위기가 계속되는 가운데 학관 선비 추길이 말했다. 그는 그 어떤 적도 끝까지 추적해 살인을 한다고 해서 동료들 사이에서 추살대귀라고 불렸다. 물론 추적에 정통한 것은 당연했다.

"꼭… 신교일 필요가 있습니까?"

"뭐?"

석승이 추길을 노려보며 반문했다. 실실거리기만 하던 평소와는 달리 냉기가 짜르르 흐르는 안광.

이거야말로 석승, 아니, 독갈의 진짜 모습이다.

돌변한 석승의 기도에 추길은 잠시 긴장했다. 그러나 무언가 결심을 한 듯 입술을 한번 지그시 깨물고 말을 이었다.

"제가 가르치는 아이들의 부모는 가난한 어부들입니다. 제 이름자도 쓸 줄 모르는 까막눈들이지요. 제게서 글을 배운 아이들은 집으로 돌아가 부모가 보는 앞에서 이름자를 씁니다. 그러면 부모들이 다음날 잡은 생선 중 가장 좋은 것들을 제가 사는 초옥 앞에 몰래 두고 갑니다. 이들의 유일한 희망은 새끼들만큼은 자신들처럼 살지 않는 것입니다."

"지금 무슨 말을 하려는 거냐!"

석승의 목소리는 점점 서슬이 날카로워졌다.

"모르겠습니다, 서거하신 대종사께서 어떤 세상을 꿈꾸셨는지. 하지만 세상의 구석진 곳에서 가난한 아이들을 바르게 가르치는 것도 세상을 바꾸는 일인 것 같다는 생각을 했습니다."

"추길, 너!"

"조장과 대주께서 칼을 들고 동참하시라면 저는 당연히 그렇게 할 것입니다. 가장 선봉에 서서 기꺼이 한 목숨 바칠 것입니다. 하지만… 지금 제가 하고 있는 일도 결코 작은 일이라고는 생각지 않습니다. "

석승의 얼굴은 점점 일그러졌다.

예전 수하들을 훈련시킬 시절 그의 성미라면 당장에라도 칼을 뽑아 들라고 했을 것이다.

하지만 지금은 하늘같은 대주가 있는 자리. 대종사가 죽은 후 마도백가의 적통을 이은 유일한 후계자다. 석승은 분노했지만 끝까지 예를 갖췄다.

추길의 말은 상당히 뜻밖이면서도 파격적이어서 모두를 놀라게 했다. 언젠가 다시 뜻을 펼칠 날이 올 거라며, 그래서 이렇게 흩어지지 않고 사는 거라며 스스로를 합리화했던 생각들을 순식간에 휴지 조각으로 만들어 버리는 말이었다.

용악산은 추길의 변화를 보면서 세상의 낮은 곳을 보라던 대종사의 유지가 떠올랐다. 선기를 지녔다는 대종사는 자신들이 이렇게 될 걸 알고 있었을까?

서로의 눈치만 보는 묘한 긴장감이 한동안 지속됐다.

그때 뱃사공 장산이 더욱 파격적인 말을 했다.

"솔직히 난 그런 거창한 신념 같은 건 잘 모르겠습니다. 대주께서 가시는 길이면 정도든 마도든 사도든 무조건 따라갈 겁니다. 전 대주가 좋아서 남았지 신교에 대한 충성심이 남달라서 남은 건 아니니까요. 하지만 멸천대 놈들과는 함께하고 싶지 않습니다. 차라리 그놈들과 싸우라면 모를까."

"멸천대 놈들의 등장은 나도 반갑지 않다. 하지만……."

석승의 말은 거지 평개에 의해 잘렸다.

"거 말 한번 잘했다. 우리가 언제 머리 굴리고 살았냐. 솔직히 난 신교에 들어갈 때만 해도 사람들이 우리를 마교도라고 부르는 것도 몰랐다."

한번 말문이 터지자 여기저기서 비슷한 말들이 쏟아져 나왔다. 그들에게는 천마신교가 아니라 용악산이 정신적 지주였던 것이다.

용악산이 이들 하나하나를 만난 일은 모두 구구절절한 사연이 있었다. 그 후 열에 아홉이 죽어나가는 지옥 같은 수련을 거치면서 용악산은 목숨 같은 신의를 보여주었다. 이들에게 신교는 용악산이고, 용악산이 곧 신교였다.

게다가 멸천대와 십종가에 대한 반감도 있었다.

모두가 이런저런 말을 한마디씩 하느라 배안이 잠시 소란했다.

단 한 사람만은 아까부터 계속 석승과 용악산의 눈치를 힐끔힐끔 보고 있었다.

"소악이 네 생각은 어때? 아까부터 할 말이 있는 것 같은데?"

거지 평개가 물었다.

사람들의 시선이 모두 사척단구 유소악에게로 쏠렸다.

체구는 가장 작지만 자신들 중 가장 사나운 놈 하나를 꼽으라면 주저 없이 유소악을 꼽을 것이다.

차라리 상처 입은 혈랑 백 마리와 싸우지, 유소악 저 녀석과는 절대 대련을 않겠다는 말이 그래서 나왔다.

사납고 독하고 질긴 놈.

유소악은 어떤 생각일까? 그도 새롭게 신교를 일으키고 싶어 할까? 그래서 세상아 덤벼라를 외치며 한바탕 칼의 질주를 하고 싶어 할까?

"그래 소악이 너도 의견을 말해봐."

석승도 거듭 재촉을 했다.

약초꾼 아이로 변장한 유소악은 뒤통수를 긁적긁적 하며 일어서더니 용악산에게 물었다.

"저… 홍만이는 잘 있습니까?"

*   *   *

콰아아아아악!

무언가 억압된 것에 대한 분노의 표출이라고나 할까?

채홍만은 벌써 수십 번째 찬물을 길어 자신의 몸에 끼얹고 있었다.

산꼭대기에 물이 나는 것은 기문(奇聞)이다. 그런데 산꼭대기에 지어진 금룡문의 장원에는 물이 났다. 뇌신통이라는 늙은이가 실수로 터뜨린 폭약으로 인해 구덩이가 생기더니 거기서 물이 올라와 지금의 우물이 된 것이다.

지하 깊은 곳에서 솟아오르는 물은 얼음장처럼 차가웠다.

정신이 바짝 들다 못해 골이 쪼개질 것처럼 아플 텐데도 채홍만의 발작은 멈추질 않았다.

"호, 홍만아, 내가 안 데려 가겠다는 게 아니고……."

간이 쫀득쫀득 오그라든 공춘보가 용기를 내어 다가갔지만.

촤아아아아아악!

채홍만은 다시 한 번 찬물을 끼얹으며 자신을 학대할 뿐이었다. 곁에 있다가 덩달아 물벼락을 맞은 공춘보가 후다닥 물러났다.

"앗, 차거!"

난감하기 짝이 없었다.

사형된 체면으로 버럭 호통을 치고 싶지만 저놈의 덩치를 보고 있노라면 호통은커녕 때릴까 봐 무서웠다.

"하아. 돌아버리겠네 진짜."

"왜 또 그러시오?"

어슬렁거리면서 나타난 사람은 하풍달이었다.

"휴우. 말도 마라. 말 한번 잘못해가지고 완전히 코 꿰었다."

"뭔 소리요?"

"저 녀석 저거 순진한 척하더니 알고 보니까 완전히 색마야, 색마! 엄청 밝혀."

공춘보가 턱 끝으로 채홍만을 힐끗 가리켰다.

하풍달은 채홍만과 공춘보를 번갈아 보고는.

"무슨 일 있었소?"

"이게 다 너 때문이잖아."

"거 좀 알아듣게 설명해 보시오. 밑도 끝도 없이 나 때문이라니."

공춘보는 채홍만에게 오늘 총각 딱지를 떼 주기로 했던 일과 목욕재계에 새 옷까지 갈아입고 준비를 한 채홍만이 실망했던 일, 그 결과 지금 저렇게 일종의 시위를 하고 있다는 것을 소상히 설명했다.

"그러게 왜 쓸 데 없는 소리를 해가지고. 쯧쯧쯧."

"누가 이렇게까지 될 줄 알았나."

"여하튼 잘 달래보시오. 화가 단단히 난 것 같은데."

하풍달은 팔짱을 척 끼고는 방관자적인 태도를 취했다.

"아아. 여러 말 할 거 없고, 어서 홍루에 갈 준비나 해. 지금이라도 시원하게 한번 풀어줘야지 안 되겠어."

"일없소."

"뭐?"

"보나마나 나보고 돈 내라고 할 거 아니오?"

"너 돈 때문에 그랬냐? 알았다, 알았어. 내가 살게. 이제 됐냐?"

"돈은 있고?"

"있지 그럼."

“얼마나 있는데?”

“얘가 오늘따라 왜 이렇게 치사하게 군데. 넉넉하게 있으니까 걱정 마.”

“그래? 그럼 한번 볼까?”

하풍달은 갑자기 자신의 품속에서 전낭 하나를 꺼내 공중으로 던졌다 받았다 했다. 공춘보의 눈에는 꼬질꼬질한 전낭이 어딘지 낯이 익었다.

“앗!”

공춘보는 서둘러 자신의 바지 속으로 손을 넣었다.

아니나 다를까, 속곳 깊숙이 넣어둔 전낭이 감쪽같이 사라지고 없었다. 하풍달이 들고 있는 전낭은 공춘보의 것이었다.

“하, 이 자식이 언제…….”

공춘보는 하풍달의 손과 자신이 아랫도리를 번갈아 보았다.

일견 황당하기도 하고 뭔가 찝찝하기도 하고…….

“이리 내놔!”

공춘보가 재빨리 전낭을 낚아챘다.

“딱 보니 철전 닷 냥이네.”

“열어보지도 않고 네놈이 그걸 어떻게 알아?”

“나 귀수요, 귀수.”

귀신같은 녀석. 단지 전낭의 무게와 감촉만으로 속에 든 액수를 정확히 파악하는 놈. 그제야 공춘보는 자신의 사제가 한때는 절강제일의 배수였다는 걸 상기했다.

"끄응, 알았다. 오늘만 네가 사라. 그럼 다음에 내가 찐하게 살게."

"또 계산할 때 되면 오줌 누러간다 그러고 튀려고?"

"너 진짜 누구 죽는 꼴 보고 싶어!"

계속되는 하풍달의 이죽거림에 공춘보가 버럭 소리를 질렀다.

한동안 잠잠하던 코까지 벌렁거리면서.

"사정은 딱하지만 나도 지금은 빈털털이오."

"서호의 물이 말랐다는 말을 믿지. 네놈 주머니에 돈이 말랐다는 소리를 날더러 믿으라고?"

"진짜요. 며칠 전 광식이 마누라가 중놈이랑 바람나서 도망간 날 있잖소. 그날 술 좀 마셨소."

광식이는 이대제자들 중 한 사람이었다.

마누라가 독실한 불자였는데 어느 날 남편 잘되게 해달라고 치성을 드린다며 절에 가서는 돌아오지 않은 것이다.

알고 봤더니 그곳의 주지와 야반도주를 했단다.

그 일은 공춘보도 알고 있었다.

"끄응. 일단 있는 대로 다 내놔봐."

공춘보의 말에 하풍달이 옷을 탈탈 뒤져 스무 냥을 내놓았다.

그걸 공춘보의 것과 합치니 딱 스물다섯 냥이었다.

"휴우. 술도 한잔 빨고 하려면 이걸로는 턱도 없겠는데."

"술은 무슨 술. 그냥 홍만이 딱지만 떼 주고 오면 되지."

“야, 맨 정신에 그 짓만 하러 왔다고 하면 너무 짐승 같잖아.”

“그건…그렇네. 에이. 어차피 스물다섯 냥으론 그것마저도 어림없소.”

“휴우. 그렇지?”

“안되겠네.”

그 순간 어디선가 날벼락이 쳤다.

콰앙! 콰앙!

움찔 놀라 고개를 돌려보니 채홍만이 대초자곤으로 우물 옆에 있는 바위를 부수고 있었다. 애초 장원을 지을 때 일꾼들이 치우려 했지만 너무 커서 포기한 바위.

콰앙! 콰앙! 콰아아아아앙! 푸쉬쉬쉬시……

산만한 바위가 쇠몽둥이질 몇 번에 폭탄이라도 맞은 것처럼 부서져 버렸다. 먼지가 폴폴 날리는 사이로 대초자곤을 든 채홍만이 씩씩거리고 서 있었다.

이쪽으로 힐끔힐끔 시선을 줘가면서.

잠깐 동안의 정적이 흐른 후 하풍달이 입을 열었다.

“휴우. 난 어째 저 바위하고 공 사형의 머리통이 자꾸 겹치오.”

“이, 이 자식이 노, 농담을 해도. 꿀꺽.”

“암튼. 서둘러 풀어줘야겠소. 저러다 온 장원을 다 부수고 다니겠소.”

하풍달은 눈알을 또록또록 굴리며 한참을 생각하더니 갑자기 눈을 반짝였다.
　"이렇게 하면 어떻소?"
　속닥속닥…….
　"오오……!"

第二章
홍만을 달래는 방법

天山刀客

  용악산은 수하들을 만나고 금룡문으로 돌아가는 길에 저잣
거리를 지나고 있었다.

  수하들의 변화는 뜻밖이었다.

  언제나 서릿발처럼 차갑기만 하던 그들이 어느새 따뜻한 눈
으로 세상을 보고 있었다. 자신이 금룡문에 들어와 새로운 삶
을 사는 것처럼, 그들 역시 알게 모르게 평범한 삶에 조금씩 동
화되어 가고 있는 것이다.

  그런 모습들이 안타까우면서도 한편 다행이라는 생각도 들
었다. 마도가 패망한 이후 저들도 이제는 다른 삶을 살아야 하
지 않겠는가.

  석승의 말은 어쩐지 걸린다.

능글맞게 머리까지 박박 밀고 승려의 삶을 살고 있지만 석승은 뼛속까지 무인이다. 칼 한 자루만 쥐어주면 염라대왕의 목이라도 따올 것처럼 용맹했던 사내.

그런 그가 꿈꾸던 것은 용악산과 함께 천하를 종횡하며 천마신교의 이름으로 무림을 일통하는 것이었다.

사람은 각자 타고난 삶이 있는 것일까?

석승은 용악산의 변화가 이해되지 않는 모양이었다.

석승에게 용악산은 우상이자 신념이었다. 용악산을 위해 죽고 용악산을 위해 살겠다고 맹세를 한 충직한 수하. 그런 석승을 향해 용악산은 이제부턴 스스로를 위해 살라고 말한 것이다.

한편으로는 장산벽의 등장도 마음에 걸렸다.

언젠가 대종사는 어린 장산벽을 일컬어 피를 부르는 놈이라고 했다.

대종사의 예언은 정확히 맞아떨어졌다. 성인이 되어 멸천대를 맡게 된 후 그의 활약은 그야 말로 눈부셨다.

장산벽을 두고 군문으로 들어갔다면 전쟁의 신이 되었을 거라는 말이 떠돈 것도 그 무렵이었다.

마인들 사이에서 널리 알려진 장산벽과 철저히 감춰진 용악산. 생각해 보면 두 사람 모두 참으로 얄궂은 운명이었다.

어쨌든 지금으로로선 장산벽이 조용히 지내주기만을 바랄 뿐이었다. 만약 그가 계속 파란을 일으켜 대종사의 죽음을 헛되게 한다면 용악산이 참지 않을 것이므로.

하지만 용악산은 언젠가 한번쯤은 장산벽을 만나게 될 것 같다는 느낌을 지울 수가 없었다.

"대사형!"

낯익은 목소리에 고개를 돌려보니 은서령이 골목길에서 걸어 나오고 있었다. 은서령의 밝은 얼굴이 용악산으로 하여금 상념에서 깨어나게 했다. 지독하고 치열한 과거에서 훈훈한 현재로 돌아온 것이다.

"무슨 생각을 그리 골똘히 하세요?"

"아니다, 아무것도. 넌 어딜 갔다 오는 길이냐?"

"교룡방에 다녀오는 길에 만두에 넣을 고기 몇 근 끊어가려고요."

"새벽마다 힘들지 않느냐?"

"……?"

"왜?"

"아니에요, 아무것도."

은서령은 피식 웃고 말았다. 용악산이 이렇게 다정스럽게 물어온 적이 처음이기 때문이었다.

돌아보니 이렇게 단둘이 있어본 지도 오래됐다.

참 쑥스러운 사이다.

부모들끼리 복중혼약을 해서 언젠가 혼례를 올릴 거라는 게 기정사실처럼 굳어져 버렸지만 두 사람은 아직 서로의 마음을 알지 못했다.

애틋한 감정을 주고받지도 못했다. 사실 뭘 어떻게 해야 하는지도 몰랐다. 처음부터 서로가 모르는 사이에서 아무런 전제 조건 없이 만났다면 오히려 자연스럽게 가까워졌을지도 모른다.

잘하던 짓도 멍석을 깔아놓으면 못한다고, 두 사람의 지금 입장이 딱 그랬다.

주변에서 너희들은 결혼할 사이다. 그러니 앞으로 자주 가까이 하고 연애도 하고 그래야 한다. 딱 그래 버리니 오히려 함께 있기가 쑥스럽고 민망했다.

자연스럽게 만날 일도 두 사람이 함께 있으면 무슨 일이나 벌어지지 않을까 다들 킥킥거리며 훔쳐보았기 때문이었다.

그런 일은 공춘보가 특히 그랬는데 우연히 만났을 때도 공춘보에게 들키면 다음날 곧바로 둘이 손을 잡았다느니, 뽀뽀를 했다느니, 심지어 광에 들어가서 한참 동안 나오지 않더라는 말까지 돌았다.

은도천은 그런 것도 모르고 개파도 하고 했으니 조만간 혼례를 치러야지 않겠느냐며 은서령을 재촉했다.

은근히 무슨 사고라도 치기를 바라는 것처럼 보이는 건 은서령만의 생각일까?

주변의 그런 호기심과는 달리 은서령은 심경이 복잡했다.

최근 들어 용악산은 부쩍 북망동으로 들어가는 일이 잦았다.

어쩌면 오늘도 북망동에 다녀오는 길인지도 몰랐다.

북망동에서 용악산이 만날 사람은 서문홍주뿐이었다.

아름다운 미모에 뛰어난 상재까지 갖추었다는 신비한 여인.

하지만 은서령은 아무것도 묻지 않았다. 해야 할 말이 있다면 그가 먼저 해줄 것이고, 하지 않는다면 또 그것대로 은서령으로서는 어쩔 수 없는 일이었다.

"수련은 좀 진전이 있느냐?"

용악산이 물었다.

"며칠 전 도정귀곡(刀正鬼哭)의 관문을 뚫었어요."

북풍십삼막이 일정한 경지에 이르면 칼이 바로 서고 휘파람 소리가 난다. 도정귀곡은 그 소리가 꼭 귀곡성 같다고 해서 붙여진 초식명이었다.

"육성에 접어들었구나."

용악산은 언제나 사람을 놀라게 한다.

그는 북풍십삼막을 익히지 않았다고 했는데 어떻게 일견하는 것만으로도 그 체계를 고스란히 꿰뚫고 있는 걸까.

사실 은서령의 무공 성취는 용악산 조차 놀라운 것이었다.

처음엔 그녀에게 맞지 않는 무공일지 모른다는 생각이 들 정도로 답답하더니 어느 순간부터 칼이 달라지기 시작했다.

그것을 가능케 한 것은 애초 그녀가 익혔던 건곤은하류 때문이었다.

쾌에 기반을 둔 건곤은하류는 찌르는 초식 위주의 직진성이 강한 무공이었다. 반면에 북풍십삼막은 태극에 기반을 두고 베는 초식 위주의 곡선성이 강한 무공이었다.

전혀 다른 성격과 기세를 지닌 이 무공이 그녀의 머릿속에서 만나 뜻밖의 상승작용을 일으켰다.

그녀는 건곤은하류를 익힐 때 깨닫지 못한 무리를 북풍십삼막을 통해서 깨달았다. 반면에 북풍십삼막의 난해한 구결들은 건건은하류를 통해서 깨달았다.

덕분에 어렸을 때부터 익힌 건곤은하류는 이미 십성에 도달했고 북풍십삼막 역시 빠르게 나아지고 있었다.

정적인 건곤(乾坤)이 동적인 태극(太極)을 만나 음양의 조화를 이룬 것이다. 마치 처음부터 불완전한 두 무공이 하나가 되어 완벽해지는 것처럼.

북풍십삼막을 만나기 전 그녀의 무공은 변변치 못했다.

겨우 이류의 끝자락을 잡고 있는 정도?

하지만 이제는 능히 일류를 넘보는 경지에 이르렀다.

이건 일종의 기연이라고 할 수도 있는데 용악산은 그게 꼭 죽은 비파랑과 은서령의 질긴 인연을 말해주는 것 같다는 생각을 했다.

그러고 보면 용악산이 굳이 북풍십삼막을 은서령으로 하여금 익히게 한 것도 운명의 힘이 이끌었기 때문이 아닐까?

"쓸 만한 칼이 필요하겠어."

"네?"

용악산은 대답 대신 뒤춤에서 기이한 모양의 도갑 하나를 내밀었다. 도갑을 받아든 은서령이 도파(刀把)를 잡고 뽑으니 초승달처럼 휘어진 곡도가 나타났다.

시퍼런 예광이 대막의 칼바람처럼 서늘하게 느껴졌다.

그때 실제로 미풍이 한차례 불어와 은서령의 머리카락을 살짝 나부꼈다. 머리카락 몇 오라기가 칼날 위를 살짝 스쳤다.

순간 믿지 못할 일이 벌어졌다. 가볍기 짝이 없는 머리카락이 칼날에 닿는 순간 싹둑 잘려지는 것이 아닌가.

얇은 면도의 예리함을 능가하는 예기.

"아……!"

평범한 칼이 아니었다. 필시 구하기 어려운 희대의 보도임에 틀림없었다.

이런 칼을 구하기 위해 얼마나 공을 들였을 것인가.

은서령 역시 무인이었다. 그녀는 실전에서 보검이 얼마나 중요한지 잘 알고 있었다.

무인이 생사대적을 만났다고 치자. 그들의 무공이 비슷하다고 가정했을 때는 삶과 죽음이 누가 더 좋은 병기를 지녔느냐에 따라 갈린다.

심지어 귀물이라 불리는 보검의 경우에는 삼류도 능히 일류를 쓰러뜨리게 만든다. 한 가지는 확실하다. 언젠가 이 보도가 한번쯤은 은서령의 목숨을 구해줄 수 있을 거라는 거.

그런데도 용악산은 보도에 대한 생색은 전혀 내지 않았다.

오히려 무공과 병기의 운용에 대한 조언을 해주었을 뿐이다.

"북풍십삼막은 원심력을 이용한 외공이다. 공력이 낮은 자라도 그 무리를 극성까지 터득하면 칼에 관한한 적수를 찾기 어려울 것이다. 하물며 내공까지 바탕이 되어 준다면 더욱 위력을 떨치겠지. 다만 직도 보다는 곡도라야 그 공능을 제대로 구현할 수 있을 것이다.”

결국 원심력을 최대한 이용하기 위해 무공에 걸맞은 칼을 구해왔다는 소리였다.

‘그럼 이걸 구하시려고……’

만곡도는 용악산이 석승에게 부탁해 마련한 것이었다.

그저 무공에 적합한 칼을 구해오라고 한 것인데 충성심이 지나친 석승은 북망동까지 들어가 사파의 고수 하나를 죽이고 만곡도를 빼앗아 왔다.

석승에게 죽은 자가 대단한 고수였는지 칼은 신병이기(神兵利器)에 가까웠다. 물론 대장간을 거쳐 날을 세우고 도갑을 맞추는 등의 새로운 탄생 과정을 거쳤다.

그런 구구한 사정을 알 리 없는 은서령은 먹먹한 얼굴로 용악산을 바라보았다.

용악산은 아무렇지도 않은 듯 앞서 길을 재촉할 뿐이었다.

그는 이미 은서령의 북풍십삼막이 육성에 이르렀다는 걸 알고 있었다. 무관심한 척해도 항시 지켜보고 있었던 것이다.

“뭐 하느냐?”

“예? 예, 가요.”

은서령은 조르르 달려가 그와 어깨를 나란히 했다. 고개를 슬쩍 돌려 힐끔 올려다보지만 이 무뚝뚝한 사내는 묵묵히 앞만 보고 갈 뿐이었다.

“북풍도(北風刀) 어때요?”

"······?"

"칼 이름말이에요. 주인을 만났으니 이름을 지어줘야 하잖
아요."

"네 칼이니 네 마음대로 해야겠지."

역시 무뚝뚝하기 짝이 없다.

"그럼 북풍도로 할래요."

북쪽에서 온 바람.

항주의 농민들은 해마다 이맘때가 되면 저 먼 북쪽에서부터
오는 북풍을 기다린다. 차고 날카로운 가운데도 한줄기 온기
가 감도는 북풍이 불어야 낱알이 잘 영글고 풍년이 든다고 믿
기 때문이었다.

용악산은 북풍을 닮았다.

저 먼 서북쪽에서 어느 날 갑자기 불어와 잊고 있었던 꿈을
다시 꾸게 해준 사람.

처음엔 함부로 말을 붙이기조차 어려울 만큼 차고 날카로웠
지만 지금은 따뜻한 온기를 느낄 수 있는 사람.

은서령은 자신도 모르게 허리춤에 찬 북풍도의 도파(刀把)
를 자꾸만 만지작거렸다.

그러다 무언가 이상한 게 손에 잡혔다.

도두(刀頭)에 달린 녹두알만 한 작은 은령 하나.

이런 장식은 낯설었다. 도두에는 견사를 꼬아 만든 수실을
다는 게 일반적인 장식이었다.

아마도 용악산이 달아준 것이리라.

용악산의 세심한 마음 씀씀이에 은서령의 마음이 조금씩 열리고 있었다. 어쩌면 마음은 벌써 열렸었는지도 모르겠다.

뒤늦게 자신이 그것을 깨달았을 뿐.

용악산은 은서령이 은령을 만지작거리는 걸 알고 있었다.

은령은 사실 죽은 비파랑의 칼에 매달려 있던 것이었다. 용악산은 그중 하나를 가지고 왔고 여태 자신이 지니고 있다 지금 은서령의 칼에 매달아 주었다.

비파랑의 무공을 익히고 비파랑과 같은 칼을 지녔으니 은령 역시 은서령에게 주어야 할 것 같아서였다.

은령에는 기이한 공능이 있으니 이렇게 하면 북방의 평원 어디쯤엔가 누워 있을 비파랑의 은령과 그로부터 수천 리 떨어진 은서령의 은령이 서로 공명하지 않을까?

곁에는 비파랑이 그렇게 보고 싶어했던 은서령의 미소가 햇살에 하얗게 부서지고 있었다.

그때 저만치 앞쪽에서 낯익은 얼굴의 두 사람이 나타났다.

두 사람은 서동의 구석진 곳에 있는 허름한 서점에서 막 나오는 길이었다.

"정말 이걸로 그 발정 난 짐승을 달랠 수 있을까?"

공춘보가 손에 들린 서책 한 권을 보면서 불안한 기색으로 말했다.

"처음엔 다 이런 걸로 입문하는 거요. 공 사형은 뭐 안 그랬소?"

"그럴까?"

“그럼. 언제 어느 때고 외로움을 달랠 수 있으니 이게 오히려 낫지.”

“그렇지?”

“그렇다니까.”

“공 사형, 하 사형, 여기서 뭐 하세요?”

은서령이 뒤에서 갑자기 두 사람을 불렀다.

‘뜨헙!’

화들짝 놀란 공춘보가 서책을 품속으로 후다닥 숨겼다.

“여기서 뭐 하세요?”

“험험. 아무것도 아냐. 그런데 사매랑 대사형은 여기 웬일이야?”

공춘보가 시치미를 뚝 떼고 물었다.

“교룡방에 다녀오는 길에 우연히 대사형을 만났지 뭐예요. 그런데 방금 들고 있던 건 뭐예요?”

“뭐? 아무것도 없는데?”

공춘보가 무슨 소리냐는 듯 두 손을 반짝반짝 뒤집어 보였다.

“방금 책 같은 걸 들고 있는 것 같던데.”

“잘못 봤겠지.”

“혹시…….”

은서령의 눈이 쭉 째졌다.

공춘보와 하풍달이 동시에 식은땀을 흘렸다.

“…사서삼경 같은 건 아니죠?”

"······!"

"······!"

"에이 설마. 그건 아니라고 봐."

"험험. 뭐 나라고 공자님 말씀을 읽지 말란 법 있냐?"

"뭐 어쨌든 잘 만났어요. 오랜만에 사형제들끼리 밥이나 먹고 들어가지 않을래요?"

한껏 기분이 좋아진 은서령은 급기야 전에 없던 제안까지 했다.

'얘가 오늘따라 왜 이렇게 기분이 좋지?'

'그러게 말이오. 이상하게 불안하네.'

은서령은 고기나 술을 사줄 때마다 이상한 일을 시키곤 했다.

되촌의 괴사를 해결하라고 할 때도 그랬고, 농번기 일손을 도우라고 할 때고 그랬다. 아무래도 찜찜한 공춘보와 하풍달이 슬그머니 내빼려는 순간.

"뭣들 해요. 빨리 오지 않고!"

저만치 앞서가던 은서령이 뒤를 돌아보며 소리를 빽 질렀다.

*　　　*　　　*

평산객점은 서동에서 가장 오래된 객점이었다.

최근에 새로 지어진 객점들만큼 크고 화려하지는 않지만 고즈넉하게 내려앉은 세월의 맛이 있었다.

때문에 조용하고 아늑한 곳을 찾는 사람들에게 평산객점은 제법 인기 있는 명소였다. 하지만 은서령이 평산객점을 고집한 것은 다른 이유가 있어서였다.

"이상하다? 분명히 여기서 일한다고 했는데."

"누구 찾으시는 사람이 있습니까요?"

은서령이 자리를 잡지 않고 사방을 두리번거리자 점소이 하나가 다가와 물었다.

"왕소삼이라고, 여기서 일한다고 들었는데요."

"아, 소삼이요? 소삼아, 소삼아! 이 자식 방금까지 요기 있었는데 어딜 갔지?"

잠시 후 저만치 구석에서 왕소삼이 발개진 얼굴로 나타났다.

왕소삼은 은서령이 나눠주는 만두를 얻어먹던 거지 아이였다.

평산객점에 취직하기 전날 은서령에게 버들강아지 한 다발을 안겨주고는 사라졌던 아이.

"여기 있었네. 난 또 다른 곳으로 간 줄 알았지."

"어, 어서 오세요, 누나."

왕소삼은 그제야 씨익 웃으며 머리를 긁적긁적했다. 그동안 제법 잘 먹었는지 살도 포동포동 올랐고 옷도 깨끗했다.

은서령은 왕소삼이 잘 지내는 걸 보자 흐뭇했다.

"여기 생선 요리가 맛있다고 해서 왔는데, 금방 되지?"

"헤헤헤. 그럼요. 제가 주방장님께 말씀드려서 특별히 싱싱

한 놈으로 올리라고 할게요. 따라오세요."

은서령 일행이 왕소삼을 따라 이층으로 올라갔다.

객점 안에 있던 사람들은 모두 왕소삼을 부러운 눈으로 쳐다보았다. 이들은 대부분 항주 사람들로 지금 들어온 일행이 금룡문의 제자들이라는 걸 알고 있었다.

특히 공춘보와 하풍달은 서동에서도 소문난 술꾼들로 어지간하면 모르는 사람이 없었다. 그러나 오늘 사람들의 시선을 끈 것은 공춘보와 하풍달이 아니었다.

아름다운 궁장 차림의 은서령과 금룡관이 새로 품었다는 신비의 고수 천산도객. 명성은 듣고 있었지만 이렇게 가까이에서 보자니 그야말로 잘 어울리는 한 쌍의 원앙 같았다.

그런 차에 물이나 나르고 탁자나 훔치는 점소이 왕삼이 금룡문 사람과 저렇게 살가운 대화를 나누고 있으니 부러울 수밖에.

사람들의 시선을 잔뜩 받고 있는 왕소삼의 어깨에는 저도 모르게 힘이 들어갔다.

"어쩐지 천하의 짠돌이가 밥을 산다더라니. 애들 잘 지내는지 살피러 왔구만. 그나저나 재 몇 살이야?"

왕소삼의 뒤를 따라가면서 공춘보가 은서령에게 물었다.

"아홉 살요."

"헉, 아홉 살이 저렇게 커? 열두세 살은 되어 보이는데."

아홉 살과 열두세 살의 체격은 어른과 아이만큼이나 차이가 컸다. 공춘보의 눈에 비친 왕소삼은 도저히 아홉 살짜리 꼬마가 아니었던 것이다.

"또래 아이들보다 크긴 하죠. 그래서 객점에도 취직할 수 있었던 거고요. 하지만 덩치만 컸지 순둥이예요, 순둥이."

언젠가 들어본 말이었다. 은서령은 채홍만을 처음 금룡문으로 데려올 때도 똑같은 소리를 했다.

"저런 놈을 조심해야 해."

"네?"

"커서 엄청 밝힐 가능성이 높거든."

"공 사형, 애한테 무슨 말씀이세요?"

"사매가 몰라서 그러는데. 저렇게 순진한 척하는 놈이 나중에 뒤로 호박씨 깐다고. 어쩌면 색마가 될 지도 몰라."

"그만하세요."

왕소삼은 시야가 확 트인 이층의 창가 쪽 자리로 용악산 일행을 안내했다. 탁자도 큼지막해서 십여 명이 앉아도 될 만큼 넉넉했다. 평산객점에서 가장 좋은 자리였음은 물론이었다.

"누나, 여기서 잠깐 기다리세요. 제가 맛있는 거 해 달래서 금방 가지고 올게요."

왕소삼이 말을 하고 서둘러 내려가려 했다.

"뭘 가져올지는 묻지도 않고?"

"아참, 내 정신 좀 봐. 누나 뭘로 드려요? 이십 년 묵은 잉어가 한 마리 있는데 그걸 쪄드려요?"

"잉어?"

왕소삼은 잠시 주변을 둘러보더니 귓속말로 속삭였다.

"원래는 누가 예약을 해둔 건데 아무래도 오늘 안 오실 건가 봐요. 먼저 먹는 사람이 임자예요."

"이십 년씩이나 묵은 잉어면 비쌀 텐데."

"오래 묵은 잉어는 보관하기가 어려워 어떻게든 빨리 처분하려고 해요. 잘만 하면 싸게 드실 수도 있을 것 같아요. 맛도 끝내주고요."

"좋아, 그걸로 부탁해."

"술도 몇 병 가져와."

공춘보가 얼른 한 마디를 덧붙였다.

왕소삼은 어떻게 할지를 몰라 은서령을 보았고, 은서령이 기분 좋게 고개를 끄덕였다.

"예, 히히."

왕소삼은 꾸벅 인사를 하더니 공춘보를 한번 슬쩍 째려보고는 일층으로 쪼르르 내려갔다.

공춘보가 그런 왕소삼을 보며 말했다.

"하, 고 녀석 하는 짓이 보면 볼수록 닮았네."

"공 사형은 아까부터 자꾸 무슨 말씀을 하시는 거예요?"

"아니야, 아무것도."

은서령이 묻자 공춘보는 시치미를 떼고 딴청을 피웠다.

"그나저나 자룡이랑 홍만이도 왔으면 좋았을 걸 그랬습니다."

하풍달이 용악산을 보며 말했다.

"그러고 보니 자룡이와는 한 번도 술을 마신 적이 없구나."

생각해 보니 진짜 그렇다. 채홍만과는 오래전부터 알고 지낸 사이니 술을 마셔도 몇 수레는 마셨을 것이다. 하지만 표자룡과는 한 번도 술잔을 기울인 적이 없었다.

"말 나온 김에 지금이라도 자룡이와 홍만이를 부를까요?"

공춘보가 갑자기 하풍달을 째려보았다.

표자룡이나 채홍만이나 공춘보에게는 똑같은 두통거리였다.

한 놈은 딱지를 떼 준다고 해도 죽어라 싫다고 하고, 또 한 놈은 딱 한번 말했을 뿐인데 죽어라고 괴롭히고. 어떻게 들어오는 놈들마다 하나같이 정상이 없으니.

"다음에 또 기회가 있겠지."

다행히 용악산의 대답은 다음으로 미루자는 거였다.

"쩝, 아쉽네."

"그러게요. 두 사람만 있으면 금룡문의 일대제자들이 모두 모이는 건데."

은서령 역시 자리에 없는 사람들을 생각하며 아쉬운 표정을 지었다. 그녀는 이렇게 사형들과 함께 있는 게 마냥 좋았다. 저들을 바라보고 있노라면 세상을 모두 가진 것처럼 행복했다.

인연이란 참으로 묘하다.

피 한 방울 섞이지 않은 사람들이 이렇게 만나 정을 나누고 형제가 되고……

잠시 후 각종 산채와 함께 찐 잉어 요리가 올라왔고 탁자는 금방 풍성해졌다. 이십 년이나 묵었다더니 과연 잉어는 네 명이 먹어도 충분할 만큼 컸다.

하지만 공춘보는,

"이거 붕어 아냐? 왜 수염이 없어?"

이렇게 딴죽을 거는 것이었다.

"잉어 맞거든요. 쳇."

"소삼아, 그런데 이건 뭐야? 꼬치구이는 주문한 적이 없는 것 같은데."

은서령이 꼬치 몇 개가 담긴 접시를 보며 말했다.

"그건… 제가 대접해 드리는 거예요."

"네가?"

왕소삼은 더 이상 말은 않고 머리만 긁적긁적 했다.

꼬치 값이라고 해봐야 몇 푼 되지도 않는다.

하지만 왕소삼이 객점에서 일해주고 받는 돈으로는 이것마저도 상당한 무리일 것이다. 지금은 오갈 데 없는 아이들을 객점에서 먹여주고 재워주는 것만으로도 감지덕지하는 시절이니까.

"고마워, 잘 먹을게."

은서령이 환하게 웃으며 대답했다.

은서령은 꼬치 몇 개를 내오려면 왕소삼이 얼마나 더 많은 일을 해야 하는지 알고 있었다. 하지만 고맙게 받았다. 그 마음을 거절하고 싶지 않아서였다.

하지만 공춘보는 또 딴죽을 걸었다.

"이놈아, 기왕 대접을 하려면 몇 개 더 갖고 오지. 꼴랑 네 개가 뭐냐? 한 사람 앞에 한 개씩만 먹으라는 거냐?"

"홍!"

왕소삼은 공춘보를 향해 콧방귀를 뀌어 보이고는 사라졌다.

사람들은 음식과 술을 먹고 마시기 시작했다.

주방장에게 특별히 부탁을 했다더니 잉어찜은 정말 맛있었다.

"붕어야, 붕어. 저 자식이 순진한 척하면서 우리를 물 먹이는 거라고."

"붕어라고 그러면서 제일 많이 먹는 심보는 또 뭐요?"

하풍달이 공춘보에게 핀잔을 주었다.

"붕어는 음식 아니냐?"

탁자에는 금세 잉어에서 발라낸 뼈가 쌓였다.

특히 공춘보의 앞에 가장 많이 쌓였다.

음식이 오가고 술이 오가고 사형제들의 끈끈한 정이 오갔다.

그렇게 얼마나 시간이 흘렀을까.

안주가 떨어진 것을 보고 단골손님에게 주는 공짜 만두라도 몇 개 얻어오겠다며 내려간 왕소삼이 고개를 푹 숙인 채 올라왔다. 손에는 아무것도 들려 있지 않았다.

"야 이놈아, 공짜 만두 가져오겠다며 큰 소리 뻥뻥 치고 가더니 왜 빈손이냐?"

공춘보가 시비를 걸었다.

"공 사형."

은서령이 그런 공춘보를 나무라고 왕소삼에게 다시 말했다.

"소삼아, 괜찮아. 우리 이제 배불러."

은서령이 말을 하면서 자신의 배를 쓰다듬어 보였다. 왕소삼이 무안해하지 않게 하려고 사형들 앞에서 민망한 짓도 서슴지 않는 것이다.

"그, 그게 아니고요."

그때 왕소삼의 뒤로 두 사람이 모습을 드러냈다.

화려한 비단 옷에 허리에는 보검을 찬 청년들이었는데 기도가 사뭇 범상치 않았다.

그들의 뒤에는 대여섯 명의 검수가 잔뜩 긴장한 기색으로 서 있었다. 아마도 저 두 사람이 데려온 수하들이리라.

第三章
반갑지 않은 손님들

天山刀客

'헉, 하상도와 배인걸!'

공춘보와 하풍달은 단숨에 저들이 누구인지 알아보았다.

각각 항주의 상계를 주름잡고 있다는 북천방과 홍인방의 후기지수들이었다. 단순한 후기지수가 아니라 장차 방을 이어받을 거라고 알려진 후계자들.

두 사람은 서로가 경쟁 관계에 있었지만 동시에 자주 어울려 다니는 사이이기도 했다. 어려서부터 부족함 없이 자란 두 사람에게는 귀족의 습성이 몸에 배었다.

귀족은 귀족끼리 어울려야 한다는 게 그들의 생각이었다.

무슨 영문인지 하상도는 용악산 일행을 발견하자 인상부터 찡그리더니 대뜸 자신의 뒤에 있는 수하의 정강이를 걸어

찼다.

빠악!

"커억!"

"멍청한 놈. 내가 그렇게 꼼꼼히 챙기라고 일렀거늘."

"죄, 죄송합니다."

"이게 죄송하다고 될 일이야? 오늘 모실 분이 얼마나 중요한 분인지 알아?"

하상도의 질책을 받은 수하가 인상을 그으며 왕소삼을 다그쳤다.

"이게 어떻게 된 일이냐! 내 분명 오늘 오후에 이층 전체를 비워놓으라 했거늘."

"그, 그게 아니라… 시간이 되어도 기별이 없으시기에 예약을 취소하신 줄 알고……."

겁에 질린 왕소삼은 온몸을 사시나무처럼 떨었다.

"이런 멍청한 놈을 봤나. 북천방의 말을 그렇게 가볍게 들었단 말이냐. 정녕 장사 접고 싶은 게냐!"

"죄, 죄송합니다. 대신 얼른 다른 자리를 마련해 드리겠습니다."

"시끄러, 주인이나 올라오라고 해."

"나, 나으리. 한 번만 봐주십시오. 주인 어른이 아시면 전 오늘부로 잘립니다요."

새파래진 왕소삼이 거듭 간청을 했지만 하상도의 수하는 꿈적도 하지 않았다. 오히려 어린아이를 향해 살기까지 내뿜으며 주인을 데려오라고 협박했다.

하상도로부터 받게 될 후환이 두려운 것이다.

대충 그림이 그려지는 상황이었다. 하상도와 배인걸이 오늘 이곳에서 누군가 특별한 손님을 모시기로 하고 예약을 했다.

하지만 시간이 되어도 나타나지 않자 왕소삼이 은서령을 위하는 마음에 그 자리를 덥석 내어준 것이다.

왕소삼은 은서령에게 이런 모습을 보이는 것이 미안한지 더욱 안절부절못했다.

"우리가 자리를 비켜 드릴게요."

보다 못한 은서령이 일어서며 말했다.

눈이 번쩍 뜨일만한 은서령의 미모에 하상도와 배인걸이 약간 놀란 표정을 지었다. 여자가 있는 줄은 알았지만 공춘보의 넙데데한 덩치에 가려 자세히 보지 못했던 것이다.

그때 정강이를 까인 하상도의 수하가 귓속말을 전했다.

순간 하상도의 얼굴이 딱딱하게 굳어졌다. 그러나 곧 얼굴을 풀고 묘한 미소를 지으며 말했다.

"알고 봤더니 금룡관의 사형제들이었군."

개파를 했다는 걸 이미 알고 있을 텐데도 일부러 금룡관이라 부르는 하상도였다.

그는 금룡문이라면 감정이 조금 있는 처지였다.

공춘보가 속으로 발끈 했지만 평소와 다름없이(?) 꾸욱 참았다.

북천방과 홍인방은 상업을 기반으로 한 상방이지만 강호의 어느 누구도 그들을 상방으로 보지 않는다. 오히려 거친 항주 무림에서 일문을 일으킨 무림 방파로 보았다.

실제로도 그랬다. 상업은 그들의 경제기반이었을 뿐 무림 문파라는 정체성은 변하지 않았다. 그런 만큼 북천방과 홍인방의 무공은 세간에 일절로 정평이 났다.

특히 저 두 명은 엄청난 재물을 기반으로 어려서부터 수많은 영약으로 몸을 만들고, 방파 최고의 고수들로부터 체계적인 가르침을 받았다.

죽은 구반룡이 절강오룡으로 불렸다지만 저들이 정마대전에 참전했었더라면 구반룡은 절강오룡이라는 이름을 얻지 못했을 거라는 소문도 있었다.

하풍달은 어찌해야 할 바를 몰랐다.

공춘보와 자신이 비록 저 두 사람을 알고 있다고는 하지만 정식으로 인사를 나눈 적은 없었다. 그저 저들이 저잣거리를 지날 때 멀리서 몇 번 쳐다본 게 전부였다. 즉, 알기는 알지만 일방적으로 안다는 소리.

금룡문이 금룡관이었던 시절 저들은 자신들과는 먼 세계의 사람들이었으니까.

잠시 어색한 침묵이 오가는 가운데 공춘보가 겨우 한다는 소리가.

"이제는 금룡문인데요."

그러나 하상도는 공춘보의 말에는 들은 척도 않고 은서령을 향해 포권을 하며 말했다.

"북천방의 하상도라고 합니다. 강호의 형제들이 금검(金劍)이라는 과분한 무명(武名)을 안겨주었지요."

젊은 나이에 무명까지 얻었다면 상당한 실력자라고 봐야 한다. 하지만 하상도의 경우 본신의 실력보다 북천방이라는 배경과 그가 지닌 보검 때문에 알려진 측면이 강했다.

"홍인방의 배인걸입니다. 늦었지만 개파를 축하드립니다."

배인걸도 포권을 하며 인사를 했다.

자신을 드러내고 포장하는 하상도와 달리 배인걸은 평범하게 인사를 했다. 말끝에는 축하 인사까지 건넸다. 하상도가 미세하게 인상을 찌푸렸지만 배인걸은 모르는 척했다.

소호검(小狐劍) 배인걸.

작은 여우라는 별호에 걸맞게 그는 지모가 뛰어났다.

무공도 무공이지만 벌써부터 아비가 운영하는 상방의 경영에 참여한다는 얘기가 돌았다.

일 년 전에는 홍인방이 시중의 인삼을 모조리 사들인 적이 있었는데 그 해 동해의 해적들이 기승을 부려 해동으로부터 오는 질 좋은 인삼의 공급이 중단되었었다.

홍인방이 큰돈을 벌어들인 것은 당연했다.

그게 바로 배인걸의 작품이라는 걸 항주의 상인들 치고 모르는 사람이 없었다.

무공이 높고 다혈질인 하상도에 비해 비록 무공은 조금 못 미치지만 머리를 쓸 줄 아는 자. 진짜 무서운 사람은 바로 배인걸이라는 걸 은서령은 알고 있었다.

배인걸 역시 은서령이 아니라 곁에 앉아 있는 용악산을 의
식하고 있었다. 천산도객이라 불리며 용무관을 격파하고 북망
동에서는 지옥혈마라는 강자와도 손속을 부딪쳤다는 사람.

호기심을 가지지 않을 수가 없었다.

앉아 있는 것만으로도 좌중을 압도하는 기도를 지닌 사내.
거대한 바위 덩어리를 옮겨놓은 듯 어지간한 외풍에는 흔들리
지도 않을 것 같았다. 그가 움직인다면 오직 그 스스로의 의지
때문일 것 같다는 생각이 들었다.

"금룡문의 은서령입니다. 저희가 자리를 내어드릴 테니 소
삼이를 너무 나무라지 마셔요. 소삼아, 어서 우리가 먹던 음식
들을 일층으로 옮기고 이분들을 모시렴."

"누, 누나, 죄송해요."

"괜찮아."

은서령이 말을 하면서 눈을 찡긋해 보였다.

하지만 상황은 그렇게 쉽게 흘러가지 않았다.

"탁자가 문제가 아니오."

자신이 예약해 둔 자리를 금룡문의 제자들이 차지하고 있었
다는 걸 안 순간부터 하상도는 그냥 넘어가지 않기로 작정을
했다. 그렇지 않아도 금룡문 놈들이라면 이가 갈리는 터였다.

"저거, 내가 예약해 둔 그놈 같은데."

하상도가 뼈만 남은 채 탁자 위에 덩그러니 놓인 잉어를 가
리켰다. 그제야 은서령은 누군가 예약을 했던 거라던 왕소삼
의 말이 떠올랐다.

이건 자리를 바꿔주고 말고의 문제가 아니었다.

손님이 특별히 주문을 해서 미리부터 준비해 놓은 식재료를 딴 사람들이 먹어버렸다. 게다가 이십 년씩이나 묵은 잉어는 특별히 어룡(魚龍)이라 해서 식재료 중에서도 최고로 친다.

잡고 싶다고 아무 때나 잡을 수 있는 물고기가 아니었다.

하상도가 이렇게까지 신경을 써둔 걸 보면 오늘 그가 모시기로 한 사람이 확실히 보통 신분이 아닌 것 같았다.

아니나 다를까, 하상도의 입에서 걱정하던 말이 흘러 나왔다.

"잠시 후 이곳에 오실 분은 낭자께서는 상상도 못할 만큼 귀한 분이오. 그분이 오래전에 이곳에서 잉어찜을 한번 먹어보고는 그 맛이 그립다 하여 내 미리 부탁해 놓은 건데……."

하상도는 앞쪽에 생선뼈를 가득 쌓아놓은 채 입술에는 기름기가 번질거리는 공춘보를 힐끗 보더니 말을 이었다.

"…엉뚱한 사람의 뱃속으로 들어가 버렸다 이 말이지. 자, 이제 이 상황을 어떻게 했으면 좋겠소?"

이런 식으로 물어오면 참으로 난감하다.

잘못한 사람이 그 잘못을 알고 있고, 그래서 미안해하고 있는데 막무가내로 해결 방안을 내놓으라고 하면 어떻게 해야 할 것인가.

그때 공춘보가 모기만 한 소리로 하풍달에게 속삭였다.

"잉어 한 마리 갖고 치사하게시리. 북천방의 후계자가 뭐 저러냐?"

정말 치사했다.

공춘보의 귓속말은 모두의 심정을 대변한 말이었다.

항주에서 세 손가락에 꼽히는 방파의 후계자가 잉어 한 마리 때문에 힘없는 사람들을 괴롭히다니.

문제는 공춘보의 그 귓속말을 하상도와 배인걸도 들었다는 데 있었다.

공춘보는 자신의 기준에서 이쯤이면 못 듣겠지 하며 속삭였을 테지만 두 사람의 무공은 공춘보의 예상을 훌쩍 뛰어넘었다.

하풍달은 하상도와 공춘보를 번갈아 보며 얼굴이 벌게졌고 은서령은 낮게 한숨을 쉬었다.

배인걸의 입가에는 오히려 엷은 미소가 만들어졌다.

은서령은 배인걸의 저런 미소가 더 기분 나빴다.

그는 하상도와는 다른 것처럼 점잖은 척 방관자적인 태도를 취하고 있지만 적절한 때에 슬쩍슬쩍 웃음을 흘리면서 하상도를 자극하고 있었다.

졸지에 치사한 놈이 된 하상도는 얼굴이 일그러질 대로 일그러졌다. 생각 같아선 당장에라도 저 괴상하게 생긴 들창코 녀석의 턱주가리를 날려 버리고 싶었지만 놈의 말마따나 신분이 신분인지라 참았다.

하지만 못들은 척하려니 자신의 무공이 시원찮음을 인정하는 꼴이 될 상황이다. 무공이라면 여기 있는 사람들 중 최고라고 자부했다. 아직도 의자에 앉아 조용히 혼자 술잔을 기울이고 있는 천산도객까지 포함해서 말이다.

"너!"

갑자기 하상도가 손가락으로 공춘보를 찌를 듯이 가리켰다.

"예? 저요?"

"보아하니 네놈이 제일 많이 처먹은 것 같은데."

"처, 처먹었다니… 거 말이 어째 좀……."

"당장 똑같은 잉어를 내 앞에 가져와라."

"이미 뱃속으로 들어간 잉어를 무슨 수로 내놓습니까? 배라도 째드려요?"

공춘보의 그 말은 상당히 도전적이었다.

거듭되는 하대에 어깃장까지. 아무리 날고 기는 북천방의 후계자라고는 하나 자신을 마치 아랫사람 부리듯 하는 태도에 배알이 꼬인 것이다.

하상도는 약간 당황했다.

"뭐, 뭐?"

"그렇잖아요. 뭔가 현실적인 대안을 말씀하셔야지. 무작정 똑같은 잉어를 내놓으라면 그게 엿 먹으라는 거지, 뭡니까?"

공춘보의 말은 누가 들어도 타당한 말이었다.

이미 잉어가 뱃속으로 들어가 버린 상황에서 무작정 내놓으라면 어깃장일 뿐이었다.

하상도라고 그걸 모르지는 않았다. 다만 상대를 곤란하게 만들려고 으름장을 놓은 것인데 놈은 오히려 단순하기 짝이 없는 말로 응수를 해왔다.

옆을 보니 다들 말은 않고 있지만 공춘보의 말이 옳다고 인정하는 분위기였다. 하상도의 얼굴은 점점 붉으락푸르락해졌다.

"이… 이……!"

하상도는 원래 복잡하게 생각할 줄을 모른다.

이리저리 머리를 굴리느니 차라리 사내답게 힘으로 해결하는 것이 그의 성격이었다. 그런 단순한 성격이 오로지 한 가지 무공만 파고들게 했다.

그렇다고 멍청이는 아니었다. 그가 성격만큼 머리도 단순했다면 지금과 같은 무공을 지니지도 못했을 것이다.

그에 반해 저 들창코는 머리도 단순한 것 같았다.

단순하기 짝이 없어 도무지 생각이라는 걸 할 줄 모르는 것 같았다. 장차 그 말을 함으로써 어떤 일이 벌어질지도 모르고 그냥 머리에서 떠오르는 대로 그냥 내 뱉는 부류.

'어후우우우…….'

공춘보를 향해 으르릉거리던 하상도가 겨우 화를 가라앉혔다.

머리에서는 김이 나고 가슴속에선 부아가 지글지글 끓어올랐지만 이럴 때는 참는 게 상책이었다.

저런 놈하고는 대화를 나누면 나눌수록 손해였다. 칼을 뽑아 싸울 요량으로 시비를 거는 게 아니라면.

"어쨌든……."

겨우 화를 가라앉힌 하상도가 다시 은서령을 물고 늘어졌다.

"금룡문은 이번 일에 책임을 져야겠소이다."

"무슨 일인지 모르지만 너무 과하신 것 아닌가요? 이십 년 묵은 잉어가 비록 귀하기는 하지만 그래도 잉어일 뿐인데. 자리를 비키지 않는다는 것도 아니고요."

은서령의 인내도 서서히 한계에 달했다.

"오늘 내가 잉어찜을 대접해 드리기로 한 사람이 누군 줄이나 아시오? 금룡관, 아 참, 이제는 금룡문이지. 어쨌든 금룡문 같은 작은 문파의 제자들은 감히 동석을 하기도 어려울 만큼 귀한 신분이오."

사람의 신분에 귀천이 어디 있으며 높고 낮음이 어디 있는가.

은서령은 하상도의 한마디 한마디가 자신들을 비하하는 것 같아 속이 상했지만 계속해서 따지고 들 수만은 없었다.

왕소삼 때문이었다.

북천방이라면 평산객점 정도는 말 한마디로 문을 닫게 할 수도 열게 할 수도 있었다. 왕소삼의 목을 자르는 건 말 한마디까지도 필요하지 않을 것이다. 그저 나가는 길에 점주를 향해 인상을 한번 그어주면 알아서 길 테니까.

난생처음 제 힘으로 직장을 얻어 저렇게 열심인데 그런 좌절을 맛보게 하고 싶진 않았다.

은서령이 참는 이유는 그것뿐이었다.

용악산이 잠자코 있었던 것도 은서령의 그런 마음을 알기 때문이었다.

"우리가 어떻게 해드리면 흡족하시겠어요?"

은서령은 잠시 주먹을 불끈 쥐었다가 이내 힘을 빼면서 말했다.

"당신들이 할 수 있는 게 뭐가 있소?"

계속해서 시비를 걸겠다는 의도가 너무나 분명해 보였다.

그때.

쨍그렁.

탁자 위로 은자 한 냥이 데구르르 굴러 정확히 하상도가 보는 앞에서 멈췄다. 원래 은자는 철전이나 동전처럼 둥글지 않지만 지금 것은 완벽하게 둥글고 납작했다.

하지만 그런 게 중요한 게 아니었다. 탁자를 구른 은자가 넘어진 게 아니라 모로 섰기 때문이었다.

"……!"

"……!"

하상도와 배인걸의 눈이 툭 튀어나왔다.

이게 우연일까? 아닐까?

우연이라면 신기한 일이고 우연이 아니라면 모골이 송연한 일이다. 후자일 경우 누군가 무형의 기운을 쏘아 은자를 조종하고 있다는 말이 되니까.

강호에 그런 고수가 몇이나 있을까?

배인걸의 눈동자에 기광이 어렸다. 동시에 은자를 던진 용악산에게로 시선을 주었다. 처음부터 예의 주시하고 있던 천산도객이 처음으로 말문을 연 것이었다.

“그거면 되겠소?”

용악산은 여전히 의자에 앉은 채로 말했다.

“무… 슨?”

하상도의 목소리가 약간 떨렸다. 그 역시 은자를 세운 게 우연인지 아닌지 선뜻 판가름을 할 수가 없었기 때문이었다.

“오늘 우리가 먹은 잉어찜이 여든 냥짜리라고 하더군. 내게 마침 동전이 없으니 그냥 그걸로 계산하지. 잔돈은 필요없소. 아, 자리는 저 아이를 봐서라도 옮겨주도록 하지.”

말인즉슨 이거 먹고 떨어지라는 소리다.

만에 하나 은자를 모로 세운 게 우연이 아니라 실력이었다면 더 이상 시비를 일으키지 말라는 경고이기도 했다.

하상도는 아무래도 우연일 가능성이 높다고 생각했다. 어형술(馭形術)을 펼칠 수 있는 고수가 겨우 금룡문 따위에 의탁하고 있을 리가 없기 때문이었다.

동시에 모욕을 느꼈다. 어룡이 비록 귀하기는 하나 수백 냥씩 하는 물건은 아니었다. 그가 어디 돈이 아쉬워서 어깃장을 부렸겠는가.

북천방이 금룡문과의 세 대결에서 져 개파를 허락한 게 분해서 괴롭히려던 것뿐이었다. 마치 심술궂은 아이가 개구리를 가지고 노는 것처럼.

그렇다. 천산에서 왔다는 저 정체불명의 도객이 제아무리 고수라고는 하나 북천방에 비하면 금룡문은 여전히 개구리에 불과했다.

　지금은 명분이 없어 잠자코 있지만 구실만 생기면 언제든 밟아 죽여 버릴 수 있는 개구리. 그런 개구리가 감히 자신에게 모욕을 주고 있었다. 북천방의 후계자인 자신에게.

　하상도는 용악산에게 다가가기 위해 걸음을 옮겼다.

　하지만 그는 첫발을 바닥에 내려놓지도 못했다.

　그가 발을 떼는 순간 자신을 쏘아보는 용악산의 눈동자와 정면으로 시선이 마주쳤기 때문이었다.

　심장을 얼어붙게 만드는 한줄기 광망.

　하상도는 들어 올린 발자국을 내딛는 순간 용악산의 칼이 자신의 심장을 쑤셔 버릴 것 같은 충격에 빠졌다.

　이마에선 식은땀이 흐르고 심장이 쿵쾅거렸다. 지금 이 순간 용악산 앞에 선 하상도야 말로 독사 앞의 개구리였다.

　하상도는 뒤늦게 뭔가 잘못 되었다는 것을 깨달았지만 더 이상 다가갈 수가 없었다. 그렇다고 이미 뗀 걸음을 물리기에도 자존심이 허락지 않았다.

　한편, 다른 사람들은 하상도가 왜 저러는지 알 수가 없었다.

　"똥이라도 있나?"

　공춘보가 하풍달에게 속삭였다.

　지금 하상도의 모습이 딱 걸음을 옮기려다 똥을 발견하고 멈춰 선 모습이었던 것이다. 하지만 객점에 똥이 있을 리가 없고 하상도가 똥 때문에 저러고 있을 리도 없었다.

　결국 공춘보의 말은 하상도를 비웃고 놀리는 것에 지나지 않았다.

배인걸은 경악스런 눈길로 용악산을 바라보고 있었다.

'기의 그물로 하상도를 옥죄고 있어!'

상황을 정확히 파악하는 것은 무공보다 안법(眼法)이고, 그런 면에 있어서 배인걸은 하상도보다 한 수 위였다. 그는 단번에 천산도객에 관한 소문이 사실이라는 걸 알아차렸다.

천산도객은 지금 하상도에게 거듭 경고를 하고 있는 것이다.

그가 은자를 모로 세웠을 때 하상도는 알아차렸어야 했다. 그랬다면 지금처럼 많은 사람들이 보는 앞에서 수모를 당하지는 않았을 테니까.

하지만 성한 몸으로 돌아가려면 지금이라도 물러서야 했다. 여기서 만약 하상도가 한 걸음 더 나아간다면 정말 무슨 일이 벌어질지 모르는 것이다.

배인걸은 오히려 그러기를 바랐다. 하상도가 수모를 당하든 말든 천산도객의 진짜 솜씨를 확인하고 싶은 것이다.

하지만 어느 순간 용악산의 눈동자에서 광망이 사라졌다.

기의 그물에 갇혀 있던 하상도가 거짓말처럼 풀려나면서 겨우 들어 올렸던 왼쪽 발을 슬그머니 내려놓을 수 있었다.

하상도는 어리둥절했다.

마치 한순간 시간이 그대로 멈췄다가 다시 흐르기 시작하는 것 같았다. 슬쩍 주위를 돌아보니 수하들이 민망함에 슬쩍 고개를 돌리고 있었다.

배인걸의 표정은 더욱 신경을 긁었다.

비웃는 것 같기도 하고 아닌 것 같기도 하고.

무인이 자존심을 잃으면 죽은 것이나 다름없다. 오늘 하상도는 칼도 뽑아보지 못하고 용악산과의 기세 싸움에서 졌다.

하상도는 정신이 번쩍 들었다. 무엇에 홀렸는지 모르지만 자신은 사술에 당한 것이라고 생각했다.

북천방의 후계자라는 배경이 하상도의 판단력을 흐리게 했다.

그는 기어이 도발을 했다. 사술에 당하지 않게 용악산을 눈을 똑바로 보지 않으면서 슬그머니 허리춤으로 손을 가져간 것이다.

'멍청한 놈.'

배인걸이 속으로 그런 생각을 하는 사이 어디선가 영롱한 목소리가 들려왔다.

"누구신가 했더니 금룡문의 제자들이시네요."

연꽃이 수놓인 화사한 옷자락을 사각거리며 올라온 사람은 공화연이었다. 구룡장의 영애이자 항주의 여신으로 불린다는 항주제일의 미녀.

그녀의 등장에 하상도와 용악산 사이에서 흐르던 팽팽한 긴장감이 어느새 줄 끊어진 연처럼 달아나 버렸다.

"두 분은 안 본 사이에 얼굴이 훨씬 좋아지셨네요. 아마도 사문에 좋은 일이 생겨서겠죠?"

은서령이 공춘보와 하풍달을 보며 한 말이었다.

공춘보와 하풍달은 벙쪘다. 대사형이나 은서령은 몰라도 공화연이 자신들까지 기억하고 있을 줄은 꿈에도 몰랐기 때문이었다.

그때 저잣거리에서 만나지 않았다면 공화연은 자신들 같은 사람이 항주에 사는 줄을 알기나 했을까. 황송한 마음에 공춘보와 하풍달이 허리가 부러져라 인사를 했다.

"여, 영광입니다."

"바, 반갑습니다."

공화연은 두 사람을 향해 방그레 웃어주고는 용악산에게 말했다.

"항주에 입성하신 걸 축하드려요."

묘한 여운이 남는 인사였다.

그리고 다시 은서령에게는 조금 다르게 인사를 했다.

"늦었지만 개파를 진심으로 축하해요."

"고맙습니다."

은서령도 적당한 예로서 마주 인사를 했다.

하상도와 배인걸은 무척 당황했다.

한동안 항주를 떠들썩하게 만들긴 했지만 아직은 작은 문파에 불과한 금룡문의 제자들을 공화연이 어떻게 아는 것일까?

그것도 대화 내용을 보면 상당한 친분이 있는 듯한데.

하지만 사람들의 이런 궁금증을 모두 날려 버릴 만큼 대단한 신분의 사내 하나가 공화연의 뒤에 와 있었다.

뒤늦게 그를 발견한 하상도가 허리가 부러져라 인사를 했다.

"아, 오셨군요. 그렇지 않아도 기다리던 참이었습니다."

배인걸도 하상도의 뒤를 이어 낯선 사내를 향해 정중하게 포권을 했다.

"오랜만입니다."

동작이 크고 과장된 하상도에 비해 배인걸은 지나치지도 모자라지도 않았다.

"내가 두 사람을 번거롭게 한 모양입니다."

새로 나타난 사내가 겸양을 했다.

단단한 체격에 형형한 눈동자, 힘차게 뻗어나간 콧날과 함께 전신에서 뿜어져 나오는 기도는 흡사 바위산을 연상시킬 만큼 단단했다.

그럼에도 불구하고 옷에는 일체의 장식이나 문양을 넣지 않아 무척 정갈하고 깔끔한 인상을 주었다. 덕분에 하상도의 화려한 옷차림이 오히려 경박해 보일 정도였다.

"번거롭다니요. 항주에 들르셨으니 응당 저희들의 대접을 받으셔야지요."

하상도가 말을 했다.

새로운 사내는 뒤를 향해 방금 자신과 함께 올라 온 수하들을 손짓해 물렸다.

하상도가 데리고 온 수하들과는 비교도 못할 정도로 출중한 기도를 풍기는 무인 다섯이 절도 있게 허리를 숙이고는 아래층으로 내려갔다.

하상도도 자신들의 수하를 물렸다.

주변이 대충 정리되자 하상도가 왕소삼을 향해 말했다.

"뭐 하느냐. 어서 저것들을 치우고 깨끗한 음식을 내 오거라!"

그가 말한 저것들 속에는 용악산 일행도 있었다.

하상도의 말에 저만치 숨어 눈치를 살피고 있던 다른 점소이 두 명이 쪼르르 달려 나와 왕소삼과 함께 탁자 위의 음식들을 치웠다.

용악산 일행도 자리를 옮기기 위해 일어서려는데 공화연이 의아한 얼굴로 말했다.

"아직 다 드시지 않은 것 같은데 벌써 가시려고요?"

"예. 더 먹었다간 아무래도 배가 째질 것 같아서요."

공춘보가 곁눈질로 하상도를 힐끗 보면서 말했다.

그는 잉어를 내놓으라고 어깃장을 부리던 하상도를 마지막까지 비꼬고 있었다.

그걸 모를 리 없는 하상도가 눈썹을 씰룩거렸다.

하지만 공화연은 그 말을 배가 불러서 간다는 말로 들었다.

표현이 좀 거칠기는 하지만 그건 또 저 사람들 특유의 습관이리라.

공화연은 용악산을 향해 말했다.

"그러지 말고 합석을 하죠, 서로 인사도 할 겸."

공화연은 다시 새로 나타난 사내를 돌아보며 양해를 구했다.

"휘 오라버니, 이분들은 서동의 명문인 금룡문의 제자들이

세요. 저와는 약간의 안면이 있는 분들인데. 괜찮죠?'

공춘보와 하풍달은 공화연이 금룡문을 명문이라고 추켜세워 주자 은근히 기분이 좋았다.

새로 온 사내는 적당히 밝은 표정으로 고개를 끄덕였다.

작은 동작에서도 가득한 자신감이 느껴졌다.

하상도는 똥 씹은 표정이 되었고 배인걸은 묵묵히 상황을 지켜보기만 했다.

어색한 가운데 다들 자리에 앉아 공화연이 말을 꺼냈다.

"자, 서로 인사들 나누시죠."

공춘보를 시작으로 금룡문의 사람들이 먼저 자기소개를 했다.

마지막으로 용악산이 비파랑이라고 자기의 이름을 밝힌 데 이어 새로운 사내가 포권을 했다.

"남궁휘라고 합니다."

'뜨헙!'

"아아!"

공춘보와 하풍달의 눈이 화등잔만 하게 커졌다.

눈앞에 앉아 있는 사람이 강남제일의 무가인 남궁세가의 대공자 일 줄이야.

절강오룡. 강남십기(江南十技), 이런 별칭은 남궁휘 앞에서는 감히 입 밖으로 꺼내지도 못한다.

절강오룡이라고 해봐야 절강성을 벗어나지 못한다. 강남십기라고 하면 조금은 낫지만 그래도 장강 아래의 강남 지방을 벗어나지 못한다.

하지만 십청룡(十靑龍)이라고 하면 얘기가 다르다.

그들은 하나같이 구대문파나 오대세가와 같은 전통적인 명가 출신들로 전 강호에서 가장 촉망받는 열 명의 기재들이었다.

말이 후기지수지 어지간한 중소문파의 문주 정도는 수련상대로도 성에 차지 않는 강자들.

남궁휘는 바로 그 십청룡 중에서도 수위를 다투는 자였다.

第四章

남궁세가의 대공자

天山刀客

공춘보와 하풍달은 하상도가 왜 그렇게 잉어잉어 했는지 알 것 같았다. 남궁휘와 교분을 쌓는 것은 하상도나 배인걸의 앞 날에도 커다란 영향을 미칠 것이다.

장차 대남궁세가의 가업을 이을 미래의 영웅이 아닌가.

항주에서 난다 긴다 하는 구룡장조차 남궁세가의 오대외장 중 한 곳이고 보면 남궁세가의 저력이 어느 정도인지 짐작할 수 있었다.

사실 공화연이라는 연결 고리가 아니었다면 하상도와 배인 걸은 남궁휘와 교분을 나눌 기회도 갖지 못했을 것이다. 평소 공화연과 가깝게 지냈던 인연으로 남궁휘와 교분을 쌓으려는 데 자신들이 나타나 방해를 한 것이다.

사정이 그러니 공춘보와 하풍달 역시 남궁휘와 이렇게 마주 앉아 술잔을 기울이는 것이 꿈만 같았다. 항주 변두리의 조그마한 무관 제자였던 자신들이 언감생심 남궁세가의 대공자와 술을 마실 거라고 생각이나 했겠는가.

이제 보니 공화연은 자신들에게도 남궁세가와 인연이 닿을 수 있도록 배려를 해주느라 합석을 권유한 것 같았다.

보면 볼수록 마음에 드는 여자였다.

'뭘 그렇게 보는 거요?'

하풍달이 공춘보의 옆구리를 쿡쿡 찌르며 눈총을 주었다.

'아니야, 아무것도.'

'여하튼. 자리가 자리이니 만큼 오늘은 특별히 그 입 좀 조심하시오. '

'알았어, 인마.'

벌써 십 년이 넘게 한솥밥을 먹은 두 사람이었다. 눈짓만으로 어지간한 대화를 척척 통했다. 정신을 차린 공춘보는 이제 눈앞이 펼쳐진 산해진미를 보면서 입이 쩍 벌어졌다.

'이게 다 뭐냐.'

잉어찜이 없어진 게 공춘보에게는 오히려 복이 됐다. 실수를 만회하기 위해 하상도가 최고의 술과 음식들로만 내오게 했기 때문이었다.

그 결과가 지금 눈앞에 펼쳐지고 있었다. 이미 배가 적당히 부른데도 생전 듣도 보도 못한 음식들이 식욕을 자극했다.

아까부터 솔솔 풍기는 향기는 그 유명한 사천의 명주 검난춘(劍南春)?

한 병에 무려 은자 다섯 냥씩이나 한다는 명주였다.

은자 한 냥에 철전 백 냥씩이니 무려 오백 냥짜리 술이다. 그 돈이면 채홍만의 딱지를 열 번이나 떼 주고도 남을 돈이었다.

'으흐흐. 오늘 혀가 호강 한번 제대로 하겠구나.'

반면에 은서령은 지금 이 자리가 불편하기 짝이 없었다.

낯설어서 그럴 것이다. 하나같이 그 이름만으로도 주눅 들게 만드는 사람들.

하상도와 배인걸은 그렇다고 치더라도, 공화연을 다시 만날 줄은 몰랐다. 남궁휘라는 배경 때문인지 그와 나란히 앉은 공화연은 오늘따라 더욱 빛났다.

저런 사람들이 사는 세상은 어떤 세상일까?

시종에 집사에 호위무사에… 원하는 것은 뭐든 가졌을 테지?

슬쩍 고개를 돌려보니 용악산은 아무렇지도 않은 듯 편안한 얼굴이었다.

편안함이 지나쳐 당당해 보이기까지 했다. 남궁세가의 대공자라는 신분 앞에서도 전혀 기가 죽지 않는 것이다.

'그래. 내게도 대사형이 있다 이거야.'

은서령은 가슴을 활짝 폈다.

"제 술 한잔 받으시지요."

하상도가 술병을 들고 남궁휘에게 말했다.

돌돌돌…….

맑은 술이 술잔에 담기는 동안 하상도가 말을 이었다.

"정마대전으로 중단되었던 창룡전(蒼龍戰)이 다시 열린다지요?"

남궁휘는 술잔을 들어 가볍게 한 모금을 마신 후 대답했다.

"그렇다더군요."

"남궁 형께서도 참가를 하신다고 들었습니다만."

"무림맹에서 개최하는 대회이니 성의를 보여야겠지요."

남궁휘가 말을 하면서 공화연을 슬쩍 보았다. 공화연은 그때 용악산에게 술을 권하고 있는 중이었다. 남궁휘의 시선이 잠시 용악산을 향했다가 사라졌다.

"하하하. 아무렴요. 가장 강력한 우승 후보들인 십청룡이 빠진다면 말이 되겠습니까?"

하상도는 마치 창룡전을 자기가 개최하는 것처럼 말했다.

"두 분도 이번엔 좋은 성적을 거두셔야죠?"

남궁휘가 예의 차원에서 한마디를 했다.

"워낙에 쟁쟁한 고수들이 많아야지요. 집안의 어른들은 은근히 기대를 하고 있는 눈치지만 전 그냥 참가하는데 의의를 두렵니다."

겸손한 척했지만 하상도는 은연중에 자신감을 내비치고 있었다. 하상도는 자신이 남궁휘에 비해 크게 밀리지 않는다고 생각했다.

십초에서 오십초 정도?

그런 건 경험과 그날의 운에 의해서도 크게 달라질 수 있는 미묘한 차이였다. 보검이나 영약으로도 좁혀질 수 있는 거리.

그가 밀리는 건 무공이 아니라 남궁세가와 북천방이라는 가문의 차이라고 생각했다. 그 배경 때문에 지금도 이렇게 비위를 맞춰 주고 있는 게 아닌가.

하지만 창룡전에서 우승을 할 수만 있다면 단번에 북천방의 이름을 만천하에 알릴 수 있을 것이다.

물론 하상도의 생각이었다.

'그때는 저 도도한 공화연도 나를 무시하지 못하겠지?

하상도는 남몰래 공화연을 짝사랑하고 있었다.

항주의 내로라하는 후기지수들 치고 공화연을 짝사랑하지 않는 사람은 없었다.

"이번 창룡전에는 그 어느 때보다 많은 사람들이 참가할 거라더군요."

배인걸이 오랜만에 입을 열었다.

"그렇겠지. 무려 이십 년 만에 열리는 창룡전이니까."

하상도가 말했다. 두 살 많다는 이유로 그는 배인걸에게 하대를 했다. 오랫동안 알고 지낸 탓도 있었다.

"하지만 반딧불이가 제아무리 많아도 횃불에는 못 당하는 법이지."

하상도가 말한 횃불은 십청룡으로 대변되는 구파일방과 오대세가의 후기지수들을 일컫는 것이었다. 물론 속으로는 그렇게 생각하지 않지만.

"하기야 지금까지의 우승자는 줄곧 구파일방과 오대세가에서만 나왔지요."

배인걸이 말했다.

하상도는 아까부터 자꾸 묘하게 자신의 신경을 거스르는 배인걸이 못 마땅했다. 지금도 자신은 쏙 빼고 말하지 않는가.

배인걸의 말이 이어졌다.

"하지만 이번엔 이번에는 좀 다르지 않겠습니까?"

"다르다니, 뭐가?"

"지난 이십 년간의 공백은 많은 것을 바꿔놓았지요."

"무슨 뜻인가?"

"말 그대롭니다. 이십 년 동안이나 서로 겨루어보지 않았으니 그사이에 변화가 있었을 수도 있다는 얘깁니다. 강산이 두 번이나 바뀔 세월이 아닙니까."

배인걸의 말은 상당히 도전적이면서도 현 강호의 분위기를 적절하게 표현한 말이었다.

정마대전 후 전통의 명문인 구파일방과 오대세가는 상당한 위축을 보인 반면, 그동안 그들의 그늘에 가려져 빛을 보지 못한 중소문파들이 상당이 성장하고 있었다.

팔대세가니 십대세가니 십오대문파니 하는 말들이 새로 생겨났다는 것만 봐도 구파일방과 오대세가로 대표되던 전통적인 명문의 입지가 흔들리고 있다는 걸 알 수 있었다.

한마디로 중소문파들은 전통의 명문대파와 어깨를 나란히 하기 위해 발돋움을 하고 있다는 뜻. 북천방과 홍인방도 그런

포부를 지닌 곳들 중 하나였다.

배인걸은 말을 해놓고 남궁휘의 인상을 살폈다.

이미 강남 제일의 무가로서 탄탄한 입지를 굳히고 있는 남궁세가로서는 이러한 강호의 변화가 달가울 리 없을 것이다.

하지만 남궁휘는 아무런 표정의 변화가 없었다.

그때 엉뚱한 놈 하나가 불쑥 끼어들었다.

"꼭 그렇지만도 않을 걸요."

말을 한 사람은 공춘보였다.

사람들의 시선이 일제히 공춘보에게로 쏠렸다.

벌써 그 비싼 검난춘을 혼자 두 병이나 비우고 닭다리를 쪽쪽 빨고 있던 공춘보는 사람들의 시선이 한꺼번에 쏠리자 약간 당황했다.

"그게 무슨 말이지?"

하상도가 물었다.

"이런, 세가의 높은 담장 안에서만 살아서 그런지 귀가 많이 어두우시군요. 그러게 사람이란 모름지기 낮은 목소리에도 귀를 기울일 줄 알아야 한다니까."

세상 물정 모른다고 비꼬는 말이었지만 남궁휘와 공화연이 보는 앞이라 하상도는 이를 악물며 참았다.

"끄응, 소문이라니?"

"산동에서부터 돌풍을 일으키고 있는 검객에 대한 소문 말이오."

난주에서 마교의 잔당으로 보이는 이들이 한차례 칼부림을 일으키고 사라진 것과는 별도로 강호에는 신비로운 사내에 대한 소문이 또 떠돌고 있었다.

최근 강호에는 부적 문파나 무가에서 주최하는 무림대회가 많이 열렸다.

정마대전으로 인해 입은 전력의 손실을 회복하고 자신들의 건재함을 과시하기 위해서였는데 이런 무림대회는 전 강호로 들불처럼 번지고 있었다.

그런데 한 사내가 나타나 그런 무림대회를 석권하며 일대 파란을 일으키고 있는 것이다.

그가 처음 등장한 것은 산동의 실세로 떠오르며 오대세가의 자리를 넘보던 동방세가(東方世家)가 주최한 용호연(龍虎宴)에 서였다. 그는 강력한 우승 후보였던 동방세가의 후기지수를 꺾고 당당히 우승했다.

그 이후로도 사내의 행보는 계속됐다.

여러 날의 간격을 두고 하북에서 열린 북룡전(北龍戰), 산서에서 열린 박룡전(拍龍戰) 등등, 무려 십여 개의 무림대회를 석권했다.

하나같이 현 오대세가 중 한 곳이라도 없어지면 당장 그 자리를 차지할 만큼의 대단한 무가들이 개최한 무림대회였다.

그야말로 강북의 무림대회를 혼자서 싹쓸이했다고 해도 과언이 아니었다. 그것도 쟁쟁한 명가의 모든 후기지수들을 물리치고.

그런데도 사내의 내력에 대해선 전혀 알려진 것이 없었다.

사문이 어디인지, 이름이 무엇인지, 주로 사용하는 절기가 무엇인지 등등.

그는 무림대회에 참가할 때마다 이름과 얼굴을 바꾸었다.

다만 안법이 높은 자들을 통해 그 모두가 동일 인물일 거라는 추측이 조심스럽게 흘러나왔고 어느 순간 그게 정설로 굳어져 버렸다.

그리고 신비검객(神秘劍客)이라는 별호까지 붙여주었다.

강호인들은 이제 이 신비로운 사내의 행보에 주목했다. 특히, 한 달 후에는 하남에서 전 강호를 통틀어 가장 큰 무림대회가 열릴 예정이었다.

이른바 창룡전.

정마대전 후 침체된 무림을 부흥하고 정파무림인들의 결속을 다지는 한편, 후기지수들의 사기를 북돋우기 위해 무림맹에서 주최하는 무림대회였다.

비상하는 젊은 용들의 싸움이라는 거창한 이름답게 창룡전에는 구파일방과 오대세가를 비롯한 중원의 내로라하는 명문대파의 후기지수들이 대거 참여할 거라는 소문이 돌았다.

하지만 군중들은 신비검객이 창룡전에 참가할 것인지에 온통 관심이 쏠렸다. 그를 보기 위해 수많은 사람들이 지금도 무림맹이 있는 하남으로 향하고 있었다.

"아무리 신비검객이라도 창룡전은 어렵지요. 그야말로 중원 최고의 후기지수들이 겨루는 자리에 지방에서 쓰던 칼이 통하겠습니까? 하하."

하상도는 공춘보를 무시하며 남궁휘에게 들으라는 듯이 말했다. 그 역시 신비검객에 대한 소문은 귀가 따갑게 들었다.

신비검객의 출현이 가장 껄끄러운 것은 역시 구파일방과 오대세가였다. 만에 하나 신비검객이 정말 창룡전에서 우승을 하기라도 한다면 구파일방과 오대세가는 체면을 이만저만 상하는 게 아니었다.

애초의 의도가 그렇지 않았더라도 과거의 창룡전은 사실상 구파일방과 오대세가의 입지를 더욱 공고히 하는 결과밖에 가져오지 않았다.

봐라. 너희들은 아무리 노력해도 우리를 따라올 수 없다.

이게 지난 창룡전이 전 강호에 주었던 교훈이었던 것이다.

"사람들은 그렇게 생각하지 않던데요."

공춘보가 또 술잔을 비우면서 말했다. 말 한마디에 검난춘 한 잔이었다.

"……?"

하상도가 인상을 찌푸리며 공춘보를 노려보았다.

"하오문의 도곤들은 신비검객이 십청룡을 꺾고 우승할 거라는데 무게를 두더군요. 자, 이제 어떤 걸 먹어 볼까나?"

공춘보가 말끝에 손가락을 쪽쪽 빨고는 탁자 위에 놓인 음식들을 게걸스럽게 노려보았다. 하상도와 주거니 받거니 대화를 하고는 있지만 신경도 쓰지 않는 눈치였다.

공춘보 역시 노름꾼 출신이었다.

무인들의 생사결을 두고 투전을 하는 하오문의 도곤들과는 영역이 달랐지만 어느 정도 인맥이 있어 그쪽 세계의 소식엔 정통했다.

"그까짓 도곤 놈들이 무림대사에 대해 뭘 알겠습니까. 그저 자기들끼리 푼돈을 걸고 심심파적으로 나불거리는 소리에 지나지 않죠."

하상도가 이번에도 공춘보를 애써 무시한 채 남궁휘를 보며 말했다. 사실이야 어쨌든 그는 오늘의 만남을 좋은 분위기에서 끝내고 싶었다.

남궁휘의 신경을 건드려서 좋을 게 하나도 없었다. 하지만 저 눈치 없는 들창코 녀석은 머리통이 썩었는지 도무지 돌아가는 분위기를 몰랐다.

"다른 곳은 모르겠고, 항주에 있는 하오문 도곤들의 예측은 한 번도 빗나간 적이 없다지요, 아마. 우걱우걱. 역시 안주는 구운 원숭이 주둥이가 최고야."

두툼하면서 주름진 것이 어떤 동물의 항문이 아닐까 했더니 원숭이 주둥이였나 보다.

남들은 징그러워 손도 대지 않는 걸 공춘보는 날름날름 잘도 집어 먹었다. 안주를 먹은 다음엔 꼭 검난춘을 한잔씩 곁들였다. 술이 독한지 '커, 커' 하는 소리를 동반하면서.

한편, 한 번도 지지 않고 따박따박 딴죽은 거는 공춘보 때문에 하상도는 점점 부아가 치밀었다.

공춘보의 앞에 놓인 검난춘도 눈에 거슬렸다.

그까짓 검난춘 정도야 하상도의 재력이라면 얼마든지 살 수 있지만 마치 이때다 하는 태도로 들이붓고 있으니 얄밉다 못해 손모가지를 뎅겅 자르고 혓바닥을 뽑아 버리고 싶을 지경이었다.

무엇보다 저런 하급의 놈들과 같은 자리에 앉아 있다는 것이 신경에 거슬렸다.

하상도가 눈썹을 씰룩씰룩 하는데 공화연이 불쑥 용악산에게 물었다.

"금룡문의 제자분들도 창룡전에 참가하실 거죠?"

사람들의 시선이 동시에 공화연과 용악산에게로 향했다.

"생각해 본 적 없소."

용악산은 간단하게 답했다.

"배 공자께서도 말씀하셨지만 이번 창룡전은 그 어느 때보다 많은 사람들이 참가할 거예요. 천하의 무인들이 보는 앞에서 우승을 하면 금룡문의 위상이 단번에 높아질 수 있어요. 이건 두 번 다시 오지 않을 기회라고요."

공화연의 말은 어쩐지 금룡문을 응원하는 듯한 느낌이었다.

한편, 하상도는 실소를 금치 못했다. 공화연은 분명 우승이라고 했다.

'홍, 금룡문이? 지방의 변두리 무관에서 이제 겨우 개파를 한 문파가? 지나가던 개가 웃을 노릇이군.'

그 순간 여태 평정심을 유지하고 있던 남궁휘의 낯빛이 차가워졌다. 배인걸은 진작부터 착 가라앉은 표정이었다. 그제야 하상도는 공화연이 내뱉은 말의 무게를 실감했다.

그녀는 큰 실수를 했다. 유력한 우승 후보 중 한 사람인 남궁휘가 보는 앞에서 금룡문의 우승 운운했으니 남궁휘로서는 크게 자존심이 상하는 일이었다.

특히나 공화연은 남궁휘가 마음에 두고 있는 여자였다.

항주와 안휘의 후기지수들 사이에서는 공화연이 남궁휘의 여자라는 게 공공연한 소문이었다. 그건 구룡장으로서도 크게 환영할 일이었다. 공화연이 남궁세가의 며느리가 되는 순간부터 구룡장의 위상 또한 급격히 달라질 테니까.

때문에 구룡장주는 공화연과 남궁휘가 가까워지는 일이라면 지원을 아끼지 않았다.

공화연이 질문을 계속했다.

"지금이라도 참가를 고려해 보시는 건 어때요?"

"별로 내키지 않소만."

"왜 그렇죠?"

"무림대회에서 우승을 한다고 문파가 강해지진 않소."

"제 말을 잘못 이해하신 것 같아요. 전 문파가 강해진다고 말한 게 아니라 위상을 높일 수 있다고……."

"이해했소. 난 단지 허명에는 관심이 없다는 말을 한 것뿐이오."

이거야말로 시건방진 소리다.

이렇게 되면 남궁휘나 하상도, 배인걸은 뭐가 되는가. 단번에 아무짝에도 쓸모없는 허명을 쫓아 창룡전에 참가하는 못난 사람이 되는 것이 아닌가.

은서령은 용악산이 왜 이런 말을 하는지 이해하기 어려웠다.

분위기가 싸늘하게 식은 가운데 아슬아슬한 줄타기 같은 대화가 계속되었다.

그리고 이번에 말을 한 사람은 남궁휘였다.

"귀하가 허명을 쫓는 무인이 아니라는 건 존중할만 하오만 창룡전은 단순한 무림대회가 아니오. 천하의 무공이 모두 한 자리에 모이는 유일무이한 대회이니만큼 그런 곳에서 우승을 한다면 사문의 무공이 뛰어남을 입증할 수 있지 않겠소? 입신양명이나 부귀를 위한 것이 아니라 사문의 명예를 위한 것이니 결코 허명이라 할 수는 없지요."

"그래 봐야 후기지수들끼리의 경합이겠지요."

"무슨… 뜻입니까?"

남궁휘의 눈빛이 날카로워 졌다.

"말 그대로입니다. 본시 무공이란 그것을 익힌 사람에 따라 천양지차를 보이는 법. 창룡전에서 우승을 했다고 해서 반드시 그 무공이 강하다고 볼 수는 없지요."

"화왕(火王)은 이십구 세에 강호 십대고수의 반열에 들었지요. 제공검(制空劍)은 이십칠 세에, 현 무림맹주는 이미 이십오 세에 그 분들의 옛 명성을 얻었습니다. 모두가 창룡전이 배출한 영웅들이지요. 후기지수들이라고 하여 얕볼 수가 없다는 건 무림의 역사가 증명합니다. 그래서 모두들 창룡전에 열광을 하는 것입니다."

"중원 십대고수(十大高手)로 일컫는 사람들 중 구파일방과 오대세가의 인물이 하나도 없다는 건 어떻게 생각합니까?"

"이름이 없음이 실제로 없음은 아니지요. 당장 소림사만 하더라도 십대고수와 겨루어 손색이 없는 고승들이 즐비할 겁니다. 화산과 무당이라고 사람이 없겠습니까? 명문대파의 겸손함을 무능함으로 오해하시면 곤란하지요."

"남궁 공자께서는 그들의 실체는 보시면서 정작 본인의 입으로 말한 그들의 겸손함은 보이지 않는 모양이군요."

대화는 점점 용악산과 남궁휘의 논쟁으로 이어졌다.

남궁휘는 창룡전의 전통과 그것이 강호에서 지니고 있는 무게를 역설했고 용악산은 그것이 부질없음을 말했다.

급기야 남궁휘가 이렇게 물었다.

"무인이 강함을 증명하고 명예를 얻는 것이 굳이 허물일 이유는 무엇이오?"

"허물이라고 보지 않습니다. 다만, 창룡전의 참가는 강함을 증명하는 것이 아니라 넓은 세상을 견식하고 자신을 돌아볼 때에야 비로소 의미가 있을 것이오."

용악산의 말은 방점을 찍는 것이었다. 그것이야 말로 애초 창룡전이 시작될 때의 기치를 설명한 것이니까. 즉, 무인으로서 마땅히 가져야할 초심을 지적한 것이다.

"으음. 아무래도 귀하와 나는 생각이 많이 다른 것 같군요."

문득 할 말을 잃은 남궁휘는 그 말을 끝으로 대화를 끝냈다. 앞에 놓인 술잔을 들이키는 모습에서 흥분한 마음을 감추지 못한다는 걸 알 수 있었다.

뭐라고 변명을 해도 그는 결국 잔뜩 겉멋이 들어 허명이나 좇는 소인배가 되어버린 것이다.

분위기가 찬물을 끼얹은 것처럼 싸늘해지는 것은 당연했다.

가장 속이 탄 사람은 하상도였다. 어떻게 만든 자리인데 엉뚱한 놈들이 나타나 초를 치나. 그는 무슨 짓을 해서라도 남궁휘의 기분을 풀어줘야 할 이유가 있었다.

"하하하. 약자들의 변명은 언제나 그럴듯하지. 하긴 엊그제만 해도 표사질이나 하던 무관의 제자들이 감히 창룡전에 얼굴을 내밀 수가 있겠는가 말이야. 하하하. 하하하하."

하상도의 웃음이 너무 컸다. 금룡문 사람들을 면박을 주려는 의도가 지나치게 표가 났다. 좌중이 더욱 싸늘하게 식은 가운데 공춘보가 하풍달에게 귓속말을 했다.

"쟤 몇 살이냐?"

기겁을 한 하풍달이 사람들의 눈치를 보며 목소리를 쥐어짰다.

"지, 지금 뭐 하자는 거요?"

"척 보니 나보다 어린 것 같은데 아까부터 계속 반말이네. 에잇, 재수없어."

에잇, 재수 없어……. 에잇, 재수 없어…….

하상도의 머릿속에 공춘보의 마지막 말이 메아리처럼 울려퍼졌다. 하상도의 얼굴이 시뻘게지다 못해 피처럼 붉어졌고 눈동자에서는 화염이 활활 타올랐다.

그 순간 공화연이 슬쩍 고개를 돌리는데 어깨가 들썩들썩했
다. 웃고 있는 게 분명했다. 화가 머리끝까지 뻗친 하상도가
기어이 폭발했다.

"이 빌어먹을 자식아아아아!"

차앙!

벌떡 일어난 하상도의 허리춤에서 넉 자 반 길이의 장검이
뽑혔다. 검신 전체가 황금빛으로 번뜩이는 것이 한눈에 보기
에도 범상치 않았다.

하상도에게 금검이라는 별호를 안겨준 보검.

소문에는 그의 아비가 저 먼 천축에까지 가서 구해온 것이
라고 했다. 그 보검이 지금 공춘보의 배를 가르고 있었다.

그래서 배라도 째드려요? 하던 공춘보의 말이 현실로 벌어
지는 순간이었다.

"으헉!"

놀란 공춘보가 후다닥 일어나 몸을 뺐다.

하상도는 탁자 밖으로 나간 공춘보를 향해 신형을 날렸다.

동시에 보검이 공춘보의 정수리를 내려쳤다. 아슬아슬하게
비껴간 보검이 옆 탁자를 정확히 쪼갰다. 탁자가 무너지고 공
춘보가 폴짝폴짝 뛰어다녔다.

순식간에 객점의 이층은 난장판이 되었다.

"이런 쥐새끼 같은 놈!"

하상도의 검이 수평으로 휘둘러졌다. 동작이 커도 기세가
대단해 엄청난 속도를 냈다. 파공성이 귀청을 찢을 정도였다.

이는 그의 무공이 이미 상당한 수준에 이르렀음을 말해주는 것이었다. 패검이 일정한 경지를 넘어 쾌검을 바라보는 수준.

패검과 쾌검.

얼핏 보면 전혀 다른 성질의 무공 같지만 그 귀결은 같다. 힘이 극에 이르면 섬전 같은 속도를 내고, 섬전 같은 속도가 극에 이르면 천하에 못 자를게 없는 패검이 되는 것이다.

공춘보의 말장난에 쩔쩔 매던 하상도가 갑자기 대단해 보이는 순간이었다.

쓰아아악!

보검이 공춘보의 가슴 쪽 옷자락을 서늘하게 베고 갔다. 동시에 방향을 틀더니 목을 향해 수평으로 그었다.

공춘보가 자라목처럼 목을 쏙 움츠렸다.

검이 아슬아슬하게 비껴가며 공춘보의 머리털이 공중으로 솟구쳤다. 맹렬한 검풍에 쑤욱 빨려 올라간 것이다.

"후어어억!"

공춘보의 얼굴에서 핏기가 싹 사라졌다.

하풍달에게 속닥속닥할 때만 해도 솔직히 저 시건방진 놈을 골려먹자는 생각이 있었다. 대가리에 피도 안 마른 놈이 너무 안하무인이지 않은가.

물론 믿는 구석이 있었다. 탁자에 앉아 있는 대사형.

하상도가 제아무리 날고 긴다고 해도 대사형에게는 못 당하리라는 철석같이 믿음이 있었다. 북망동에서 지옥혈마와도 일장을 부딪쳤던 대사형이 아닌가.

그런데 지금은 그런 생각이 싹 달라졌다. 하상도의 무공이 상상 이상으로 강했던 것이다. 무엇보다 대사형 용악산은 지금 남의 일인 것처럼 팔짱을 끼고 구경만 하고 있었다.

공춘보는 용악산을 끌어들이기 위해 일부러 그에게로 넘어졌다.

"이크. 대사형이 거기 계셨네요."

하상도가 한순간 흠칫 했다. 용악산과 눈이 마주치는 순간 자신도 모르게 조금 전의 기억이 떠올랐기 때문이었다.

그러나 용악산은 하상도에게는 눈길도 주지 않고 공춘보에게 말했다.

"먼저 공격을 해온 자다. 왜 계속 피하기만 하는 거냐?"

"하, 하지만 그는 북천방의……."

"그래서."

"예?"

"맨손인 사람을 향해 검까지 휘두르는 자다. 순순히 목을 내줄 참이냐?"

"그게 아니라, 일이 커지면……."

"너에게도 사문이 있다. 이 일로 북천방이 시비를 걸어온다면 금룡문 또한 좌시하지 않을 것이다."

지금 이 순간 금룡문은 북천방과 동등했다.

개파를 했지만 공춘보에게는 알게 모르게 북천방과 금룡문은 아직도 귀천의 차이가 존재한다는 자격지심이 있었다.

하지만 대사형은 자부심을 가지라고 말한다. 든든한 배경이 되어주겠다고 말한다.

하상도는 어이가 없었다. 용악산의 말은 자신이 검을 들지 않으면 공춘보를 이길 수 없다는 말이 아닌가. 공화연까지 보는 앞에서 더욱더 자존심이 상한 하상도였다.

쑤에애액!

어느새 검을 버린 하상도의 주먹이 공춘보의 면상을 향했다.

"에따, 모르겠다!"

파앙!

공춘보는 벼룩처럼 튀어 오르더니 허공에서 하상도의 천령개를 향해 수도를 내려쳤다.

본격적인 공방이 시작된 것이다.

"대사형!"

은서령이 새파래진 얼굴로 용악산을 불렀다.

"그냥 놔둬봐."

"하지만 그는 북천방 내에서도 상당한 고수예요."

"그러니 더욱 좋지. 저런 상대는 만나기 쉽지 않거든."

그제야 은서령은 용악산의 의도를 알 수 있었다. 용악산은 하상도를 공춘보의 수련 상대 쯤으로 여기고 있었다.

쾅! 쾅! 쾅!

객점의 이층은 좁다.

두 사람의 투기가 자신들이 앉아 있는 탁자에까지 미치자 다들 자리에서 일어나 양쪽으로 비켜섰다.

단 두 사람, 용악산과 남궁휘만이 탁자를 가운데 두고 마주
앉아 각자 자신의 앞에 놓인 술잔을 기울이고 있었다.

"사제에 대한 믿음이 대단하군요."

남궁휘가 말했다.

"내 사제는 하상도에게 미치지 못합니다."

"……?"

"아마 열대 정도는 맞을 겁니다."

퍼퍼퍼퍼퍽!

용악산의 말이 끝나기도 전에 하상도의 주먹이 공춘보의 면
상을 두들기고 있었다. 공춘보의 우악스런 얼굴이 안쓰러울
정도로 뒤틀렸다.

용악산의 예측이 그대로 적중하자 남궁휘는 상당히 놀랐다.
그걸 알면서도 사제를 호랑이에게 던져 주었다는 말인가.

"…하지만 한 방만 제대로 먹이면 상황은 달라질 겁니다."

"하상도는 나를 대접하려고 이 자리를 만들었습니다. 말하
자면 나는 그의 일행이라고 볼 수 있지요."

"공춘보는 내 사제지요."

"내가 만약… 이 상황을 좌시하지 않겠다면 어쩌시겠습니
까?"

"궁금하면 시험을 해보시던지요."

두 사람 사이에 불꽃 튀는 신경전이 벌어졌다.

명가의 후예답게 남궁휘의 기도는 엄청났다. 태산이 압박해
오는 듯한 중압감. 그에 반해 용악산은 고요한 바다 같았다.

겉으로는 평온해 보이지만 일단 광풍이 몰아치면 무엇이든 집어삼켜 버릴 것 같은 바다.

그 순간.

빠악!

아래쪽을 파고든 공춘보의 주먹이 하상도의 턱을 정확히 올려쳤다. 턱이 팩 돌아간다 싶더니 이빨 두어 개가 튀어 오르고 핏물이 허공에 호선을 그렸다.

저만치 나가떨어지는 하상도는 기어이 정신을 잃고 쓰러졌다.

주먹에 온 힘을 실었는지 공춘보 역시 회전을 하며 허공으로 약간 치솟았다가 바닥에 착지를 했다. 금룡문의 비전절기 풍천장의 풍륜강(風輪殭)이라는 초식이었다.

공춘보가 하상도를 쓰러뜨릴 거라고는 누구도 생각 못했기에 사람들의 놀라움은 이루 말할 수가 없었다.

하풍달은 입이 쩍 벌어졌고 은서령은 눈알이 튀어나올 것처럼 커졌다. 공화연과 배인걸은 잘못 본 게 아닌가 싶어 자꾸 눈을 비볐다.

하지만 잘못 본 건 없었다.

상황이 모든 걸 말해주고 있지 않은가.

하상도는 입에서 피를 흘리며 쓰러져 있고 공춘보는 그 옆에서 양팔을 잔뜩 벌린 채 어깨를 치켜 올리고는 씩씩거리고 있었다.

한순간 침묵이 찾아왔다.

그 침묵과 동시에 남궁휘가 몸을 일으켰다. 그의 전신에서 강렬한 투기가 흘러넘쳤다. 범상치 않은 기운을 느낀 사람들이 일제히 남궁휘와 용악산을 보았다.

두 사람이 격돌한다면 이만저만 일이 커지는 게 아니다.

한 사람은 강남 제일무가의 후기지수. 한 사람은 천산에서 왔다는 신비의 도객. 아마 둘 중 하나는 죽어나가는 것으로도 모자라 사문에까지 영향을 미칠 것이다.

십중팔구 그 최대 피해자는 금룡문이 될 것이다. 남궁휘의 몸에 생채기 하나라도 냈다간 멸문의 화를 당할 테니까. 사람들의 생각은 그랬다.

그때.

"어라? 저게 뭐지?"

일층 객청에서 누군가 허공을 가리키며 말했다.

이층에서 떨어진 게 틀림없어 보이는 낱장의 종이들이 사방으로 흩날리고 있었던 것이다. 뭔가 불길한 것을 예감한 공춘보가 서둘러 자신의 품속을 더듬었다.

'없다!'

채홍만에게 주려고 샀던 그 모종의 책이 없어졌다.

처음 하상도의 보검이 자신의 옷자락을 잘랐을 때 서책의 낱장을 묶은 가죽 끈이 함께 잘렸나 보다. 공춘보가 하상도의 턱주가리를 올려치느라 동작을 크게 할 때 그것이 바깥으로 튀어나간 것이다.

글씨가 빽빽하게 적혀져 있는 수십 장의 종이가 봄바람에 벗꽃이 흩날리듯 그렇게 일층의 바닥으로 떨어져 내리고 있었다.

일층에서 구경을 하고 있던 왕소삼의 얼굴 위에도 한 장이 내렸다. 색깔이 칙칙하고 두꺼운 것이 겉장인 것 같았다.

"육덕거사(肉德居士)의 영웅호담(英雄豪談)? 육덕거사라는 사람이 쓴 책인가?"

왕소삼은 바닥에 떨어져 있는 종이를 한 장 더 집어 들더니 별 생각 없이 소리 내어 읽어 내려가기 시작했다.

어느 날 친구 집에 놀러 갔다. 그런데 친구는 없고 친구의 누나가 회랑에서 혼자 자고 있었다. 나는 그냥 가려고 했는데 누나의 고쟁이가……

왕소삼이 거기까지 읽었을 때 여기저기서 숙덕거리는 소리가 들려왔다.

"춘서(春書)네, 춘서."

"묘사가 아주 사실적인걸."

"그런데 누가 이런 걸 들고 왔지?"

"글쎄. 이층에서 떨어진 것 같은데."

일층에 있던 사람들의 시선이 약속이나 한 듯 이층으로 향했다. 이층에 있는 사람들은 너나 할 것 없이 얼굴이 홍시처럼 새빨개졌다.

이렇게 민망하고 억울할 때가 있나.

일층 사람들은 춘서의 주인이 누구인지 정확히 모른다. 그렇다고 자신의 것이 아니라고 강변하기도 어색했다. 설사 강변을 한다고 해도 수치스러움은 사라지지 않을 것 같았다.

어쨌거나 자신들 중 한 사람은 춘서를 가지고 있었고 그런 작자와 어울렸다는 것 자체가 부끄럽기 짝이 없는 일이었다.

잠시 쥐죽은 듯한 침묵이 흐른 후 남궁휘가 먼저 벌떡 일어나며 말했다.

"오늘은 이만하는 게 좋을 것 같군."

그리고는 후다닥 계단을 내려가 사라지는 것이었다. 자신을 알아보는 사람이 없기를 바라면서.

뒤를 이어 공화연과 배인걸도 똥이라도 밟은 사람처럼 앞다투어 자리를 떴다. 하상도의 수하들은 공춘보를 무섭게 노려본 후 기절한 하상도를 부축해 내려갔다.

남은 사람들은 이제 금룡문의 사형제들밖에 없었다.

"내가 부끄러워서 진짜."

하풍달은 마치 자기와는 아무런 상관이 없는 것처럼 공춘보를 노려보며 말했다.

"네, 네 놈이 그렇게 말하면 안 되지."

"제발 부탁인데 어디 가서 나랑 사형제간이라고 말하지 마시오."

"하아, 이 자식이 진짜."

하지만 공춘보는 하풍달을 상대하고 있을 때가 아니었다.

은서령이 자신을 잡아먹을 듯 노려보고 있었기 때문이다.

공춘보가 쪼르르 달려와 황급히 손을 내저으며 말했다.

"사매, 아냐! 그게 아냐!"

그때 일층에 떨어진 춘화첩의 낱장을 하나씩 주워온 왕소삼이 공춘보에게 척 건네주며 말했다.

"여기, 아저씨 물건요. 헤헤, 이런 거 좋아하시나 봐요?"

"으아아아악. 그게 아니라고!"

*   *   *

다음날.

하풍달은 이른 아침부터 연무장으로 나섰다.

연무장에는 일대제자와 이대제자를 막론하고 금룡문의 제자들이 모두 나와 수련을 하고 있었다.

얼마 전부터 용악산이 표자룡보다 늦게 일어나는 놈은 호보를 한 시진씩 시킨다고 엄포를 놓은 후부터 생긴 변화였다.

표자룡은 언제나처럼 열심이었다. 지금도 가장 많은 땀을 흘리고 있었다. 그는 누가 보든 말든 수련에 매진했다.

채홍만은 대초자곤으로 허공을 휘두르고 있었다.

무시무시한 쇠몽둥이가 만들어 내는 파공성에는 아직도 풀지 못한 몸 속 저 깊은 곳의 억압이 느껴졌다.

"저… 홍만아."

하풍달이 조심스럽게 다가가 물었다.

부웅!

채홍만이 돌아서면서 휘두른 대초자곤이 하풍달의 머리 위를 아슬아슬하게 지나갔다.

'꿀꺽.'

"왜요?"

"무, 무슨 불만 있냐?"

"먹여주고 재워줬으면 됐지, 나 같은 놈이 무슨 불만이 있겠습니까?"

확실히 불만이 있었다.

"너 그거 못 받았어?"

"뭐 말입니까?"

"공 사형이 뭐 주지 않았어?"

"글쎄, 뭘요?"

목소리에 짜증이 가득 담겨 있었다.

무언가를 직감한 하풍달이 썩은 얼굴로 연무장을 둘러보았다. 아니나 다를까, 공춘보가 보이질 않았다.

"사형이고 뭐고, 내 이놈의 들창코를 그냥!"

하풍달은 소매를 걷어붙이고 공춘보를 찾아다녔다.

하지만 공춘보를 찾는 일이 쉽지 않았다. 옛날의 금룡관 같았으면 어디에 있을지 훤했지만 지금은 장원이 넓어져 도통 알 수가 없었다.

"그 인간은 남만충(南蠻蟲:바퀴벌레)처럼 구석진 곳을 좋아하니 틀림없이 으슥한 곳에 박혀 있을 텐데."

일각이나 헤맨 끝에 하풍달은 전각과 전각 사이 좁은 통로에 쭈그리고 앉아 있는 공춘보를 발견했다. 등을 보인 채 한

손에는 침을 잔뜩 묻히면서 책장을 넘기는데 뭐가 그리 좋은
지 연신 싱글벙글 이었다.

"어우, 쏠린다. 쏠려. 쿡쿡쿡."

"자~알 한다, 잘해."

화들짝 놀란 공춘보가 후다닥 책을 감추었다.

"아욱, 깜짝이야. 난 또 사매인 줄 알고 식겁했잖아!"

어제 객점에서 하상도에게 맞은 것 때문인지 눈은 가자미처
럼 툭 튀어 나왔고 들창코는 주먹만큼 부풀어 황소도 드나들
것 같았다.

"쯧쯧쯧. 그 얼굴을 해서 그게 보고 싶습디까?"

"보긴 누가 본다고 그래. 가죽 끈이 떨어져서 묶는 중이었다
고."

"빼돌릴 게 없어서 이젠 사제의 춘서까지 빼돌리고. 정말 한
심하다, 한심해."

"빼돌리긴 누가 빼돌려. 딱 한 번만 보고 줄라고 그랬어."

"다시 묻지만 그 얼굴을 하고도 그게 보고 싶습디까? 딱하
오, 딱해."

"네가 잘 모르는 모양인데. 이런 건 돌려보는 게 제 맛이라
고."

"내 평생 춘서를 빌려갔다가 돌려줬다는 놈은 들어보질 못
했소. 내가 말 안 했으면 슬쩍 했을 거면서 무슨."

"이 자식이 근데 사형 알기를……."

"아아, 쓸데없는 소리 말고 빨리 갑시다. 대사형 기침하실

때 됐소. 날 더러 오늘은 중요한 일이 있으니까 일찍 나오라고 신신당부를 하더니 무슨."

"후압. 벌써 시간이 그렇게 됐나?"

민망한 공춘보는 하풍달을 젖히고 얼른 연무장으로 달려갔다.

"쯧쯧쯧. 신선놀음에 도끼자루 썩는 줄 모른다더니……."

* * *

"타앗!"

"으랏차!"

"하잇!"

오늘따라 바깥에서 들리는 기합 소리는 더욱 우렁찼다.

유난히 큰 목소리를 내는 사람은 공춘보와 하풍달이었다.

침상에서 일어난 용악산이 소세를 하고 옷을 갖춰 입을 때까지도 기합 소리는 그치질 않았다. 급기야 용악산이 연무장으로 나갔을 때는 공춘보와 하풍달이 진검을 들고 대련을 하는 중이었다.

쑤에애애액! 깡깡! 쑤에애애액! 깡깡!

예전의 공춘보와 하풍달이 아니었다. 칼은 서로 상대방의 심장 근처까지 다다를 정도로 급박했고 동작은 정교하기 짝이 없었다. 용악산이 나타나자 기합 소리는 더욱 커졌다.

잠시 후 한바탕 칼춤을 추고 난 공춘보와 하풍달이 흐르지도 않은 이마의 땀을 닦는 척하며 말했다.

"후후. 풍달아, 그사이 실력이 많이 늘었구나."

"공 사형도 대단하십니다. 이 정도면 충분히 창룡전에 참가하시고도 남겠습니다. 하하하."

"아아, 아직은 멀었다. 창룡전이 어디 박 영감네 팔순잔치더냐."

사전에 짜놓은 각본대로 연기를 하려니 대사가 어색하기 짝이 없었다.

"어이쿠. 대사형께서 기침을 하셨네."

공춘보는 그제야 용악산을 발견한 척하고는 하풍달과 함께 점잔을 빼며 다가왔다.

"대사형, 기침하셨습니까?"

"대사형, 기침하셨습니까?"

"말해봐."

"예?"

"나한테 할 말 있는 거 같은데."

"하하. 할 말이라뇨. 저희들은 그저 열심히 수련을 하다가 대사형께서 보이시기에……."

"그래? 그럼 계속 수고해."

용악산이 발걸음을 돌리려는데 공춘보가 얼른 앞을 가로막으며 말했다.

"창룡전에 대해 어떻게 생각하십니까?"

"관심 없는데."

“그, 그렇군요. 하지만 한번쯤 관심을 가져보시는 것도 그리 나쁘지는 않을 것 같습니다만……”

“참가하고 싶어?”

“하하, 저보다 풍달이가 꼭 한번 참가를 해보고 싶다고 해서요.”

“어라? 왜 또 엉뚱한 사람을 끌어들이고 그런데? 난 별 생각 없다는데도 아침부터 작전을 짜라고 한 게 누군데.”

“험험.”

공춘보는 하풍달의 옆구리를 쿡쿡 찌르고는 용악산에게 말했다.

“대사형, 콧구멍에 바람도 쐴 겸 하남으로 한 바퀴 쓰윽 돌아보시는 게 어떻겠습니까?”

하남은 창룡전이 열리는 무림맹이 있는 곳이다.

“그럼 그럴까?”

“예? 정말요?”

“두어 달 후에.”

“……!”

“……?”

“에잇, 그래요. 나 창룡전에 참가하고 싶다고요.”

원래의 목소리로 돌아온 공춘보가 버럭 소리를 질렀다.

“쓸데없는 소리 말고 수련이나 열심히 해.”

“대사형, 사부님께 말씀드렸더니 대사형과 함께 간다면 허락하시겠답니다. 제발요.”

“창룡전에 참가해서 뭐하게?”

“예?”

순간 당황한 공춘보가 눈을 크게 떴다.

옆에서 하풍달이 대신 말을 했다.

“천하의 미녀들이 다 모인다지 않습니까? 구룡장의 공화연 소저랑 안면도 텄겠다. 이참에 공화연 소저를 발판 삼아 중원 각지로 마수를 뻗으려는 게지요.”

“아, 이 자식은 꼭 말을 해도. 대사형, 솔직히 그런 마음도 없는 게 아닌 건 아니지만 그보다 견문을 넓히고 싶습니다.”

“견문?”

“예. 대사형께서도 말씀 하셨지만 창룡전은 중원의 내로라 하는 무공들이 한자리에 모이는 기회이지 않습니까. 그런 걸 볼 수 있는 기회가 그리 흔치는 않지요.”

평소의 공춘보답지 않게 진지했다. 그리고 상당히 설득력이 있는 말이기도 했다.

항주 지방의 무인들이 수천 리 떨어진 소림의 절예들을 볼 수 있는 기회가 얼마나 될까?

화산의 매화검은? 무당의 태극권은?

어디 소림, 화산, 무당뿐이랴. 그동안 전설로만 듣던 명문의 무공을 직접 체험해 볼 수 있는 좋은 기회였다.

만약 직접 창룡전에 참가한다면?

강호의 격언 중에 백번의 비무가 한 번의 실전만 못하다는 말이 있다. 다양한 무인들과 다양한 무공을 겨룬다면 수년 동안 비무행을 다닌 것만큼이나 성취가 있을 것이다.

용악산이라고 어찌 그걸 모를까.

선뜻 허락을 하지 않는 것은 사제들이 자칫 겉멋이 들어 무인의 본분을 잊을까 염려해서였다.

그때 벽월검의 수련을 마친 표자룡이 다가와 땀을 닦으면서 말했다.

"대사형께서 허락하신다면 저도 참가를 해보고 싶습니다."

뜻밖의 응원군이 나타나자 공춘보가 반색을 했다.

"보세요, 자룡이도 참가하고 싶다지 않습니까?"

'아, 이럴 줄 알았으면 처음부터 자룡이와 작전을 짤걸.'

"너도 춘보와 같은 생각이냐?"

용악산이 물었다.

"공명심 따위에는 관심이 없지만 제 실력이 어느 정도인지 알고 싶습니다."

그때 또 다른 목소리가 들려왔다.

"한번 참가해 보는 것도 나쁘진 않겠지."

은도천이었다. 연무장에서 수련 중인 제자들이 일제히 허리를 숙이며 인사를 했다.

"들자 하니 이번 창룡전은 그 어느 때보다 많은 고수들이 참가할 거라고 하더구나. 경험을 쌓아 나쁠 건 없을 것 같다만."

第五章
천하의 영웅들은 하남으로 모여 든다

天山刀客

사흘 후 용악산은 북쪽으로 향하는 배 위에 있었다.

경항운하를 따라 회안까지 간 다음 회하를 따라 하남으로 들어갈 생각이었다. 마침 회안으로 향하는 교룡방의 조운선이 있어 공짜로 얻어 탈 수 있었다.

교룡방에서는 용악산 일행이 여행을 하는 동안 불편함이 없도록 작은 것 하나까지 배려를 해주었다.

남궁휘와 창룡전을 두고 갑론을박을 벌이다가 정작 자신이 창룡전에 참가하려고 원행을 떠난다는 생각을 하니 기분이 묘했다.

하지만 자신은 사제들에게 보다 넓은 세상의 무공을 견식하도록 해주기 위함이었기에 우승을 해 이름을 떨치려는 남궁휘와는 분명 차이가 있었다.

그리고 용악산에겐 한 가지 다른 이유도 있었다. 무림맹은 천하의 소식에 정통한 곳이니 어쩌면 멸천대와 장산벽에 관한 정보를 얻을 수도 있지 않을까?

공춘보는 주위의 풍광을 구경하느라 여념이 없었다.

항주가 아무리 수많은 군웅들이 웅크리고 있는 도시라고는 하나 대륙 전체로 놓고 보자면 겨우 손바닥만 한 땅 덩어리에 지나지 않았다.

그런 항주를 떠나 하남으로 향한다고 하니 앞으로 펼쳐질 모험에 절로 흥분이 되는 것이다.

이번 하남행에 은서령은 빠졌다.

은서령이야 워낙 해야 할 일이 많으니 이해는 되었다. 하지만 채홍만을 데려가는 건 정말 의외였다. 공춘보는 채홍만이 나무도 해야 하고 은서령을 도와 만두도 날라야 한다며 갖은 핑계를 대었지만 소용없었다.

용악산은 이제 은서령도 제 한 몸 너끈히 간수할 수 있다는 말로 간단히 묵살했다. 사부보다도 무서운 대사형의 결정인지라 공춘보는 끽 소리 한 번 못했다.

그래도 기분은 좋았다. 항주를 벗어나 강호를 주유해 본 지가 얼마만이던가. 뱃머리에 서서 두 팔을 활짝 벌리니 시원한 강바람이 겨드랑이를 파고들어 날개라도 돋는 것 같았다.

"커, 시원하다."

"암내나오. 겨드랑이 좀 다무시오."

갑자기 나타나 찬물을 끼얹는 사람은 하풍달이었다.

"이 자식은 꼭 말을 해도."

"그나저나 홍만이한테 아직 그거 안 줬소?"

"뭔 소리야?"

하풍달이 저만치 선실 위로 머리를 쏙 내밀고 있는 채홍만을 힐끗 가리켰다. 갑판의 한가운데 있는 선실은 어지간한 사람의 키를 훌쩍 넘겼지만 채홍만에겐 가슴밖에 오질 않았다. 채홍만은 그 선실의 반대편에서 지붕 위로 얼굴을 쑥 내밀고 공춘보를 째려보고 있었던 것이다.

"저, 저 녀석 언제부터 저러고 있었냐?"

"배에 탈 때부터 계속 저러고 있소."

"미치겠네, 진짜."

공춘보가 고개를 절레절레 흔들었다.

"그러게 빨리 주라니까. 그거 사온 지가 며칠이 지났는데 여태 안 주고 갖고 있는 거요?"

"안 주긴 누가 안 줘. 그날 바로 줬어."

"그런데도 저런단 말이오?"

"까막눈이란다, 까막눈. 이제 됐냐?"

"으에?"

하풍달이 놀란 눈으로 채홍만을 보았다.

"휴우. 도대체 되는 게 없어, 되는 게."

공춘보는 답답한지 가슴의 옷깃을 방정맞게 흔들며 저만치 사라졌다. 사라져 봐야 배 안이다. 채홍만의 고개는 향일화(向

日花:해바라기)처럼 공춘보가 사라져 가는 방향을 따라 움직였다.

＊　　　＊　　　＊

하남이라는 지명은 말 그대로 황하 아래에 있다해서 붙여진 이름이었다. 무림인들에게 하남은 무림의 태산북두 소림사와 천하제일의 거방인 개방이 있는 곳으로 유명했다.

수십 년 전부터는 여기에 또 하나의 전설이 보태졌으니 바로 무림맹이었다. 무림맹 총단은 하남성 정주 외곽의 무경촌이라는 곳에 위치했다. 무림맹은 그 자체로 수많은 생업을 파생시키는 괴물이다.

각종 병장기를 팔고 수리하는 대장간에서부터 무림맹을 찾아오는 사람들을 위한 여곽과 기루, 주루까지 없는 게 없었다.

그런 무경촌이 지금은 더욱 많은 사람들로 북적였다.

창룡전에 참가하려는 무인들과 그것을 구경하기 위해 몰려온 사람들 때문이었다.

먹고살기도 바쁜 판국에 평범한 양민들이 무림인들의 잔치인 창룡전에 관심을 가질 리 있나. 이곳까지 찾아오는 사람들은 대부분 무림이라는 세계에 한 발짝 정도는 걸쳐 놓은 이들이었다.

결국 구경꾼들 역시 절반은 무인이라는 얘기. 때문인지 허리에 칼 한 자루 차고 있지 않은 사람이 없고 목에 힘을 주지 않은 사람이 드물었다.

무림인들의 특성상 혼자 다니는 이들보다 삼삼오오 짝을 지어 다니는 이들이 특히 많았다. 같은 사문의 제자들일 수도 있고, 제 살던 곳을 떠나 하남으로 향하는 도중 만난 길동무일 수도 있었다.

어쨌든 무경촌은 지금 발에 차이는 돌멩이보다도 흔한 게 칼 찬 무림인들이었다. 용악산 일행은 창룡전이 시작되기 하루의 시간을 남겨두고 겨우 하남에 도착했다.

"뭔 놈의 인간들이 이렇게 많냐. 이 많은 사람들이 다 태어나려면 그걸 몇 번을 했을 거야. 도대체."

"그거라니?"

"홍만이가 좋아하는 거 있잖아, 왜."

"하여튼 입만 열면 싼 티가 팍팍 나요."

"그나저나 이러다 잠 잘 곳도 없는 거 아냐?"

"참가자들은 무림맹에서 숙식을 제공해 주지 않겠소? 일단 무림맹으로 가봅시다."

앞서 가고 있던 공춘보와 하풍달이 주거니 받거니 했다.

두 사람은 하남의 신기한 풍물과 사람들을 구경하느라 여념이 없었다. 주로 공춘보가 떠들면 옆에서 하풍달이 알은체를 한다거나 설명을 덧붙이는 식이었다. 각양각색의 복색과 무기를 지닌 무림인들은 이들에게 가장 큰 안주거리였다.

"저 친구는 나이도 어려 보이는데 머리가 히뜩 벗겨졌네."

"변발이라고, 벗겨진 게 아니라 일부러 깎은 거요."

"멀쩡한 머리를 왜 깎아?"

"북방 이민족들의 풍습이니까 그렇지. 확실히 무림인들은 무림인들이군. 어지간해선 저런 차림으로 한족들이 모이는 곳에 오기가 쉽지 않을 텐데 말이오."

"어라, 저 노인들은 팔이 왜 저렇게 길지? 수염만 기르면 꼭 성성이 같겠는걸."

공춘보가 저만치 걸어가는 세 명의 노인을 보고 말했다. 아닌 게 아니라 팔을 축 늘어뜨린 채 걷는 모습이 기괴하긴 했다.

배수는 자고로 눈썰미가 좋아야 한다.

상대를 척 보면 그 사람의 주머니에 얼마가 들었는지부터 무공의 수련 여부, 심지어 그 사람의 직업이나 내력까지 알아맞힐 수 있어야 한다.

과거 하풍달은 절강에서 가장 뛰어난 배수였고 나름 무공도 익혔다. 게다가 환희방을 드나들면서 주워들은 것도 많았다. 하풍달은 단번에 저 노인들의 정체를 알아보고는 목소리를 쥐어짰다.

"쉿! 말조심하시오. 저들이 누군지 알고."

"누군데? 유명한 흉신악살들이냐?"

"오히려 그 반대요. 하지만 무섭기는 흉신악살들보다 더 하지."

"뭔 대답이 그래?"

"형산파 사람들이거든."

"형산파? 오악검파 중 하나라는 형산파 말이냐?"

“그렇소. 명문정파지만 형산의 험한 산세 때문인지 기질이
아주 사납다고들 합디다.”

“저들이 형산파의 인물인 줄은 어떻게 알았나?”

“쯧쯧쯧. 사람은 이래서 견문이 넓어야 한다니까. 형산파의
무공 중 통원장(通猿掌)이라는 장법을 익히면 팔이 저렇게 길
어진다고 합디다.”

“원 별 희한한 놈의 무공을 다 보겠네.”

“통원장이 원래 원숭이의 동작에서 본 딴 것이라서 그렇지.
팔이 무릎까지 내려온 것을 보면 아마도 대단한 고수들일 거
요.”

참으로 넓은 세상이었다.

호남 땅 동정호에서 그리 멀지 않은 곳에 형산이라는 영산
이 있어 대단한 문파가 터를 잡았다더니 저런 기괴한 무공을
익히고 있었을 줄이야.

그러나 형산의 세 늙은이는 시작에 불과했다. 온갖 괴상야
릇한 군상은 시간이 지날수록 점점 늘어났고 급기야 눈이 번
쩍 뜨일 만한 기예를 펼치는 마희단(馬戲團)을 만났다.

다섯 명이 한 무리가 되어 돌아가면서 각자 자신들의 재주
를 펼치는데 이따금씩 항주를 찾아오던 마희단과는 그 수준이
달랐다.

첫 번째 사내는 찌그러진 감자처럼 생겼는데 한 손에 날카
로운 검을 들고 나왔다. 그는 군중들을 둘러보더니 공춘보를
발견하고 검을 건네주었다.

검을 받아 든 공춘보가 얼떨떨한 표정으로 서 있는데 사내가 부러뜨려 보라는 시늉을 했다.

"이걸? 내가?"

끄덕끄덕.

공춘보는 아무런 생각 없이 검을 들어 앞에 놓인 돌멩이에 내려쳤다. 검날이 아닌 옆면으로 내리쳤으니 어지간한 보검이라도 뎅겅 부러져야 정상이었다.

하지만 검은 멀쩡 했다. 슬쩍 열이 받은 공춘보는 더욱 힘을 주어 검을 연거푸 내려쳤다. 여전히 검은 부러지지 않았고 결국엔 발작을 하듯 계속해서 내려쳤다.

공춘보의 헛손질에 사람들이 왁자지껄하게 웃음을 터뜨렸다.

사내는 그때서야 의기양양하게 다가오더니 공춘보로부터 검을 건네받은 다음 검면을 검지와 중지에 끼웠다.

그리곤 어린아이가 고드름을 부러뜨리든 똑똑 부러뜨렸다. 엄청난 지력이었다. 더욱 놀라운 것은 그가 잘게 부러진 검편을 입안에 넣더니 오도독 오도독 씹어 먹는다는 것이었다.

구경꾼들이 탄성을 질렀다. 여자와 아이들은 끔찍한지 비명까지 질렀다. 공춘보와 하풍달도 기겁을 했다.

사파의 무공 중에 쇠를 먹어 몸을 강철같이 단단하게 만드는 것이 있다는 얘길 들었지만 실제로 쇠를 먹는 기인이 존재할 줄이야.

두 번째 나온 사람은 미리 준비해 온 바위에 손가락으로 글씨를 새겼다. 강철처럼 단단한 손가락이 바위를 지나갈 때마다 마치 진흙에 새긴 듯 뚜렷한 글씨가 나타났다.

필체가 범상치 않았지만 그런 것은 눈에 들어오지도 않았다.

강호에 손가락 힘이 가장 센 사람이 누굴까?

과거 대리국의 왕족이었던 단씨가문에 일양지라는 절기가 있어 손가락으로 바위에 글씨를 새길 수 있다는 말은 들었다.

하지만 저들은 겨우 일개 마희단일 뿐이었다. 속임수일 거라는 의심은 있었지만 그래도 신기하기 짝이 없었다.

마희단의 기예 공연은 계속해서 펼쳐졌다.

마지막에는 다섯 사람이 모두 나와 대련을 펼쳤는데 칼을 든 네 사람이 적수공권인 한 사람을 공격하는 식이었다.

그 모습이 아슬아슬하기 짝이 없었다.

시퍼런 예광을 토해내는 칼이 한 사내의 목을, 그야말로 종이 한 장 차이로 비켜갈 때마다 구경꾼들 사이에선 탄성이 터졌다.

"아무리 약속 대련이라고는 하지만 기세가 범상치 않은데요."

하풍달이 말했다.

"무공을 익혔어."

용악산이 말했다.

"마희단원들이야 원래 무공을 익히지요. 무공을 익힌 자들 중에 마희단으로 들어가는 이도 있고요."

"그게 아니야. 무공을 제대로 익힌 사람들이야."

"그 정도입니까?"

"적수공권인 저 사내. 너와 춘보 둘이서 협공을 해도 당해내기 힘들 거다."

"예에?"

하풍달이 눈을 크게 떴다.

아무리 그래도 자신들이야말로 무공을 제대로 익힌 무인이었다. 아무렴 일개 마희단의 기예꾼들을 당하지 못할까.

하지만 다음에 이어지는 사내의 기기묘묘한 재주는 무슨 일이 있더라도 흉내 낼 수 없을 것 같았다.

네 명을 상대로 싸우는 와중에 사내의 얼굴이 시시각각으로 변하는 것이었다. 손이 얼굴 위로 쓰윽 지나가더니 찰나의 순간에 일어난 변화였다.

단지 다른 얼굴로 바뀌기만 한 게 아니라 자신을 공격하는 네 사람의 모습으로 변했다.

마희단의 단골 공연 중에 변검(變臉)이라는 것이 있기는 했다. 눈 깜짝할 사이에 얼굴이 바뀌는 것인데 그건 특수한 분장을 한 상태에서라야 가능하다고 들었다.

하지만 사내는 평범한 얼굴 그대로에서 다시 평범한 다른 얼굴로 변했다. 저 정도면 가히 역용의 천재라고 할 수 있었다.

네 사람은 한 사람을 공격하다 그들이 자신들의 얼굴과 똑같이 변하자 헛갈린 나머지 엉뚱한 사람을 공격하거나 서로가 공방을 주고받기도 했다.

군중들은 처음에 사내의 놀라운 변검술에 놀랐다가 나중엔

같은 편끼리 칼질을 하는 우스꽝스런 모습에 와자지껄 웃음을
터뜨렸다.

　분위기가 한껏 고조되었을 때 아리따운 여자 하나가 주머니
를 들고 구경꾼들 사이를 돌아다녔다. 사람들의 품속에서 돈
이 아낌없이 흘러나왔다.

　마침내 용악산 일행에게까지 왔을 때 하풍달은 동전이 두둑
하게 든 전낭주머니를 통째로 넣어주었다.

　그걸 본 구경꾼들이 '오오' 하는 소리를 냈다. 누군지 모르
지만 통 한번 크다는 감탄의 반응. 하풍달은 구경꾼들의 시선
을 의식하며 의기양양한 표정을 지었다.

　"너 지금 뭐 하는 거야? 굶어 죽으려고 작정했어!"

　공춘보가 하풍달을 향해 버럭 화를 냈다.

　적당히 한두 푼 주면 족할 텐데 전 재산을 통째로 줘버리는
하풍달이 미쳤다고 생각한 것이다.

　하지만 하풍달은 배시시 웃으며 눈을 찡긋해 보였다.

　놀라운 것은 전낭을 받아 든 여자의 반응이었다.

　그녀는 잔뜩 눈살을 찌푸리더니 하풍달을 무섭게 노려본 후
다른 곳으로 갔다.

　용악산은 대충 상황을 눈치챘다.

　영문을 모르는 공춘보는 하풍달의 멱살을 쥐고는 미쳤냐는
둥, 네놈이 정녕 턱주가리를 한 대 얻어맞아야 정신을 차리겠
냐는 둥, 역정을 냈다.

　하풍달은 자신의 멱살을 쥔 공춘보의 손을 금나수로 비틀어

꺾은 다음 홱 내팽개치면서 말했다.

"걱정 마시오. 놈들한테는 한 푼도 안 줬으니까?"

"내가 이 두 눈으로 똑똑히 봤는데 무슨 헛소리야!"

이번엔 주먹을 쥐고 하풍달의 면상을 갈기려던 공춘보가 우뚝 멈췄다. 하풍달이 공춘보의 눈앞에 대고 자신의 전낭을 짤랑짤랑 흔들어 보였기 때문이었다.

"어라? 어떻게 된 거야?"

"뻔한 수법이오. 기예를 펼쳐 사람들의 정신을 쏙 빼놓는 동안 일당 중 다른 놈들이 돈을 걷는 척하며 구경꾼들의 전낭을 터는 거."

"그, 그럼?"

"여자가 앞에 서는 순간 웬 놈이 뒤에서 겁도 없이 내 품속으로 손을 쓰윽 넣지 않았겠소. 처음엔 모르는 척 당해줬다가 놈이 발을 빼는 순간 내 것을 포함해 놈의 것까지 슬쩍 했소."

짝!

"잘했다, 잘했어. 큭큭큭. 멍청한 놈들. 절강제일의 배수 하풍달을 몰라보고."

공춘보가 손바닥까지 마주치며 호들갑을 떨었다.

사람들은 다시 길을 재촉했고 수다를 떨다 보니 어느새 무림맹 총단이었다.

커다란 사자 석상과 거대한 철문, 그리고 철문의 양쪽에 버티고 선 두 개의 우람한 돌기둥이 무림맹 총단의 첫 인상이었다.

돌기둥이 받치고 있는 처마 아래에는 '무림맹'이라고 쓰인 현판이 웅장한 필체를 뽐내고 있었다.

글자에 무슨 사술이라도 걸어놨는지 보기만 하는데도 용이 발톱을 세우고 달려들 것처럼 위압적이었다.

소문에 따르면 백여 년 전 초대 무림맹주이자 삼십 년 동안이나 무적의 고수로 군림했던 태양성검(太陽聖劍) 동방옥이 한 번 도약을 한 상태에서 휘갈겨 쓴 것이라 한다.

"그냥 바닥에 놓고 쓴 다음 걸면 되지. 왜 쓸데없이 미리 걸어놓고 폴짝폴짝 뛰었데?"

"그냥 소문이 그렇다는 거요."

"어쨌든 겁은 좀 주는걸."

공춘보와 하풍달의 의미 없는 대화였다.

굳게 닫힌 철문의 양쪽에는 건장한 체구의 수문무사 십여 명이 대도를 허리에 비껴 찬 채 지키고 있었다. 함부로 접근했다가는 저 대도에 목이 뎅겅 잘려질 것 같은 위압적인 분위기.

공춘보는 철문의 안쪽을 기웃기웃 하다가 조심스럽게 중얼거렸다.

"창룡전에 참가하려면 어떻게 해야 할까나?"

혼잣말처럼 하는 것이지만 사실은 수문무사들이 들으라고 하는 말이었다. 과연 수문무사 하나가 어딘가를 가리키며 말했다.

"저기 중문에 가서 기명을 하고 배첩을 받으시오."

수문무사가 가리킨 곳은 정문에서 약간 떨어진 곳에 위치한 작은 전각이었다. 무림맹에 들고 나는 사람들은 모두 저곳에서 일단 신분을 밝히고 용건을 말하는 모양이었다.

설명을 들은 바는 없지만 대충 그런 목적으로 지어지지 않았나 싶었다. 지금은 창룡전 참가 신청을 하려고 찾아온 사람들이 줄을 서서 기다리고 있었다.

용악산 일행은 한참을 기다린 끝에 차례를 맞았다.

"금룡문?"

"그렇습니다. 금룡문의 사형제 다섯이 참가할 겁니다."

"여기 명부록에 이름과 나이를 적으시오."

중년인의 말에 따라 사람들이 차례로 이름을 적었다. 모두 적어 냈음에도 불구하고 중년인은 가타부타 말이 없었다.

"더 할 말이 있으시오?"

"저… 숙식은 어디서……?"

공춘보가 역시 조심스럽게 물었다.

무림맹이라는 이름 때문인지 수문무사도 그렇고 기명을 받는 중년인도 그렇고 왠지 모르게 주눅 들게 하는 것이었다.

중년인은 공춘보를 비롯한 사람들의 아래위를 훑어보더니 딱하다는 얼굴로 말했다.

"그거야 알아서 해결해야지."

"예? 무림맹에서 숙식을 제공해 주는 것 아닙니까?"

"무림맹이 무슨 여곽인 줄 아시오? 쓸데없는 소리 말고 썩 꺼지시오."

"그래도 그렇지, 멀리서 온 손님을 이렇게 내쫓는 법이 어디 있소?"

"지금까지 참가 신청을 한 사람이 천 명도 넘는데 무림맹이 무슨 수로 그들을 다 먹여주고 재워준단 말이오?"

"처, 천 명씩이나!"

공춘보가 입을 쩍 벌렸다. 공춘보뿐만이 아니었다. 용악산도 생각보다 많은 인원에 속으로는 적잖게 놀랐다.

그 어느 때보다 많은 인원이 참가할 거라더니 과연 그 말이 사실이었다. 하긴 이십 년 만에 열리는 창룡전이니 그동안 남몰래 무공을 갈고닦으며 벼른 사람들이 한둘이겠는가.

"저 그래도 어떻게 좀. 저희가 워낙 먼 곳에서 와서 말입죠. 헤헤헤."

공춘보가 말을 하며 파리처럼 손을 싹싹 비볐다.

공짜로 숙식을 해결하는 것도 좋지만 그보다는 어떻게든 무림맹이라는 곳에 들어가 보고 싶은 공춘보였다.

무림맹에는 내로라하는 여협들도 많다지 않은가. 무림맹의 여협들은 대부분 부계 쪽의 무공이 뛰어나게 마련이고, 무공이 뛰어난 사내는 추녀를 아내로 맞는 법이 없다.

당연히 그들의 후손인 여협들 또한 한 미모 할 것이다. 하지만 그런 공춘보의 속셈이 통할 리가 없었다.

중년인은 말로 해선 통하지 않을 것 같자 저만치 서 있는 경계무사들을 향해 눈짓을 했다. 경계무사들이 저벅저벅 소리를 내며 다가왔다.

용악산 일행은 어쩔 수 없이 물러날 수밖에 없었다.

"허, 거참. 인심 한번 야박하네."

공춘보가 혀를 차고는 돌아섰다.

"이제 어떡하죠?"

저만치 길가로 벗어 난 후 하풍달이 용악산에게 물었다.

"어떡하긴, 여곽을 알아봐야지."

용악산이 일행이 포기를 하고 돌아서려는데 갑자기 사람들이 웅성거리기 시작했다.

저만치에서 마차 한 대가 다가오고 있었기 때문이었다.

흔히 말하는 사두마차였다. 하지만 절대 흔한 마차는 아니었다. 말 네 마리가 한꺼번에 끄는 마차란 어지간한 사람들이 결코 탈 수 있는 것이 아니었다.

마차의 좌우에는 먹물에 담갔다가 꺼낸 것처럼 윤기가 흐르는 흑마를 탄 이십여의 무인이 정확한 간격을 유지한 채 마차를 호위하고 있었다. 그들 중 가장 앞쪽에 선 자는 다섯 마리의 용이 그려진 커다란 깃발을 들고 있었다.

용악산은 그 깃발을 알아보았다.

잠시 후 마차가 섰고 한 사람이 내렸다.

"핫, 저, 저 사람은!"

공춘보가 호들갑을 떨었다.

마차를 타고 온 사람은 공화연이었다. 화려한 궁장 차림을 한 공화연의 등장에 사람들 사이에선 탄성이 터졌다.

숨이 막힌다느니, 선녀가 하강한 것 같다느니. 하나같이 그녀의 아름다움을 찬사하는 말들이었다.

하지만 섣불리 다가가서 그녀를 보려는 사람은 아무도 없었다.

뒤를 이어 바위처럼 단단해 보이는 한 사내가 내렸는데 그의 전신에서 뿜어져 나오는 기도가 범상치 않았기 때문이었다.

남궁휘였다.

"여어, 공 소저."

공춘보가 반색을 하며 손을 흔들었다.

은근슬쩍 공화연에게 묻어 무림맹으로 들어가고 싶은 것이다.

하지만 공화연은 사람들 틈에 섞여 있는 용악산 일행을 발견하지 못했다.

접수를 맡고 있던 중년인은 남궁휘를 발견하고는 벌떡 일어나 허리가 구부러져라 인사를 했다.

"어서 오십시오."

"접수를 하러 왔소이다."

"여기 기명을 하시면 됩니다. 규정이 규정인지라 양해를……"

중년인은 남궁휘쯤 되는 인물에게도 기명을 하게 만드는 것이 미안한지 너스레를 떨었다.

남궁휘가 이름과 사문을 적고 나자 중년인이 말했다.

"어서 들어가시지요. 남궁세가를 위한 처소는 상청각(上淸閣)에 마련해 두었습니다."

중년인은 말을 하고는 옆에 있는 수하에게 안내를 명령했다.

"필요 없소이다. 나도 상청각이 어디 있는지 쯤은 알고 있으니."

"하하. 그렇지요. 남궁 대공자께서야 과거 무림맹에서 중책을 맡으신 적도 있으시니. 그럼, 좋은 결과 있으시기를."

돌아서 가는 남궁휘의 뒤를 향해 중년인이 꾸벅 인사를 했다.

과연 남궁휘가 다가가자 굳게 닫혀 있던 무림맹의 육중한 철문이 시원한 소리를 내며 열렸다.

마치 무림맹이 두 팔을 벌려 남궁휘를 환영하는 것 같았다.

그 모습을 보고 있는 공춘보는 부아가 치밀었다.

"옘병, 언제는 사람이 많아 처소가 없다더니."

                    *   *   *

"휴우, 여기도 방이 없다는데요."

여곽에 들어갔다 온 공춘보가 말했다.

"웃돈을 더 준다고 해보지 그랬소."

하풍달이 물었다.

"해봤지. 그래도 막무가내야. 이미 묵고 있는 손님들이 죄다 무림인들이라 함부로 쫓아내다간 칼 맞는대."

"큰일이네. 창룡전이고 뭐고 군중들 때문에라도 나가떨어지겠는걸."

"그러게 말이다. 벌레도 아니고 뭔 놈의 인간들이 저렇게 기어 나왔는지 원. 이러다가 노숙을 하는 건 아닌지 모르겠네."

벌써 몇 번째 허탕인지 모른다.

이런 일에 수완이 좋은 공춘보와 하풍달이 뻔질나게 객점을 드나들며 방을 구하려 애써보았지만 소용이 없었다.

그때 어디선가 낯선 목소리가 들려왔다.

"쯧쯧쯧. 어리석은 사람들이 제 돈 없는 줄은 모르고 엉뚱한 군중을 탓하는구나."

용악산을 비롯한 모두가 소리가 난 곳으로 고개를 돌렸다.

저만치 구석에 웬 비루먹은 사내 하나가 쭈그려 앉아 있었다.

공춘보는 사방을 둘러보고는 자신을 가리키며 물었다.

"지금 그 말, 우리보고 한 거요?"

"그럼 여기 당신들 말고 또 누가 있소?"

공춘보는 잠시 황당하다는 표정을 지으며 물었다.

"방금 그 말은 돈만 있으면 방을 구할 수 있다는 얘기요?"

"당연하지. 돈만 있으면 귀신도 부리는 세상인데 그까짓 방 구석 하나 구하는 게 뭐 대수라고. 쯧쯧쯧."

"무경촌에 있는 여곽이란 여곽은 모두 동이 났다는데 당신 같은……."

공춘보는 사내의 아래위를 한차례 훑어 본 후 말을 이었다.

"…무슨 수로 방을 구해준다는 거요?"

"내기할까?"

"뭐요?"

"내가 방을 구해주면 당신들이 술을 사고 못 구하면 나를 아무데나 팔아먹으시오. 어떻소?"

"참나, 당신을 내다 팔면 누가 사가기나 한다오?"

사내가 쓰윽 몸을 일으켰다.

공춘보가 움찔해서 물러났다.

마흔 살가량이나 되었을까?

땟국물이 줄줄 흐르고 몸집이 가냘팠지만 눈동자만은 초롱초롱 빛났다. 전체적으로 어딘지 모르게 괴팍하면서도 위험한 인상을 풍기는 자였다.

사내는 공춘보를 한차례 노려보더니 두 팔을 휘적휘적 저으며 저만치 가버렸다.

"저거 뭐 하는 놈이야?"

공춘보가 별 이상한 놈을 다 보겠다는 듯이 말했다. 그때 사내가 갑자기 휙 돌아섰다. 공춘보가 다시 한 번 찔끔 놀라는데 사내가 말했다.

"안 따라오고 뭐 하시나? 진짜로 길바닥에서 노숙을 하려는 건 아니겠지? 뭐 꼬락서니를 보니 노숙깨나 해본 사람들 같기는 하지만."

'젠장, 사돈 남 말하고 있네.'

*　　　*　　　*

"하, 이거 뭔 귀신에 홀린 것도 아니고."

사내를 따라가는 내내 공춘보는 중얼거렸다.

세상에 공짜는 없는 법이다. 공짜로 얻어먹고 사는 거지조차도 남에게 무언가를 베풀 때는 반드시 대가를 요구하는 법이다. 저 사내와는 술내기를 하기는 했지만 그게 대가라고는 할 수 없었다.

뭔 큰일이야 있겠냐 싶고, 또 딱히 방법도 없는 지라 사람들은 사내를 따라갔다. 그래 봤자 허름한 여곽 하나 알아봐 주고 뒷돈을 챙기는 호객꾼이지 않겠는가.

"틀림없이 썩은 여곽으로 안내할 거야. 벽에는 쥐 오줌이 가득하고 침상에는 꼬불꼬불한 터럭이 묻어 있는 그런 곳 말이야."

"그거라도 어디요. 잠자코 따라가 봅시다."

"바가지를 씌울 게 뻔하니까 그렇지."

"요즘 같은 성수기에는 적당히 바가지도 쓰고 그러는 거요. 설마하니 터무니없는 가격을 부르기야 하겠소? 노숙을 하느니 차라리 바가지를 쓰는 선에서라도 여곽에서 자는 게 낫다 싶을 만큼의 가격을 부르겠지. 정 마음에 안 들면 도로 나오면 되고."

"나오긴 뭘 나와. 무조건 가격을 후려쳐야지. 나만 믿어, 나만."

"그러니까."

공춘보와 하풍달의 대화는 언제나 그렇듯 들어도 그만 안 들어도 그만이다. 용악산과 표자룡, 채홍만은 모든 걸 두 사람에게 일임하고 뒤에서 여유롭게 따라갔다.

한참만에 도착한 곳은 헛간도 아니고 썩은 여곽도 아니었다.

한적한 곳에 자리를 잡은 객점은 제법 널찍한 규모에 시설도 깨끗했다.

모두 삼층으로 이루어져 있었는데 일층과 이층은 식사와 술을 마실 수 있는 객청으로 쓰고 삼층은 묵어가는 손님들을 위한 객방이 마련되어 있다고 했다.

특별한 유흥을 원하는 사람들에게는 후원의 별채도 있다며 귓속에다 후끈한 바람을 집어넣는 노련한 점소이의 말에 공춘보가 가장 먼저 든 생각은 이거였다.

'바가지 제대로 쓰겠는걸.'

아니나 다를까, 점소이는 평소 가격의 다섯 배를 후려쳤다.

"뭐, 닭 한 마리 삶아주는데 쉰 냥이라고?"

일층 구석진 곳에 자리를 잡은 공춘보가 버럭 화를 냈다.

작전대로 공춘보가 예의 그 뻔뻔스럽고 능글맞은 말솜씨를 발휘해 가격을 절반으로 후려치려 했지만 전혀 먹혀들지를 않았다.

점소이는 오히려 소금을 뿌려 드릴까요? 그냥 가실래요? 하며 사람들을 쫓아내려 했다. 하는 수 없이 백 냥에 삶은 닭 두 마리와 싸구려 화주 한 병을 주문했다.

"쯧쯧쯧. 뭐? 가격을 절반으로 후려친다고? 나만 믿으라고?"

"험험. 항주 점소이랑은 많이 다르네."

하풍달의 핀잔에 공춘보가 변명을 했다.

사람들은 아직도 가지 않고 탁자에 태연하게 앉아 있는 사내가 의아했다. 그는 정말로 공술을 얻어먹을 생각이었다.

점소이에게 술부터 먼저 가져오라고 성화를 부리더니 한잔을 부어 벌컥벌컥 들이키고는 입을 열었다.

"이렇게 만난 것도 인연인데 서로 통성명이나 합시다. 난 설인봉이오. 큰 상방을 운영하다가 어느 날 문득 인생의 허망함을 느끼고 지금은 구름과 바람을 벗 삼아 강호를 유람하고 있지."

사내는 입술에 침도 바르지 않고 잘도 거짓말을 지어냈다.

자고로 왕년에 좀 놀아보지 않은 잡범 없고, 돈 좀 만져보지 않은 거지가 없는 법이다.

사내 역시 딱히 믿어줄 거라고 기대하는 눈치도 아니었다.

공춘보를 시작으로 금룡문의 사람들이 차례로 소개를 했다.

사내 설인봉은 항주에는 미녀가 많다던데 소문이 사실이냐? 거기는 거지가 얼마나 많으냐? 동냥을 하면 먹고 살만 하느냐는 따위의 질문을 쉴 새 없이 하더니 주문한 닭이 나올 때까지도 자리를 뜨지 않았다.

그리고는 닭이 나오자마자 물어보지도 않고 냉큼 다리 하나를 뜯으며 말했다.

"기름기가 좔좔 흐르는 것이 지렁이를 많이 잡아먹은 닭이군."

아무리 비루먹었다고는 하나 이렇게 뻔뻔하기는 쉽지 않다.

공춘보는 사내의 진짜 신분이 궁금했다. 떡 진 머리카락, 몇

달은 빨지 않았을 것 같은 옷, 행색을 보면 영락없는 거지인데……

"혹시… 개방에서 나오셨소?"

공춘보는 당신 거지냐는 말을 그렇게 물었다. 아무래도 사내의 전신에서 흘러나오는 기도가 범상치 않아 보였기 때문이었다.

공춘보의 질문에 사내는 닭다리를 입에 문 채로 웅얼거리며 대답했다.

"개봉에서 왔소."

개봉은 개방의 총타가 있는 곳이다.

개방도냐는 공춘보의 질문 끝에 나온 대답이라 개봉 총타에서 온 개방도라는 건지 아니면 그냥 개봉에서 왔다는 건지 애매모호했다.

공춘보가 다시 물어보려는데 옆 탁자에서 왁자지껄한 소리가 들렸다.사람들의 시선이 일제히 옆 탁자로 향했다.

행색을 보아하니 상방의 무사들이 원행에서 돌아와 술로 여독을 푸는 것 같았다. 그들은 창룡전에 관해 이야기를 나누고 있었다. 주로 어느 문파에서는 누가 나왔다느니, 누가 우승을 할 거라느니 등에 관한 이야기들이었다.

그러다 한 사람의 말이 호기심을 자극했다.

"그나저나 신비검객이 이번 창룡전에도 참가할까?"

"글쎄, 어쩌면 이미 기명을 하고 배첩을 받아갔을지도 모르지."

"나는 틀림없이 참가를 할 거라고 보네."

"어째서 그런가?"

"지금까지 그의 행보가 말해주고 있지 않은가. 강북에서 열리는 무림대회를 모조리 석권한 사람이야. 당연히 창룡전에도 참가하겠지."

"하지만 창룡전은 만만치 않을 걸. 아무리 신비검객이라고 해도 구파일방과 오대세가의 벽을 넘기는 어려울 거야."

"듣자 하니 신비검객이 보름 전에 있었던 연풍전(軟風戰)에서도 우승을 했다지?"

"여, 연풍전이라면 섬서에서 열리는 가장 큰 규모의 무림대회가 아닌가."

"그렇지. 이번엔 무려 삼십칠 개 문파에서 백여 명이 참가를 했다더군."

"그런 숫자가 중요한 게 아닐세. 섬서라면 화산파와 종남파가 있는 곳인데, 설마 신비검객이 그곳의 고수들까지 꺾었다는 말인가?"

"화산파와 종남파는 이번 연풍전에 참가를 하지 않았다더군."

"아니, 왜?"

"창룡전이 눈앞에 닥쳤으니 거기에 집중하려는 게 아닐까?"

"글쎄, 그게 꼭 그럴까요?"

상방 무사들의 대화에 옆 탁자의 사람이 불쑥 끼어들었다.

그 탁자에는 표사 복장을 한 대여섯 명의 무인이 더 있었다.

상방무사나 표국무사나 여행을 많이 하는 직업이다. 여행을 많이 한다는 건 아무래도 다른 지방의 소식을 많이 알고 있다는 말이 된다. 객점 안에서 술을 마시던 사람들은 은연중에 그들의 대화에 귀를 기울이고 있었다.

"무슨 말씀이오?"

상방무사들 중 하나가 물었다.

"섬서 사람들은 화산파와 종남파가 신비검객이 두려워 불참을 했다더군요."

"허허. 아무렴 화산파와 종남파가 일개 무명검객 따위가 두려워 그랬겠습니까?"

"이제는 무명이 아니지요. 강호의 무림인들 치고 신비검객을 모르는 사람이 없지 않습니까?"

"엄밀히 말하면 그를 아는 사람도 없지요. 대회마다 역용에 신분까지 바꿔서 참석했다지 않습니까?"

이번엔 저쪽 구석에 있는 또 다른 탁자에서 누군가 말을 했다.

"그게 꼭 검객이라고 할 수도 없더군요."

"그건 또 왜 그렇습니까?"

표사가 물었다.

"무림대회 때마다 다른 무공을 펼쳤다고 합니다. 도검창은 물론이고 심지어는 공권으로 우승을 한 적도 있다더군요."

"정말 대단하군요. 이렇게 되면 강북에 있는 모든 무림 문파들이 신비검객 한 사람에게 쓰러진 건가요?"

"꼭 그런 건 아니지요. 구파일방과 오대세가들 중에서는 아직 신비검객에게 진 사람이 없다더군요."

"직접 겨룰 기회가 없었으니 그렇겠지요. 만약 창룡전에서 만난다면 제아무리 구파일방과 오대세가라 하더라도 쉽지 않을 겁니다."

어느새 대화는 객점 안에 있는 사람들 모두가 동참하는 것으로 이어졌다. 창룡전과 신비검객이라는 두 개의 호기심이 이들을 하나로 묶어주었던 것이다. 이들의 대화는 점점 신비검객의 정체에 관한 것으로 흘러갔다.

어떤 이는 은거기인의 제자일 거라고도 했고, 어떤 이는 무당, 화산, 소림 같은 대문파의 파문제자가 신분을 속이고 비무행을 벌이는 거라고도 했다.

그런가 하면 그동안 명문대파의 위세에 눌려 기를 펴지 못한 중소문파 중 어느 한 곳이 은밀히 길러낸 제자라는 말도 있었다. 즉, 모종의 이유로 신분을 속일 수밖에 없다는 것이다.

그건 당금 무림의 상황을 보자면 상당히 설득력이 있었다.

정마대전 후 전통의 명가로 대표되는 구파일방과 오대세가의 세가 약해진 틈을 타 중앙으로 진출하려는 중소문파들이 많았기 때문이었다.

그곳들 중 한 곳이 정마대전 후 어지러운 틈에 소실된 마도의 무공비급 중 일부를 우연히 손에 넣지 말라는 법이 없었다.

하지만 사람들의 이야기는 언제나 합리적인 방향으로 흐르는 것만은 아니었다.

그것보다는 호기심을 자극하는 쪽으로 기울게 마련이었고 급기야 무림맹의 군사부주가 창룡전의 흥행을 위해 정치적인 계를 꾸민 것이라는 말까지 나왔다. 창룡전이 유례없이 대흥행을 하고 있는 것을 보면 알 수 있다면서.

신비검객의 등장으로 창룡전의 관심이 폭발한 것은 사실이었다. 하지만 이미 충분한 흥행이 예고된 상태에서 무림맹의 군사부주씩이나 되는 자가 그런 꼼수를 썼다는 것은 사리에 맞지 않았다. 무엇보다 그럴 이유도 없었다.

객점 안의 사람들은 고성까지 내어가며 갑론을박을 벌였지만 신비검객의 정체에 대해 밝혀진 것은 아무것도 없었다.

"대사형께서는 누가 우승할 것 같습니까?"

하풍달이 문득 용악산에게 물었다.

대답은 닭다리를 뜯고 있던 공춘보가 가로챘다.

"신비검객이라니까, 하오문의 도곤들이 그랬어."

"도곤들이 무슨 신이라도 된답니까?"

"도곤들의 분석은 정확해."

"공 사형이 자랑하는 그 도곤들 중에도 오 할은 남궁휘나 모용세가의 후기지수를 비롯한 다른 이들에게 건답디다."

"난 총합을 말하는 거야. 도박이란 말이지. 언제나 가장 높은 경우의 수에 몰빵을 하는 것이 안전 하거든. 하지만 기대되는 수익은 낮지. 그래서 도곤들은 안전하지만 낮은 이익을 택할 것이냐, 아니면 위험하지만 고수익이 예상되는 쪽에 돈을 던질 것이냐를 두고 고민해야 하지. 하지만 이 경우에도 위험

도가 지나치게 높으면 포기하는 것이 좋아. 그건 패가망신하
는 지름길이거든. 그럼 다음 기회는 없어.”

“말이 어째 딴 데로 나간 것 같소?”

“그러니까 내가 하고 싶은 말은 너도 돈을 걸려면 신비검객
에게는 걸어라 이 말이지.”

“더 나 갔소.”

“에잇. 그러니까 내 말은 남궁휘를 비롯한 천여 명의 후기지
수들이 오 할을 가지고 나눠 먹는데 비해 천산도객은 혼자 오
할을 먹었다는 거지. 그러니까 신비검객이 이길 승률이 거의
오할구푼구리다 이거야. 이제 알겠어? 앙?”

두 사람은 티격태격하더니 결론이 나지 않자 다시 용악산에
게 물었다.

“대사형 생각엔 어떻습니까? 역시, 명가의 장벽을 넘기는
어렵겠지요?”

“아니죠? 신비검객이 우승할 것 같죠?”

용악산은 술을 마신 다음 잔을 탁자 위에 내려놓으며 무심
히 말했다.

“중요한 건 그게 아냐?”

“예?”

“무슨 말씀입니까?”

“신비검객이 우승할 것이냐가 아니라 그가 왜 이런 행보를
하는지가 중요해. 그런데 아무도 그것에 대해서는 관심이 없
어.”

용악산의 말에 닭다리를 뜯고 있던 설인봉의 눈이 한순간 반짝였지만 알아차리는 사람은 없었다.

공춘보와 하풍달은 벙쪘다. 두 사람의 머릿속엔 이런 생각밖에 없었다.

'그런 게 뭐가 중요합니까?'

'당연히 우승하려고 그러겠죠.'

*　　*　　*

늦은 시각 무림맹의 비처.

두 명의 초로인이 원탁을 가운데 두고 마주앉아 있었다.

한 사람은 정파 최고의 검객이자 천하 십대고수 중 일인인 북검성(北劍聖) 이장도였고, 또 한 사람은 신묘한 지략과 탁월한 용병술로 정마대전을 승리로 이끈 천기수사(天機秀士) 허가량이었다.

하지만 사람들은 이들을 불패신검과 천기수사라는 별호보다는 무림맹주와 군사부주라 불렀다.

검과 지혜라는. 비록 그 형태는 다르지만 두 사람 모두 가공할 힘을 지닌 정파무림의 거인들임에는 틀림없었다. 그저 존재한다는 것만으로도 사마외도들에게는 공포의 대상이 되는 사람들.

"어떻게 되어갑니까?"

찻물을 따르는 맹주 이장도의 입에서 고요한 음성이 흘러나왔다.

"예상대로 소림, 무당, 화산 등에서 불참 의사를 밝혀왔습니다."

군사부주 허가량의 입에서도 평온한 음성이 흘러나왔다.

이들은 모두 불문(佛門)과 현문(玄門)을 대표하는 정종(正宗)의 문파들로 정마대전을 치른 후 죽은 자들에 대한 애도의 뜻으로 당분간 외부 활동을 최대한 자제하겠다고 선언한 터였다.

"그 외에도 신창양가를 비롯한 몇 곳에서도 불참 의사를 전해왔습니다. 신창양가는 가주의 죽음으로 외부 활동을 자제하는 편이고 기타, 다른 곳에서도 이런저런 내부사정으로 참여가 여의치 않은 모양입니다."

신창양가의 가주는 반년 전 천산주봉에서 마도 대종사 천제강의 가슴에 장창을 박은 대가로 목숨을 내 놓았다. 그때 희대의 거인인 설산검군과 소림의 신승 법개 역시 마찬 가지로 동귀어진 했다.

천제강 한 사람의 목숨을 취하는데 정파 거인 세 명을 잃었으니 가히 천제강의 무공을 짐작할 만했다.

그 일로 신비로운 문파인 설산검문(雪山劍門)은 사실상 봉문을 선언했고, 신창양가와 소림은 외부 활동을 극도로 자제하는 터였다.

"다른 곳은 몰라도 소림, 무당, 화산의 불참은 참으로 애석하군요. 이러다가 반쪽짜리 창룡전이 되는 건 아닌지 모르겠습니다."

이장도가 걱정스런 투로 말을 했다.

"껄껄껄. 그렇지 않습니다. 명문대파가 비록 그 명성은 높지만 전 무림으로 치자면 극히 일부에 지나지 않지요. 공동, 점창, 종남, 형산을 비롯해 남북무림의 수많은 문파와 무림세가들이 참여를 했습니다. 멀리 곤륜에서도 제자를 보내왔더군요. 이로써 현재까지 접수를 한 사람은 모두 천사백팔 명. 역대 가장 많은 인원입니다."

"확인 작업은 어떻게 되어가고 있습니까?"

"각자의 사문을 통해 빠르게 신분 확인을 하고 있습니다. 문제는 독보강호하거나 신분 위조가 가능한 작은 문파 출신의 인물들이 워낙 많다는 것인데. 그 역시 사람들을 총동원에 은밀히 확인을 하고 있습니다."

"군사부주께서 하시는 일인데 어련하겠습니까. 한데 특별히 눈에 띄는 아이는 있던가요?"

허가량은 맹주의 말뜻을 단번에 알아들었다.

"아직까지 놈으로 추정되는 자는 없습니다. 조사 대상이 너무 광범위하기도 하고 말이지요."

"놈이 과연 참가를 할까요?"

놈을 유인하기 위해 명문대파 스무 곳에 지방에서 열리는 무림대회에 일절 제자들을 참석시키지 말라고 서신을 보낸 게 몇 달 전이었다.

창룡전에 모든 전력을 쏟으려 한다는 인상을 심어주라는 말도 덧붙였다.

홀연히 나타나 강북의 무림대회를 휩쓸고 다니는 신비한 검객. 놈은 과연 창룡전에 참가할 것인가.

허가량의 입이 무겁게 열렸다.

"분명히 참가할 겁니다. 처음부터 놈의 목표는 창룡전이었으니까요."

第六章
강호제일의 무림대회

天山刀客

　무림맹의 조직은 크게 이원육전십이당(二園六殿十二堂)으로
이루어져 있다. 이 중에서 이원은 내원과 외원으로 각각 무림
맹의 내부와 외부의 일을 총괄했다.

　내원과 외원의 원주는 전 무림인으로부터 존경을 받는 동시
에 최강의 고수로 알려진 장로급 인사들이 맡았다. 맹주를 제
외하고는 사실상 최고의 결정권을 지닌 고위직들이었다.

　내원과 외원의 아래에는 각각 세 개의 전(殿)이 있었고, 그
들은 다시 두 개씩 당(堂)을 거느렸다. 당 아래에는 대여섯 개
의 각(閣)이 있어 각기 특성에 맞게 세부적인 일을 처리했다.

　이와는 별도로 독립된 거처를 지닌 삼부가 있었는데, 각각
맹주부(盟主府), 군사부(軍師府), 장로부(長老府)를 일컫는다.

군사부는 일종의 참모직, 장로부는 최고의 의결기관으로서 맹주를 보필하거나 견제하는 역할을 했다.

무림맹의 실질적인 무력 기반인 타격대(打擊隊)는 모두 이십여 개로 대부분이 외원에 속했고, 그들은 외원주의 직접적인 명령을 받았다.

대를 이끄는 대주는 삼십대의 젊은 협골(俠骨)들 중에서도 극히 뛰어난 천재들이 맡았다. 그들의 무공은 상관인 원주에 육박할 정도로 강하다고 알려졌으며, 수많은 영웅행(英雄行)을 통해 강호의 선남선녀들에겐 선망의 대상이었다.

창룡전의 최종 우승자들이 가장 선망하는 직책도 바로 타격대의 대주였다. 하지만 지원을 한다고 될 수 있는 것도 아니고, 또 창룡전의 우승이 그것을 보장하는 것도 아니어서 타격대의 대주를 배출한 사문은 큰 명예를 얻었다.

하지만 무림맹의 무력이 대에만 있는 것은 아니어서 유사시에는 전, 당, 각에 속한 수천 명의 인원이 동원되기도 했다.

물론 정마대전 같은 전쟁이 벌어질 경우엔 중원 각지에 흩어져 있는 수만 명의 정파무림인들이 즉시 동원되었다.

마지막으로 아무도 그 실체를 모르지만 누구나 존재한다는 것은 알고 있는 비부(秘府)가 있었다. 비부는 공식적으로 할 수 없는 은밀한 일을 처리하는 비밀 기구로 오직 맹주의 명만 따랐다. 곧, 맹주의 친위부대인 것이다.

어쨌거나 이런 분류는 조직의 특성과 역할에 따른 것이었고 건물을 중심으로 한 분류는 또 달랐다. 그건 생각보다 복잡하고 또 굳이 알 필요도 없는 것이어서 사람들은 그저 무림맹 총단의 가장 높은 곳에는 맹주부가 있고, 가장 낮은 곳에는 중원 최대의 연무장이 있다는 것 정도밖에 몰랐다.

군중들은 바로 그 엄청난 넓이의 연무장에 모여 있었다.

대연무장에 모인 군중들은 어림잡아도 수천에 달했다.

천하 각지에서 모여든 각양각색의 문파와 무가들이 외각의 담벼락을 따라 천막을 쳤다.

사문이 없이 홀로 구경 온 사람들은 삼삼오오 짝을 지어 조금이라도 좋은 자리를 차지하기 위해 신경전을 벌렸다.

반원으로 둘러싼 군중들의 시선이 향하는 곳에는 비무가 열릴 넓은 공간이 있었다.

그 공간 너머에는 좌우에 일렬로 늘어선 수백의 호법무사들이 있었고, 다시 그 호법무사들 너머에는 무림맹의 고위직, 혹은 귀빈들을 위한 단과 태사의가 마련되어 있었다.

태사의에 앉은 사람은 모두 오십여 명. 존재하는 것만으로도 별처럼 빛나는 이들은 전주 급 이상 각부의 수장들과 외부에서 초빙된 빈객들이었다.

빈객들은 대부분 명문대파와 무림세가의 장로들로 이름만 대면 삼척동자도 알 수 있는 무림의 원로들이었다.

정마대전으로 인해 중단된 후 이십 년 만에 열리는 창룡전이라는 이름에 걸맞게 좀처럼 보기 힘든 거물들이 참관을 위해 모습을 드러낸 것이다.

잠시 후 한 사람이 등장하자 좌중이 일순간 흔들리기 시작했다. 태사의에 앉아 있는 각부의 수장들과 빈객들도 일제히 자리에서 일어나 예를 갖췄다.

백건을 쓰고 문사풍의 고아한 분위기를 풍기는 초로인은 시립한 사람들 사이를 고고하게 지나 황금으로 만들어진 태사의에 자리를 잡았다. 전신에서는 일대종사의 위엄이 풍겼다.

"누군지 엄청 높은 사람인가 보네."

"쯧쯧쯧. 척 보면 모르오? 현 무림맹주이자 정파 최고의 고수이며 천하 십대고수 중 한 자리를 차지하고 있는 북검성 이장도 아니오."

"우우우."

공춘보가 이상한 감탄사를 발하며 목을 쭉 빼는 사이 표자룡은 용악산에게 물었다.

"왜 비무대를 따로 설치하지 않았을까요?"

대개의 무림대회는 군중들이 둘러싼 한가운데에 단을 높이 쌓아 어느 곳에서도 잘 보이도록 해두게 마련이었다. 하지만 지금은 아무것도 없었다. 그저 연무장 한가운데 땜통처럼 빈 공간만 덩그러니 있을 뿐.

"비무를 하지 않을 테니까."

용악산의 말이 끝나기가 무섭게 천둥소리가 울려 퍼졌다.

두둥… 둥둥둥!

군중들의 시선이 일제히 소리가 나는 쪽으로 향했다.

비무가 펼쳐질 장소로 짐작되는 왼쪽에 목재를 우물 정(井)자로 쌓아 만든 단이 있었고 천둥소리는 그 위에서 났다.

몇 마리의 황소 가죽이 필요했는지 도저히 짐작조차 되지 않는 커다란 북 앞에서 엄청난 체구의 거한이 웃통을 벗은 채로 근육을 꿈틀거리며 북을 두들기고 있었다.

군중들이 숨소리를 죽였다.

두둥… 둥둥둥……!

천둥소리는 가장 먼저 사람들의 머리를 강타했고,

두둥… 둥둥둥……!

이어 심장의 고동소리와 공명했다.

평범한 고수(鼓手)가 아니었다. 북을 두들길 때마다 정순한 공력으로 인해 북소리가 연무장 전체로 울려 퍼졌다.

그 모습을 보고 있는 사람들의 표정은 딱 이랬다.

일개 고수의 공력이 저 정도라니, 과연 무림맹이다!

두두두두두두둥……!

북소리는 점점 가파르게 치달았다.

더불어 군중들의 심장도 덩달아 빠르게 뛰기 시작했다.

어떤 이들은 침을 삼켰고, 어떤 이들은 가쁜 숨을 몰아쉬었다.

둥… 둥… 둥……!

군중들을 잔뜩 흥분시킨 북소리는 방점을 찍듯 세 번을 더 울린 후에야 멈췄다. 귀신에라도 홀린 듯 잠시 침묵이 흐르고 고수가 허리춤에 꽂은 수건을 뽑아 이마에 흐르는 땀을 훔쳤다.

군중들은 약속이나 한 듯 우레와 같은 박수 소리로 고수의 솜씨에 찬사를 보냈다. 박수 소리가 잦아 들 때쯤 옆에 있는 구 척 높이의 또 다른 단 위로 날렵한 몸매의 장년인이 훌쩍 날아올랐다.

장년인의 신묘한 경공에 좌중에서는 다시 한 번 함성 소리와 박수 소리가 터졌다. 장년인은 좌우 양쪽을 향해 포권을 한 번씩 해 보이고는 우렁우렁한 목소리를 쏟아냈다.

"창룡전의 총책임을 맡은 구중악이라고 합니다."

구중악은 맹의 무인들에 대한 감찰과 규율을 담당하는 집법당(執法堂)의 당주였다. 그는 어떤 불의와도 타협하지 않을 만큼 냉정하고 정확한 인물로 정평이 난 사람이었다.

무림맹 내에서도 공식 서열 이십위 안에 드는 절정의 고수.

엄격히 말해 창룡전은 맹에서 치르는 일종의 축전으로 감찰 성격을 지닌 집법당과는 무관했지만 오히려 그게 사람들로부터 공정성을 보장받았다.

장년인이 생각보다 고위직이라 좌중이 또 한 번 술렁였다. 구중악이 다시 입을 열었다.

"창룡전은 모두 네 차례의 관문으로 이루어져 있습니다. 각 관문의 경합 내용은 모두 비밀에 붙여졌으며 시작과 동시에 공개가 될 것입니다. 본인은 무림맹 집법당의 수장으로서 창룡전이 공명정대하게 펼쳐질 것을 무림동도들이 보는 앞에서 약속드립니다."

사람들 사이에서 함성이 터졌고 그 함성들을 모두 제압할 만큼의 우렁찬 목소리가 구중악의 입에서 흘러나왔다.

"그럼, 창룡전을 시작합니다. 첫 번째 관명은 발장산천원(拔 壯山遷原)이오!"

들고 있던 공춘보와 하풍달은 어리둥절했다.

"바, 발장… 에잇, 뭐라는 거야?"

"장산을 뽑아 들판으로 옮기라는 것 같은데."

"그게 뭔 소리야?"

"글쎄올시다."

두둥둥!

북이 울리며 연무장 서쪽의 육중한 문이 두 쪽으로 열렸다.

동시에 괴물 같은 황소가 이끄는 수레 십여 대가 지축을 흔들며 달려 나왔다. 갑작스런 황소와 수레의 등장에 연무장에는 뿌연 먼지가 일었고 사람들은 당황했다.

잠시 후 먼지가 사라지자 그제야 비로소 수레의 짐칸에 실린 커다란 바위 덩어리가 보였다. 수레는 다섯 장 간격을 두고 모두 열 곳에 바위를 부려놓고는 애초 나왔던 문으로 사라졌다.

그러자 대기하고 있던 무림맹의 무인들이 각각 세 명씩 바위 덩어리 옆에 붙었다. 백기와 흑기를 든 사내는 관문의 심사관이었고 나머지 둘은 심사관을 보조하는 자들이었다.

보조 역할을 맡은 자들이 참가 무인들을 배첩의 번호에 따라 백여 명 정도씩 묶어 뒤에 서게 했다.

각자가 자신의 열을 찾아가느라 잠시 어수선한 시간이 지나고 심사관들이 방법을 설명했다.

아주 간단했다.

차례대로 자신의 앞에 놓인 바위 덩어리를 들고 열 걸음 만에 심사관이 서 있는 선까지 옮기면 일차 관문을 통과하는 것이다.

설명만 듣자면 일차 관문은 어이없을 정도로 간단했다.

하지만 실상은 전혀 그렇지 않았다.

바위의 무게는 얼핏 보아도 삼백 근은 족히 되어 보였다.

보통 사람에게 삼백 근은 불가능한 무게였지만 무인들은 달랐다. 아니, 창룡전에 참가할 정도의 무인이라면 달라야 한다.

하지만 삼백 근짜리 철근을 드는 것과 삼백 근짜리 바위를 드는 것은 좀 다르다.

그건 무게의 문제라기보다 불편한 자세의 문제였다.

사람이 무언가 둥근 것을 든다면 당연히 그것은 팔 길이 안쪽이어야 한다. 그래야 가슴으로 받치고 팔로 안아서 들 수 있지 않겠는가.

하지만 바위 덩어리의 지름은 평범한 사람의 팔 길이를 약간 넘어설 정도로 컸다.

그건 곧 사람이 양팔을 오므린 상태가 아니라 벌린 상태에서 저 바위 덩어리를 들어 올려야 한다는 얘기가 된다.

바위 덩어리가 팔에서 빠져나가지 않도록 하기 위해서는 몇 배의 힘이 들 것이다.

게다가 바위 덩어리의 표면은 무엇으로 연마를 했는지 얼굴이 비칠 정도로 반짝반짝 윤이 났다.

한마디로 들기 불편한 모양 가운데서도 가장 최악의 경우였
다.

이게 일차 관문이 간단해 보이면서도 쉽지 않은 이유였다.

삼백 근짜리 바위를 들어서 열 걸음을 뗀 후 내려놓는다?

일견하기에는 일차원적인 발상이지만 실상은 매우 복잡한
계산과 지혜, 그리고 순발력이 따라야 하는 관문이었다.

선천적으로 키가 작은 사람은 더욱더 불리할 것이다.

하지만 무림맹은 참가자들의 이런 편차를 전혀 고려해 주지
않았다. 세상은 어차피 불공평한 것이며 각양각색인 사람들에
게 일일이 맞출 수도 없는 노릇이었다.

무엇보다 무인에게 신체의 결함은 곧 무공의 결함이기도 했
으니 그것마저 관문이라고 한다면 할 말은 없었다.

사람들이 불쾌한 기색을 드러내며 바위를 옮기기 시작했다.

어떤 사람들은 아예 바위를 들지도 못했으며, 어떤 사람들
은 겨우 들었다가 놓쳐 버렸다.

바위의 무게도 무게였지만 역시나 모양으로 인한 자세의 불
편함이 문제였다. 일단 바위에 손을 대면 뗄 수가 없기 때문에
놓치면 바로 실격이었다.

오도도도도……!

쿵!

"으아악, 젠장!"

또 한 사내가 대여섯 걸음을 남겨두고 바위를 놓쳤다.

조금 요령이 있는 자는 턱으로 바위를 찍어 눌러 부족한 팔

의 악력을 보충했다.

더 요령이 있는 자는 바위를 높이 치켜든 다음 가슴으로 받치고 양팔과 턱을 사용해 삼각형의 지지대를 만들었다.

한 사람이 그렇게 해서 성공하자 너도나도 따라했다.

하지만 누군가가 다섯 걸음 만에 뒤로 넘어져 바위 덩어리에 깔렸고, 중상을 입어 들것에 실려 나가자 그 후부터는 따라하는 사람이 없었다.

세 명에 한 명 정도 성공하는 자가 나왔다.

그 짧은 순간에 필생의 공력을 쏟았는지 바위를 내려놓고 걸을 때는 성공한 자나 실패한 자나 다리를 후들후들 떨었다.

성공을 한 자가 나오면 지켜보고 있던 해당 사문의 사람들이 환호성을 질렀다.

반대의 경우는 아쉬움의 탄성이었다.

성공한 사람들은 심사관의 뒤쪽으로 새로 열을 만들며 섰고, 실패한 자는 그대로 군중들 틈으로 사라져 군중이 되었다.

"왜 비무는 안 하고 이런 괴상한 짓을 시키는 걸까요?"

차례를 기다리며 표자룡이 물었다.

용악산의 대답은 간단했다.

"참가자가 너무 많지 않느냐?"

"무슨……?"

"쭉정이들을 골라내겠다는 소리지."

"그렇군요."

곰곰이 생각해 보니 그렇다.

두 사람이 비무를 통해 승부를 내는데 얼마나 시간이 걸릴까?

실력 차이에 따라 다르겠지만 대략 한 식경씩은 걸리지 않을까? 만약 실력이 비등한 사람들끼리 맞붙었다면 한 시진이 걸릴 수도 있었다.

전설에 따르면 백여 년 전 세상을 깜짝 놀라게 할 고수 삼인은 화산에서 칠주야 동안 논검을 했다고 하지 않았는가.

이 많은 사람들 모두에게 일대일 비무를 시킨다면 몇날 며칠이 가도 끝나지 않을 것이다.

무림맹의 생각은 주효했다. 지극히 원초적인 이 관문에서 어중이떠중이들은 줄줄이 떨어져 나가고 있었다.

그렇다. 이건 무림맹에서 어중이떠중이들을 떨쳐내기 위해 만든 고육지책이었다.

군중들은, 특히 참가자들은 실망을 금치 못했다.

참가 무인들 대부분은 자신들의 실력을 안다.

자신들이 구파일방이니 오대세가니 하는 명문대파의 후예들에게 한주먹 거리도 안 된다는 걸 너무나도 잘 안다.

그래도 참가한 것은 자신보다 좀 더 나은 사람과의 비무를 통해 경험을 쌓고자 함이었다. 이런 기회가 아니면 언제 그런 대단한 사람들의 무공을 견식 하겠는가.

그들과 직접 손속을 나누지 않더라도 멀리서나마 볼 수 있지 않겠는가.

그런데 무림맹은 자신들을 귀찮은 하루살이 정도로 취급하는 것이다. 무림맹의 애로 사항을 모르는 바는 아니지만 기분이 좋을 리가 없었다.

드디어 공춘보의 차례가 되었다.

"퉤! 퉤!"

공춘보는 양손에 침을 한번 뱉더니 커다란 바위 덩어리 앞에서 두 다리를 쩍 벌리고 섰다.

"공 사형, 잘 하시오."

하풍달이 뒤에서 응원을 했다.

공춘보는 염려 말라는 듯 손을 한 번 저어 보이고는 쭈그려 앉았다. 양손을 크게 벌려 바위를 딱 잡더니 크게 심호흡을 했다.

그리고,

"헛차!"

짧은 기합 소리와 함께 엉덩이가 쑥 들렸다.

그런데.

"……!"

상체는 그대로고 엉덩이만 쑥 올라왔다. 바위가 꿈쩍도 하지 않는 것이었다. 공춘보는 잠시 당황해하더니 엉덩이를 아래위로 두어 번 까딱까딱 하다가 다시 한 번 힘을 주었다.

"헛차!"

이번에도 바위 덩어리는 바닥에서 한 뼘도 떨어지지 않았다.

"쯧쯧쯧. 창룡전에 참가하자고 노래를 부르더니……."

혀를 차던 하풍달이 갑자기 두 손을 모아 공춘보에게 소리 쳤다.

"지금 뭐하자는 거요? 이러려고 여기 오자고 했소? 내 공 사형이 마지막 관문까지 가는 건 바라지도 않소. 하지만 이차도 아니고 일차에서 떨어지면 거 무슨 개망신이오!"

"시끄러, 인마!"

화가 난 공춘보가 빽 소리를 질렀다.

"이봐, 그만 용쓰고 빠져. 뒤에 사람들 기다리는 거 안 보여!"

보다 못한 심사관이 손을 저으며 말했다.

"아직 손을 안 뗐으니 실격한 거 아니오."

그렇다. 공춘보는 아직 바위에서 손을 떼지도 않았고 바위가 땅에서 떨어지지도 않았다.

"무한정 시간을 줄 순 없어. 이제 그만……."

"으아아악!"

공춘보는 젖 먹던 힘까지 쥐어짜며 기어이 바위 덩어리를 들어 올렸다. 하지만 머리 위로 번쩍 들지는 못하고 가까스로 두 무릎에 겨우 올려놓았다.

"하악… 하악….하악……."

겨우 그걸 하고 힘이 드는지 거친 숨소리를 토해냈다.

"뭐하는 거요! 힘 빠지기 전에 빨리빨리 옮겨야지!"

하풍달이 뒤에서 고래고래 고함을 질렀다.

"깝치지 말고 가만 좀 있어! 다리에 힘이 풀려서그래!"

용악산은 좀 의아했다.

천년멸극대법을 시행한 후 공춘보는 경악스러운 맷집과 함께 힘도 장사가 됐다. 그랬기에 전날 항주의 평산객점에서 하상도에게 그렇게 두들겨 맞고도 한방에 쓰러뜨리지 않았던가.

그런데 지금은 왜 저렇게 빌빌거리는 걸까?

분명 무슨 일이 있었다.

"풍달, 춘보에게 요즘 무슨 일 있어?"

"예?"

"바위가 무겁긴 해도 저렇게 힘들어할 정도는 아닌데."

순간, 하풍달은 춘서를 아직도 공춘보가 가지고 있을지도 모른다는 생각을 했다. 처음에 채홍만에게 주려 했지만 채홍만이 까막눈이니 자신이 가지고 있을 수밖에 없지 않은가.

'이 인간이 도대체 밤마다 무슨 짓을 하는 거야!'

저만치 공춘보를 보니 다리가 사정없이 후덜거리고 있었다.

"풍달, 무슨 일이냐니까?"

용악산이 다시 물었다.

"아, 예. 아침부터 계속 설사를 하더니 아무래도 탈진을 한 것 같습니다."

"설사를? 왜?"

"어제저녁 객점에서 먹은 만두가 썩은 기름에 튀긴 것 같다고……."

"기름도 썩나?"

“그, 글쎄요.”

용악산은 뭔가 의아했지만 일단 그냥 넘어갔다.

이미 엎질러진 물, 이제 와서 달리 방법이 있는 것도 아니었다.

공춘보는 포기하고 다른 사람이라도 잘 하면 되는 것이다.

그 순간 공춘보가 한 발자국씩 걸음을 옮기고 있었다.

그 모습이 우스꽝스럽기 짝이 없었다.

바위를 안거나 어깨 위로 훌쩍 들어 올린 것이 아니라 양쪽 무릎으로 받친 상태에서 어기적어기적 걷고 있었던 것이다.

구경꾼들은 공춘보의 우스꽝스런 모습에 키득대느라 정신이 없었다. 바지에 똥을 싼 것 같다느니 소똥구리 같다느니 하는 말들이 쏟아져 나왔다.

한편 심사관은 짜증스럽기 그지없었다.

이번 관문의 목표는 우수한 무인들을 골라내는 것이 아니라 어중이떠중이들을 떨쳐 내는 것이다.

빨리빨리 정리를 해야 하는데 저 이상하게 생긴 녀석이 쓸데없이 시간을 끌고 있으니.

옆을 보니 다른 열은 벌써 절반이나 정리를 한 상태였다.

“에잇. 별 거지 같은 놈들까지 참가를 해서…….”

다음 말을 하지 않아도 알 수 있었다.

별 거지 같은 놈들까지 참가를 해서 자기들을 귀찮게 한다이거였다. 결국 마지막에 승부를 겨룰 사람들은 어차피 정해져 있는데 뭣 하러 일을 복잡하게 하느냐는 뜻.

그 무렵 공춘보는 여섯 번째 발자국을 옮기고 있었다.

손에서는 바위 덩어리가 조금씩 빠져나갔고, 다리는 더욱 후달거렸다. 벌름거리는 콧구멍에선 연방 황소 같은 콧김이 뿜어져 나왔다.

"공 사형, 조금만 더! 몇 걸음 안 남았소!"

하풍달이 두 주먹을 불끈 쥐고 목소리를 쥐어짰다.

"칠백오십팔 번! 공춘보, 그만 포기해!"

심사관이 명단에서 이름을 확인하고는 짜증 섞인 목소리로 고함을 질렀다. 덕분에 군중들은 우스꽝스런 동작으로 바위 덩어리를 옮기는 사내의 이름이 공춘보라는 걸 알았다.

그때 군중 속에서 누군가 벌떡 일어나더니 주먹 쥔 손을 흔들며 외쳤다.

"공춘보! 공춘보! 공춘… 보……!"

사람들의 시선이 일시에 자신을 향하자 그는 응원을 하다말고 얼른 주저앉아 버렸다.

그런데 이번엔 다른 쪽에서 목소리가 흘러나왔다.

"공춘보! 공춘보! 공춘보!"

아름답고 낭랑한 목소리.

어쩐지 낯이 익었다. 그녀는 공화연이었다.

남궁휘와 함께 창룡전에 참가를 하는 줄 알았더니 그녀는 구경꾼들 틈에서 열심히 공춘보를 응원하고 있었다.

아름다운 미녀의 응원에 다른 사람들까지 가세했다.

“공춘보! 공춘보! 공춘보!”

한 사람이 두 사람이 되고, 두 사람이 세 사람이 되더니 곧 군중들 모두가 공춘보의 이름을 외치기 시작했다. 연무장이 쩌렁쩌렁 울렸다.

사람들은 억압받고 핍박받던 이가 불굴의 정신으로 도전하는 걸 응원한다.

이게 보통 사람들의 심리다.

쪽정이를 떨쳐 내려는 무림맹의 처사에 속으로 분통을 터뜨리던 사람들이 심사관의 핍박에도 불구하고 끝까지 도전하는 공춘보를 보며 피가 뜨거워진 것이다.

용악산은 어리둥절했다. 하풍달과 표자룡, 채홍만도 이 희한한 광경에 황당함을 금치 못했다.

그때 공춘보는 겨우겨우 아홉 걸음을 옮겼다.

“공춘보! 공춘보! 공춘보!”

군중들의 함성이 더욱 커지더니 급기야 모두 자리에서 일어나 공춘보를 응원하기 시작했다. 공춘보는 기어이 열 걸음을 옮기는 순간 바위 덩어리를 놓치고 말았다.

쿵! 데구르르르…….

“뜨헙!”

바위 덩어리를 떨어뜨리는 동시에 공춘보는 발등을 잡고 바닥을 굴렀다. 바위 덩어리를 놓치는 순간 그만 발등을 찍은 것이다.

“내가 부끄러워서 진짜.”

하풍달이 손바닥으로 자신의 얼굴을 가렸다.

그때쯤엔 사람들의 함성이 멈추고 쥐 죽은 듯 고요해졌다.

바위가 떨어진 지점이 하필이면 딱 통과선 위였던 것이다.

이제 바위가 떨어지면서 남긴 자국으로 판명을 해야 했다.

심사관이 쪼르르 달려가더니 선을 살폈다. 그는 잠시 인상을 찌푸리더니 하얀색 깃발을 들었다.

"통과!"

"와아아아아!"

군중들에게서 우레와 같은 박수와 함께 함성이 터졌다.

바위 덩어리는 깻잎 한 장 정도의 차이로 선을 넘었던 것이다.

공춘보는 영웅이라도 된 것처럼 군중들을 향해 두 손을 흔들어 보이고는 절뚝거리며 통과자들이 모여 있는 곳으로 갔다.

하풍달이 공춘보를 향해 엄지손가락을 치켜들어 보였다.

그때 군중들의 시선을 모으는 또 한 사람이 나타났다.

그는 용악산 일행이 참가하고 있는 옆쪽 열에 대기하고 섰다.

칠척장신에 가슴이 떡 벌어진 사내였는데 그가 나타나자 군중들이 술렁거렸다. 놀랍게도 거한은 바위 덩어리를 단번에 들어 올리더니 오른쪽 어깨에 척 걸쳤다.

그 엄청난 용력에 군중들이 혀를 내둘렀다.

거한은 바위를 어깨에 짊어진 채 휘적휘적 걸어갔다.

허리와 다리가 좀 떨리긴 했지만 여태 바위를 옮긴 사람들 중 가장 무지막지한 힘이었다.

이미 통과한 사람들 중에는 한다하는 문파의 후기지수들도 많았다.

그들의 사문에는 대력을 추구하는 무공도 많았을 텐데 어느 누구도 지금의 저 사내만큼 쉽게 바위 덩어리를 옮기지는 못했다. 거한이 바위를 내팽개치듯 던지고는 손을 탈탈 털며 말했다.

"흥, 이까짓 돌멩이 하나 갖고 낑낑대는 꼴이라니……."

그때 군중들이 있는 어느 천막 아래에서 함성이 터졌다.

하북팽가의 무인들이 모여 있는 곳이었다.

두뇌가 총명한 편은 못되지만 힘 하나는 타고난다는 강골의 무가. 하북팽가의 후예라면 능히 가능한 일이었다.

하지만 저 오만방자한 태도가 통과를 못한 참가자들과 그들의 사문에서 온 사람들에게 강한 반감을 일으켰다.

마치 자신이 천하제일의 역사라도 되는 양 으스대는 꼴이란.

그때 하풍달은 무언가 번뜩이는 생각이 있어 심사관에게 물었다.

"순서를 좀 바꿔도 되겠소?"

"무슨 순서 말이오?"

"내가 뒷사람과 순서를 바꾸고 싶소."

어차피 지금 할 거 별 대수로운 일도 아니고 해서 심사관은 순순히 고개를 끄덕였다.

하풍달이 채홍만에게 말했다.

"홍만아, 본때를 보여줘. 알았지?"

용악산과 표자룡은 단번에 하풍달의 의도를 알아차렸다.

채홍만이 머리를 긁적긁적 하더니 용악산에게 다가와 물었다.

"저… 힘은 어느 정도나……?"

"크게 놀라게 만들지는 말고."

"알겠습니다."

채홍만은 쭈뼛쭈뼛 바위 앞으로 걸어 나갔다.

앞서 통과한 하북팽가의 후예 못지않은, 아니, 오히려 머리 하나는 더 커 보이는 거인 채홍만이 나오자 사람들의 시선이 일제히 쏠렸다.

과연 저 거인은 또 얼마나 괴력을 발휘할 것인가.

그가 바위 덩어리를 들고 열 걸음을 옮기는 것은 문제가 없어 보였다. 중요한 것은 하북팽가의 후예보다 더 쉽게 옮길 수 있느냐 없느냐 하는 것인데.

채홍만은 바위 덩어리에 가까이 다가갈 때까지도 머리를 긁적이고 있었다. 그 모습이 몹시 쑥스러워하는 것처럼 보였다.

덩치에 어울리지 않게 순박한 행동이 사람들의 호감을 샀
다.

처음 금룡문에 들어올 때 그랬던 것처럼.

오직 공춘보만이 쪽 째진 눈으로 채홍만을 노려보고 있었
다.

'위선자, 이중인격자, 색마!'

"시작해!"

심사관이 명령을 했다.

채홍만은 공손히 고개를 숙이고는 바위 덩어리를 딱 잡고
번쩍 들어올렸다.

"오오오오!"

군중들에게서 역시나 하는 함성이 흘러나왔다.

그런데 머리 위로 올라간 바위 덩어리가 뒤로 넘어갔다.

그 모습이 무게를 이기지 못하고 뒤로 떨어지는 것처럼 보
였다.

"어어어, 저저."

군중들이 손가락을 가리키며 불안해했다. 하지만 채홍만은
뒤로 젖혀진 바위 덩어리를 갑자기 앞으로 내던졌다.

부우우웅!

바위 덩어리는 저만치 앞에 있는 선을 훌쩍 넘어 '쿵!' 하는
소리와 함께 떨어졌다.

입이 쩍 벌어진 군중들은 말문이 막혔다.

채홍만은 커다란 두 팔을 흔들면서 유유자적 열 걸음을 걸

어갔다.

'그런데… 저래도 되나?'

공춘보의 생각이었다. 군중들의 시선도 일제히 심사관에게로 향했다.

애초 규칙은 바위 덩어리를 들고 열 걸음을 옮기는 것이었다.

그런데 바위를 던지고 혼자 걸었으니 실격인가? 합격인가?

얼이 빠져 있던 심사관은 뒤늦게 군중들의 시선을 의식했다.

이런 경우는 생각을 해보지 않은 지라 심사관 스스로도 어찌할 바를 몰랐다.

심사관이 저만치 서 있는 집법당주 구중악을 보았다. 자문을 구하는 것이었다.

집법당주가 미세하게 고개를 끄덕였고 심사관이 백기를 번쩍 들어 올렸다.

"통과!"

"와아아아아!"

군중들이 일제히 함성을 질렀고 그 모습을 지켜보고 있던 하북팽가의 후기지수가 볼을 씰룩거렸다.

무공이면 몰라도 힘으로는 천하의 그 누구에게도 지지 않을 거라고 생각했는데 자신보다 훨씬 윗줄의 장사가 나타난 것이다.

　잠시 후, 용악산과 하풍달, 표자룡도 무사히 일차 관문을 통과했다.
　일차 관문 하나에만 무려 천여 명이 떨어졌다.
　육 할이 넘는 죽정이들이 단숨에 정리된 것이다.

第七章

쭉정이들을 골라내라

天山刀客

“여어 안녕하쇼.”

일차 관문이 끝나고 잠시 휴식 시간이 주어 졌을 때 아는 얼굴이 하나 나타났다.

“어라, 당신이 여긴 왜 온 거요?”

놀란 공춘보가 사내를 보며 물었다.

“뭐 하러 오긴. 나도 창룡전에 참가를 했으니까 왔지.”

“다, 당신이?”

사내는 개봉에서 왔다는 설인봉이었다. 여곽을 소개시켜 주고 공술을 얻어먹었던 그 사내.

“창룡전은 서른 살이 넘으면 참가할 수 없는데.”

“올해 딱 서른이오.”

“마흔은 족히 되어 보이는구만 무슨…….”

“사돈 남 말하고 있네.”

“……!”

공춘보는 잠시 할 말을 잃었다.

겉늙어 보이기로 치자면 공춘보 역시 설인봉에 필적했다.

옆에서 하풍달이 킥킥 웃다가 설인봉에게 물었다.

“그래 개봉으로는 언제 돌아가실 겁니까?”

“개봉? 거긴 왜?”

“그때 개봉에서 왔다고 하지 않으셨나요?”

“아아, 난 또 무슨 말인가 했네. 가긴 어딜 가. 이차 관문에 마저 도전해야지.”

설인봉의 그 말에 앉아 있던 공춘보가 벌떡 일어났다.

“일차 관문을 통과했단 말이오? 당신이?”

“그까짓 돌멩이 하나 옮기는 게 무에 대수라고. 자 그럼, 잘들 해보라고.”

설인봉은 눈이 화등잔만 해진 공춘보의 어깨를 두어 번 툭툭 두들기고는 뒷짐을 쥔 채 또 다른 말상대를 찾아 나섰다.

“하아, 어떻게 저 거지 발싸개 같은 놈이.”

공춘보는 부아가 치밀었다.

자신은 바위 덩어리를 옮기고 난 후 이렇게 다리가 후덜거리는데 저 작자는 마치 마실 나온 것처럼 태연하지 않은가.

바로 그때 장내를 울리는 북소리와 함께 집법당주가 또다시 단 위로 올라가 외쳤다.

"이차 관문을 시작하겠소. 관명은 대호도하(大虎渡河)요!"

"대, 대호 뭐? 아, 도대체 뭐라는 거야?"

"큰 호랑이가 황하를 넘는다는 것 같은데?"

공춘보와 하풍달의 말이 끝나기가 무섭게 북소리가 울렸다.

두둥둥!

무사 십여 명이 우르르 달려 나오더니 연무장 서북쪽으로 모였다. 청석판이 깔린 바닥에는 커다란 휘장이 덮여 있었는데 십여 명의 무인이 양쪽에서 그걸 잡고 걷기 시작했다.

그러자 폭이 삼 장에 길이가 십여 장 정도 되는 직사각형의 기다란 진흙탕이 나타났다.

무인 하나가 진흙탕 속에 손을 넣더니 무언가를 쑥 뽑아 들었다. 진흙탕 속에 박아둔 대나무 막대기였다.

얼핏 보아도 구 척은 족히 되는 것이 사람의 키를 훌쩍 넘기는 깊이였다.

진흙은 검은 빛깔에 반질반질 윤이 났는데 멀리서 반짝이는 수면만 보았다면 맹화유(猛火油:석유)라고 착각할 수도 있을 것 같았다.

하지만 분명 기름은 아니었다. 그렇다고 평범한 진흙도 아니었다. 군중들이 술렁거리기 시작했다.

"저게 뭐지?"

"무슨 진흙이 저렇게 시커멓지?"

"단순한 진흙이 아닌 것 같아. 표면이 기름처럼 번들거려."

"흑청(黑淸), 그래 흑청이야! 남만에서 본 적이 있어."

　누군가의 말이 군중들의 웅성거림을 타고 파도처럼 번져 나
갔다.
　흑청은 남만의 흑하 하류에서만 나는 특산물이었다.
　부드럽기는 여인들이 얼굴에 바르는 지분과 같고 점성은 거
의 없었다. 굳이 말하자면 숲의 온갖 동식물들이 수천 년 동안
쌓이고 썩어서 생긴 늪토의 일종이었다.
　무엇이든 집어 삼켜버리는 늪지대에서 길어온, 기름도 아니
고 흙도 아닌 어중간한 진흙.
　하지만 남만인들에게 흑청이 고인 늪지대는 꿀이 고인 땅과
도 같았다. 동식물이 썩어서 생긴 기름이 떠오르고, 그 기름에
의지해 온갖 약초와 영물이 자라기 때문이다.
　그래서 깊은 산속 바위틈에서 나는 꿀을 뜻하는 석청의 이
름을 따 흑청이라고 지은 것이다.
　"진흙탕에 빠지지 않고 여길 통과하면 되오. 몇 번을 밟던
문제가 없으나 신체의 절반이 진흙탕에 빠지는 순간 실격이
오."
　심사관이 말을 하고 곁에선 수하들에게 눈짓을 했다.
　수하 두 사람이 커다란 갈고리가 달린 막대기를 각각 하나
씩 하나를 들고 진흙탕의 양쪽에서 대기했다.
　아마 진흙탕에 빠진 사람들을 저 물건으로 건져 주려는 모
양이었다.
　군중들이 다시 술렁거리는 것은 당연했다.
　무인들이 저 진흙탕에 빠져죽을 것을 염려한 것이 아니었다.

흑청은 뻑뻑한 갯벌과는 차원이 달라서 진흙이라기보다는 걸쭉한 기름에 가까웠다.

그래도 물보다는 훨씬 걸쭉해서 일류를 상회하는 고수라면 십여 걸음 정도는 빠지지 않고 달릴 수 있을 것이다.

하지만 통과해야 할 거리가 너무 멀었다.

평보로 오십 걸음 정도니 보폭을 최대한 벌려 달려간다 해도 이십 걸음 정도는 딛어야 하는데, 그게 과연 가능할까?

물론 등평도수(登萍渡水)니 무력답수(無力踏水)니 해서 물 위를 달리는 신묘한 경공이 있기는 했다.

하지만 그건 어디까지나 일문의 대종사들에게서나 기대할 수 있는 신법이다. 그나마 전설처럼 내려오는 무용담을 통해 듣던 것이라 실제로 가능한지도 모른다.

아무리 명문대파의 후기지수들이라고 해도 쉬운 경지가 아니었다.

이차 관문 역시 일차 관문처럼 원초적이고 단순했지만 실상은 난해하기 짝이 없었다.

참가자들은 각자 편한 곳에 자리를 잡고 앉아 자신들의 차례를 기다렸다.

앞서 일차 관문 때와 달리 진흙탕이 하나밖에 없었기 때문에 열을 지어 설 필요가 없었다. 자기 차례가 되어 심사관이 번호와 이름을 호명하면 진흙탕 위를 달려가면 되었다.

첫 번째 참가자가 불려나가 진흙탕 앞에 섰다.

"일차 관문도 그랬지만 이거 너무 성의 없는 거 아닙니까?

너무 일차원적이에요."

하풍달이 용악산에게 말했다.

"그렇지 않아, 아주 좋은 관문이야."

"예?"

하풍달과 공춘보가 의아한 눈길로 용악산을 보았다.

"두 관문 모두 무공의 근본이 되는 무리(武理)를 담고 있어."

"그게 무슨 말씀이십니까? 진흙탕을 건너는 게 어째서 무리를 담고 있다는 거죠?"

"일차 관문이 용력을 바탕으로 한 중(重)의 관문이라면 이차 관문은 신법을 바탕으로 한 경(輕)의 관문이야. 이래도 모르겠어?"

공춘보와 하풍달이 멀뚱멀뚱한 표정을 짓는 사이 표자룡이 혼잣말처럼 읊조렸다.

"무거운 것은 가볍게 하고 가벼운 것은 빠르게 한다…… 과연 그렇군요."

"두 개의 무리는 하나로 귀결돼. 자신을 가볍게 하는 것 역시 중력의 힘을 극복하는 것이니까. 어중이떠중이도 걸러내고 기본공도 살피고, 과연 무림맹이군."

용악산이 말했다.

하풍달이 그제야 고개를 끄덕끄덕했다.

공춘보는 표자룡과 하풍달을 번갈아 보며 말했다.

"대체 뭔 소리들이야?"

하풍달은 무언가 깨달은 바가 있는 듯 공춘보의 말을 무시하고 다시 용악산에게 물었다.

"하면, 자신을 가볍게 하는 건 무엇에 달린 겁니까?"

"이 관문이 기본공을 살피는 관문이라는 걸 잊지 말아라."

하풍달의 물음에 용악산은 추상적인 말로 대답을 대신했다.

표자룡은 단숨에 눈동자가 깊어진 반면 하풍달은 조금 더 걸렸다. 그러나 이내 눈빛을 반짝이며 감탄성을 터뜨렸다.

"경극쾌(輕極快) 쾌즉중(快卽重)!"

가벼움이 극에 이르면 빠르고, 빠른 것은 곧 무거움이니 모든 것이 마지막에 이르면 결국은 하나다.

금룡문의 무공을 익힐 때 가장 처음 배우는 이치였다.

용악산은 사부 은도천의 가르침을 상기시킨 것이다.

원래 큰 지혜는 단순한 법인데 사람들은 오히려 그 단순함으로 인해 눈을 흐리고 만다.

하지만 공춘보는 여전히 못 알아듣는 눈치였다.

"으악, 대체 뭔 소리들이냐고!"

"깨우침은 스스로 찾는 것인데 어찌 말로서 설명할 수 있으리오."

하풍달이 짐짓 무언가 대단한 것이라도 깨달은 것처럼 거드름을 피웠다.

"흥, 나만 빼고 어디 얼마나 잘해먹는지 두고 보자."

"휴우, 아무래도 이번 관문에서 공 사형과 나는 헤어질 수밖에 없을 것 같구려."

"뭐?"

"너무 낙담하지 마시오. 대신 내가 공 사형 몫까지 해낼 테니."

"이 자식이 근데 보자보자 하니까. 무슨 근거로 너는 되고 나는 안 될 거라는 거야?"

"내가 귀수였다는 거 잊었소?"

"……!"

순간 공춘보는 숨이 턱 막혔다.

투문(偸門), 즉 도둑놈의 세계에서는 놀라운 잡기들이 전해진다. 그중에 가장 잘 알려진 것이 경공과 역용이다.

그건 당연한 일이었다. 잠입을 하기 위해 역용이 필요하고 도주를 하기 위해 경공이 필요했으니까. 이중 경공은 잡기에서 이제는 무공으로까지 발전을 했다.

하풍달은 배수다.

소매치기와 도둑놈은 한 끗 차이. 결국 놈도 투문의 경공을 익혔다는 소리.

"서, 설마……?"

"들어는 봤소? 십이비천야행주(十二飛天夜行走)라고."

이름부터 거창한 이 경공은 오래전 신투로 유명했던 자가 열두 밤을 꼬박 쉬지 않고 달렸다고 해서 세간에 알려진 무공이었다. 그때 개방의 고수가 그를 추적했는데 결국 놓치고 말았다는 일화와 함께.

"에잇, 젠장!"

공춘보가 바닥에 철썩 주저앉더니 푸념을 했다.

자신은 하풍달보다 몸도 무거울뿐더러 딱히 내세울 경공도 없었다. 그러고 보니 앞서 일차 관문도 겨우겨우 통과했지 않은가.

생각이 거기까지 미치자 자신의 무공이 한없이 초라해 보였다. 하상도를 때려눕힌 것도 따지고 보면 무공이 높아서라기보다는 맷집이 좋아서였다.

'아아, 나라는 인간은 술이나 마실 줄 알지, 할 줄 아는 게 하나도 없구나.'

한편 하풍달도 내심으로는 잔뜩 긴장하고 있었다.

진짜 문제는 십이비천야행주를 익혔느냐 안 익혔느냐가 아니라 얼마나 익숙하게 펼치느냐에 달려 있다.

사실 하풍달은 십이비천야행주를 제대로 익히지도 못했다.

그처럼 고절한 신투의 무학이 어떻게 자신에게까지 전해지겠는가. 다만 흑점에서 구한 아류의 경공 비급을 구해 틈틈이 익혔을 뿐이었다.

용악산 역시 하풍달을 보면서 같은 생각을 하고 있었다.

하풍달은 과연 이차 관문을 통과할 수 있을까?

한 가지 더, 지금의 관문은 단순히 빠르게 질주를 하는 것만으로는 통과할 수 없었다.

마른 땅에서 단지 빨리 달리는 문제라면 하풍달은 이 관문을 쉽게 통과할 수 있을지 모른다.

하지만 진흙탕을 달리는 것은 몸을 가볍게 해야 하는 한 차원 높은 수준의 문제가 있었고, 그건 공력, 즉 진기의 문제였다.

천년멸극대법으로 인해 하풍달에게 상당한 수준의 공력이 있음은 알고 있었다.

하지만 그것을 몸 안의 요소요소에 흘려 체화시키는 작업, 즉 진기로의 변환은 아직 이루지 못했다.

그건 오랜 세월의 내공수련이 필요한 작업이었고 오직 공춘보와 하풍달의 부지런함에 달려 있었다.

공춘보는 떨어질 것이 확실하고 하풍달은 그럴 가능성이 높았다. 그런 생각을 하는 동안 첫 번째 사내가 몸을 날렸다.

팟! 팟! 팟! 팟!

사내는 최소한의 걸음으로 진흙탕을 건널 생각이었나 보다.

처음부터 도약을 크게 하더니 최대한 보폭을 넓게 벌리며 달렸다.

하지만 그게 오히려 독이 되었다.

빠르기보다는 힘의 분산이 중요한데 사내는 도약에 너무 힘을 주는 바람에 채 다섯 걸음을 떼지도 못하고 왼쪽 발이 빠졌다.

왼쪽 발이 빠진 상태에서는 오른쪽 발을 뻗어도 소용없었다.

진흙탕은 순식간에 사내를 꿀꺽 삼켜 버렸다.

놀란 군중들이 벌떡 일어섰고 진흙탕의 양쪽에 있던 무림맹의 무인들이 갈고리를 집어넣어 사내를 건졌다.

잠시 후 온몸이 검은 기름으로 번들거리는 사내가 갈고리에 걸려 걸레쪼가리처럼 끌려 나왔다.

사람들은 진흙이 생각보다 무르고 빨리 꺼지는 것에 상당히 놀랐다. 진흙보다는 걸쭉한 기름에 가깝다더니 과연 거짓말이 아니었다.

군중들 사이에서 혀를 차는 소리가 흘러나왔다.

그래도 지방에선 나름대로 한다하는 무인일 텐데, 저런 꼬락서니를 보이다니……

"아주 개망신을 주는군요."

하풍달이 말했다.

"더 배우고 오라는 교훈이지."

용악산이 대답했다.

두 번째 사내는 좀 달랐다. 첫 번째 사내가 큰 보폭으로 실수하는 걸 보고 보폭을 짧게 잡았다.

파파파파파팟!

작은 강아지가 줄행랑을 치듯 방정맞게 발을 교차하며 진흙 위를 내달렸다. 뒤로 진흙덩어리들이 튀어 올랐다.

첫 번째 사내보다 대여섯 걸음을 더 달리기는 했지만 그 역시 반의반도 가지 못해 진흙탕에 처박히고 말았다.

조금 전과 마찬가지로 갈고리를 든 무인들에 의해 끌려나왔다.

"아아, 멋진 계획이었는데 아깝군요."

"아니야. 보폭의 크고 작음이 문제가 아니야."

"아, 참 그렇지요."

하풍달과 용악산의 대화는 공춘보의 속을 박박 긁을 뿐이었다.

순식간에 대여섯 명이 도전을 했다.

기상천외한 방법들이 다 동원됐다.

갈 지(之) 자로 뛰는 놈. 호보(虎步)로 달리듯 기어가는 놈, 심지어 강렬한 속도로 몸을 회전하며 두 손과 발을 번갈아 짚는 도립보(倒立步)를 펼치는 놈도 있었다.

호보에 비해서는 그나마 훨씬 멋졌지만 놈은 다섯 걸음 째에서 두 손이 빠졌다.

가장 꼴사납게 머리부터 거꾸로 처박힌 것이다.

사내 역시 두 발이 갈고리에 걸려 거꾸로 끌려 나왔다. 진흙탕 속에 들어가면 압력으로 옴짝달싹할 수 없는 모양이었다. 가장 멀리까지 간 사람이 겨우 열 걸음이었다.

그래 봤자 절반도 채 되지 않는 거리였다.

일곱 번째 사내가 나섰다.

"어라, 북천방의 하상도잖아."

공춘보가 손가락으로 찌를 듯이 가리키며 말했다.

하상도는 공춘보를 발견하고는 찢어 죽일 듯한 눈으로 흘겨본 다음 진흙탕 앞에 섰다. 그는 심호흡을 한 번 하더니 돌연 상체를 숙이고 땅을 박찼다.

피융!

강력한 파공성과 함께 그의 신형이 앞으로 쏘아졌다.

파파파파팟!

보폭이 상당함에도 불구하고 교차하는 소리는 짧았다.

그만큼 빨랐다는 소리. 그는 순식간에 열다섯 걸음을 뗐다.

속도가 현저히 떨어지는가 싶더니 진흙이 그의 발목을 삼키고 있었다. 그 순간 그는 세차게 몸을 회전하며 방향을 틀었다.

그때부터는 속도를 포기하고 안정을 택했다.

그의 걸음이 갈 지(之) 자 횡보로 변하는가 싶더니 두 걸음을 남겨두고 있었다.

평보로 오십 걸음이 넘지만 속주가 걸음을 단축시켰다.

그때 그의 몸은 무릎까지 잠기고 있었다.

무르기 짝이 없는 진흙이 그를 집어삼키려는 순간 하상도는 손을 뻗어 맞은 편 턱을 잡았다.

일단 지지대가 생기자 상황이 돌변했다. 그는 팔의 힘으로 몸을 쑥 빼더니 순식간에 맞은편 마른땅에 내려섰다.

"와아아아아!"

사람들 사이에서 함성과 함께 박수가 터졌다.

무릎까지 빠진 모습이 꼴사납기는 했지만 그래도 첫 번째 통과자였다. 하상도는 이런 모습으로 박수를 받는 것이 겸연쩍은지 획 돌아서 통과자들을 위한 자리로 가서 대기했다.

"에잇, 재수 없는 인간!"

공춘보가 한편으로는 부럽고, 한편으로는 질투가 나서 푸념을 했다.

이차 관문을 통과한 사람은 하상도만이 아니었다.

잠시 후에는 배인걸도 나타나서 이차 관문을 통과했다.

앞서 하상도와 별반 다르지 않을 정도로 어렵게 통과했지만 실패하는 사람이 워낙 많았는지라 그 역시 사람들로부터 박수를 받았다.

점점 통과를 하는 사람들이 많이 나타났다. 통과를 한 사람들은 따로 마련된 의자에 앉아 휴식을 취했다. 그들 중에는 하상도와 배인걸 외에도 용악산 일행이 아는 사람이 있었다.

"어라, 저 인간은 언제 또 통과를 했지?"

공춘보가 저만치 통과자들이 모여 있는 곳을 가리키며 말했다.

"누구 말이오?"

하풍달이 물었다.

"저기 저, 설 거지 말이야."

"설 거지라니?"

"아까 와서 염장 지르고 간 놈 있잖아!"

공춘보가 버럭 짜증을 냈다.

"아, 설인봉. 그런데 그 사람이 벌써 이차 관문을 통과했단 말이오?"

"저기 봐, 통과자들 틈에 떡 하니 앉아 있잖아."

"하, 별일일세. 어라, 그러고 보니 변검도 있었네."

"변검?"
"거 왜 길거리에서 기예를 공연하던 마희단 사람 말이오."
과연 하풍달이 가리키는 곳에서 변검술사도 있었다.
그 역시 설인봉과 마찬가지로 통과자들 속에 섞여 있었다.
"거지에 광대패들까지. 에잇, 젠장."
공춘보가 유난히 역정을 냈다.
이상한 놈들까지 통과를 하는데 자신은 막막하니 화가 났던
것이다.
한편 설인봉과 변검술사를 보는 용악산의 눈동자가 깊어졌
다.
처음 봤을 때부터 범상치 않은 무공을 지녔다는 건 알고 있
었다. 거지와 마희단원이라는 신분은 어쩌면 진짜가 아닐지도
모른다.
그렇다면 저들 중에 한 사람이 신비검객은 아닐까?
그들이 아니어도 여기 모여 있는 사람들 중 누군가는 신비
검객일 것이다.
그는 무슨 이유로 무림대회를 휩쓸고 다니는 걸까?
용악산은 저만치 단 위에 앉아 있는 무림맹의 고위 인사들
을 보았다.
'저들은 무언가를 짐작하고 있는 것 같은데……'
용악산이 그런 생각을 하는 사이에도 관문은 계속 되었다.
잠시 후 하풍달의 차례가 왔다.
하풍달은 진흙탕이 시작되는 지점으로부터 십여 장 밖으로

가더니 상체를 두어 번 아래위로 흔든 후 무섭게 질주하기 시
작했다.

파아앙!

파공성과 함께 옷자락이 날렸다.

진흙탕이 있는 곳에 이르러서는 속도가 최고조에 달했다.

팟팟팟팟팟팟팟!

진흙 위를 빠르게 교차하는 그의 발 뒤로 기름 방울인지 진
흙덩어리인지 구별이 안 가는 것들이 튀어 올랐다.

하풍달은 중간에서 자세를 바꾸지 않았다.

그는 하상도만큼 공력이 깊지 않다.

아니, 공력은 깊은데 그것을 진기로 바꾸지 못했다.

초식이 정교하지 못한 것도, 임독양맥을 타통하지 못한 것
도 그 때문이다.

하지만 달리는데 무슨 정교함이 필요할까.

아니다. 경공은 상당히 섬세한 무공이고 그 어떤 무공보다
정교함을 필요로 한다. 다만 하풍달이 익힌 십이비천야행주가
정교하지 못할 뿐이었다.

그는 오로지 빠른 속도에 승부를 걸었다.

열다섯 걸음에 발목이 빠지고 열여섯 걸음에 무릎이 빠졌
다.

하지만 그는 열일곱 걸음 째 맞은 편 마른 땅을 딛고 일어섰
다.

빠른 속도로 세 걸음이나 단축한 것이다. 그리고 그것이 부

족한 공력을 보완했다.

언젠가 사부 은도천이 말해주었고 조금 전 용악산이 상기시켜 준 경극쾌(輕極快) 쾌즉중(快卽重) 이치가 바로 이것이었다.

가벼움과 빠름과 무거움이 모두 한 가지로 귀결되니 그것은 곧 빠름이 가벼움을 만들어 낼 수 있다는 것과도 일맥상통했다. 지극히 원론적이면서도 추상적인 이 말이 막상 가장 적합한 상황에 닥치자 하풍달의 머리를 번개처럼 강타한 것이다.

"저, 저 녀석… 진짜로 성공했네!"

공춘보가 벌떡 일어나더니 자신도 모르게 박수를 쳤다.

그러나 곧 이러고 있을 때가 아님을 깨닫고 머리를 쥐어뜯었다.

"으아아악. 저 녀석이 잘난 체하는 꼴을 어떻게 봐!"

용악산은 속으로 흡족했다. 어려울 거라 생각했는데 다행히 성공을 한 것이다.

"하 사형의 경공이 상당한데요."

옆에서 표자룡이 낮은 목소리로 말했다.

"원래 자질이 있는 녀석이다. 단지 그게 배수질을 하는데 유용한 것들에만 한정되어 있다는 게 문제지."

표자룡이 피식 웃었다. 그 역시 동감하는 바였으니까.

하풍달과 공춘보의 진짜 문제는 너무 늦게 입문을 했다는데 있었다. 반면에 도박판에서 사기를 치는 것과 남의 주머니를 터는 것은 어렸을 때부터 해온 일이다.

그들의 재주가 그쪽에 편중되는 것은 당연했다.

잠시 후 한 사내가 출발선에 서자 좌중이 술렁거렸다.

사내가 곤륜파의 것으로 보이는 도복을 입고 있었기 때문이었다.

저 먼 세외에 있는 탓으로 구파일방에는 들지 못하지만 구파일방에 결코 모자라지 않는 곳. 오히려 구파일방을 능가할 정도의 신비스런 무학이 많다는 곳.

특히나 그곳엔 천하제일의 경공이 있지 않은가.

사람들은 곤륜파의 후기지수가 어떤 신묘한 경공을 보여줄지 잔뜩 기대했다. 운이 좋다면 천하제일의 경공, 곤륜무학의 정수를 보게 되는 것이다. 무림맹의 창룡전이 아니면 어디서 이런 신묘한 구경을 할 것인가.

바로 이 맛에 먼 길을 마다 않고 달려왔다.

창룡전 참가자들도 마찬가지였다. 그들은 곤륜파 후기지수에게 잔뜩 기대를 했다.

사내는 갑자기 심사관에게 물었다.

"몇 걸음을 떼든 상관없다고 했소?"

"그렇소."

"한 걸음도 떼지 않아도?"

심사관은 곤륜 후기지수의 질문이 정확히 무슨 뜻인지 몰라 잠시 머뭇거렸다.

그러다 뒤늦게 그 의도를 알아차리고는 눈을 동그랗게 떴다.

그의 얼굴에 나타난 것은 믿지 못하겠다는, 믿을 수 없다는 경악이었다.

곤륜의 후기지수는 선 자리에서 상체를 숙이는가 싶더니 갑자기 신형을 허공으로 쏘았다.

파앙!

한 마리 청룡이 날아가듯 그는 하늘을 향해 날았다.

동시에 두 발이 허공에서 바쁘게 교차했다.

강한 바람이 펄럭이는 도포자락이 흡사 용의 꼬리를 연상시켰다. 용의 꼬리가 춤추고, 용의 두 발이 허공을 움켜쥐고 용의 머리가 구름을 뚫었다.

"과연 운룡대구식(雲龍大九式)! 아아!"

군중들에게서 탄성이 터지는 것은 당연했다.

소림의 금강부동신법(金剛不動身法), 개방의 취리건곤보(醉梨乾坤步)와 함께 강호 삼대경신공으로 불리는 무공.

사내가 운룡대구식을 익혔다는 것은 이미 곤륜파의 차기 장문을 이을 후보군에 뽑혔다는 걸 의미했다.

사내의 도명은 운룡(雲龍).

군중들이 짐작하는 것처럼 곤륜 최고의 후기지수라고 불리는 자였다. 사내는 신발에 진흙 하나 묻히지 않고 가랑잎처럼 가볍게 맞은편의 마른 땅에 내려섰다.

그는 옷자락을 한번 툭툭 털더니 아무렇지도 않은 듯 통과자들이 모여 있는 곳으로 걸어갔다. 앞서 죽기 살기로 진흙탕을 뛰어넘던 사람들과는 차원이 달랐다.

단연 발군인 그의 무공은 어떤 이들에겐 질투를, 어떤 이들에겐 투지를 불러일으켰다. 그러나 대부분의 참가자들에게 안겨준 것은 좌절과 절망감이었다.

이미 성공을 한 하상도와 배인걸도 참담한 표정을 감추지 못했다. 이 정도면 어느 정도 따라잡았을 것이라 생각했는데, 이 정도면 앞서지는 못해도 가깝게는 다가섰을 것이라 생각했는데.

과연 명문대파의 벽은 넘기 어려운 것이었다.

오직 하풍달만이 운룡의 뛰어난 솜씨에 아낌없는 박수를 보냈다. 운룡이 그런 하풍달을 힐끗 보고는 적당한 곳에 자리를 잡고 앉았다.

운룡이 자리로 돌아간 뒤에도 사람들은 강호 최고의 절기를 눈앞에서 목격한 감동을 한동안 떨쳐 버리지 못했다.

운룡의 뒤에도 성공하는 사람들은 계속해서 나타났다.

그러나 이미 운룡의 경공을 본 이후라 크게 감동을 주지는 못했다. 성공하는 사람들은 주로 내로라하는 문파의 후기지수들이었다.

그들은 운룡처럼 뛰어난 솜씨를 자랑하지 않았다.

그렇다고 하상도나 하풍달처럼 꼴사나운 모습을 보이면서 어렵게 성공을 한 것도 아니었다. 그들은 사문의 무공을 크게 드러내지 않는 선에서 적당히 통과했다.

용악산은 그들이 스스로 자신의 실력을 감추고 있다는 걸 알고 있었다.

강호에선 본 실력의 삼 할을 숨기라는 격언이 있다.

그런 면에서 운룡은 오히려 조금 어리석었다.

아니면 그의 천성이 담백하던지. 한 가지는 확실했다. 본 실력을 숨겼든, 그렇지 않았든 경공에 관한한 여기서 운룡을 따를 사람은 없을 거라는 것.

운룡은 어쩌면 그걸 알기에 스스로 무공을 드러내는데 주저하지 않았는지도 모른다.

용악산과 표자룡도 가뿐하게 성공을 했다.

표자룡은 원래 살수 출신이다.

은밀한 무공에 쾌를 추구하는 환검이 만났으니 그의 경공 또한 그것을 따르지 않을 수 없었다. 경신공, 혹은 보법이라는 보조적인 무공은 언제나 본신무공의 뒤를 따르는 법이니까.

용악산의 경우는 가장 평범했다.

그는 지극히 평범한 경공으로 지극히 평범하게 진흙탕을 건너뛰었다. 그에겐 금강부동신법이나 취리건곤보, 운룡대구식을 능가하는 마도 최고의 경공인 천마군림보(天魔君臨步)가 있었지만 그걸 지금 여기서 쓸 수는 없지 않은가.

게다가 천마군림보는 군림(君臨)이라는 말에서도 알 수 있듯이 단순한 경공이 아니었다.

그건 천하를 발아래 두고 호령한다는 말처럼 보다 고차원적이고 실전적인 생사결을 겸한 신공이었다.

채홍만의 경우는 조금 난감했다.

그는 덩치가 워낙 큰 데다 무겁기까지 해서 남들보다 두 배는 어려울 거라고 판단했다.

물론 사람들의 판단이었다.

쿵! 쿵! 쿵! 쿵!

채홍만은 십여 장 밖에서 지축을 흔들며 달려왔다.

달려오는 속도 그대로, 혹은 그 모습 그대로 흔들리지 않고 진흙탕 위를 질주했다.

퍽! 퍽! 퍽! 퍽!

곰 발바닥 같은 발바닥이 진흙 덩어리를 사방으로 쳤다.

그는 무릎까지 진흙 속에 잠긴 상태로 달렸다.

그게 그의 요령이었다. 사방에서 옥죄어오는 압력이 반대로 다른 사람에 비해 훨씬 무거운 채홍만의 무게를 상쇄했다.

다시 말해, 다른 사람에게는 집어삼켜 버리는 장력이 반대로 채홍만에게는 지지대가 되어주었다. 물론 그것은 일정 수준 이상의 경공을 펼칠 수 있기에 가능한 경지였다.

철판을 뚫는 화살이 모래주머니는 통과하지 못하는 것처럼, 푹푹 빠지는 진흙을 헤치며 달리는 것은 엄청난 완력을 필요로 하는 일이었다.

채홍만이 그걸 해냈다. 그는 시종일관 무릎까지 진흙 속에 빠진 상태에서 치고 달렸다.

사람들은 이 괴이한 광경에 혀를 내둘렀다.

전날 바위 덩어리를 내던진 데 이어 진흙탕까지 통과할 줄은 꿈에도 몰랐기 때문이었다.

이렇게 해서 금룡문의 제자들은 공춘보를 제외하고 모두 진흙탕 관문을 통과했다.

이제 공춘보만 남았다.

공춘보는 앞서 하풍달이 그랬던 것처럼, 아니, 그보다 훨씬 뒤로 가서 섰다. 군중들 중 누군가가 공춘보를 알아봤다.

"어라? 어제 그 친구 아냐?"

"이름이 공춘보라고 했지, 아마?"

"어제는 용케도 통과를 했지만 오늘은 힘들 것 같은데."

"아무렴. 오늘은 어제와 같은 운이 통할 리도 없고 말이야."

공춘보가 이차 관문을 통과할 거라고 보는 사람은 아무도 없었다. 이미 통과를 해서 대기하고 있는 사람들도, 구경하는 사람들도. 심지어는 금룡문의 사형제들도 마찬가지였다.

공춘보는 갑자기 웃통을 벗어젖혔다.

그 모습이 군중들에겐 기필코 저 관문을 통과하고 말겠다는 의지로 읽혔다.

"하하하. 저러고 실패하면 민망할 텐데."

"하하하. 어제 보니 그런 건 별로 신경 쓰는 것 같지 않던걸."

사람들이 수군대는 사이 공춘보는 땅을 박찼다.

선불 맞은 멧돼지처럼 무섭게 돌진하던 공춘보는 진흙탕이 시작되는 지점에 이르러 다시 한 번 땅을 박찼다.

그때 놀라운 일이 벌어졌다.

공춘보는 하늘 높이 튀어오를 것이라는 모두의 예상을 깨고 몸을 바닥으로 낮게 던졌다. 그리고 배를 바닥에 착 깔고는 진흙탕 위를 주르르륵 미끄러져 가는 것이 아닌가.

양손과 두 발은 활처럼 구부린 상태에서 높이 쳐들었다.

고개 또한 진흙탕에 박히지 않기 위해 바짝 치켜들었다.

그 모습이 꼭 뒤집어진 자라가 갯벌 위를 미끄러져 가는 것 같았다. 배가 진흙탕을 가르면서 그가 지나간 자국이 선명하게 생겼다.

중간쯤 가서 몇 차례 팽그르르 돌기는 했지만 미끄러지는 힘은 손이 맞은 편 땅에 닿을 때까지 죽지 않았다.

공춘보는 가볍게 배를 팅기고는 마른 땅 위에 척 올라섰다.

"앗싸!"

"……!"

군중들을 말을 잊지 못했다.

누구도 저런 꼴사나운 모습으로 진흙탕을 건너갈 거라고는 생각을 못했다. 무인으로서의 체면이나 자존심 같은 건 눈곱만큼도 찾아볼 수 없었다.

가장 황당한 사람들은 공춘보의 탈락을 믿어 의심치 않았던 용악산 일행이었다.

"미치겠군!"

하풍달이 말했다.

공춘보는 흑청의 표면으로 올라와 있는 기름 찌꺼기를 타고 미끄러진 것이다. 그런데 저것도 성공으로 치부할 수 있을까?

군중들의 시선이 다시 심사관을 향했다.

심사관도 난감하기는 마찬가지였다.

애초 이차 관문을 만들 때 이런 상황은 조금도 염두에 두지 않았었다.

'저 녀석은 대체……'

심사관은 이번에도 집법당주에게 자문을 구할 수밖에 없었다.

하지만 이번에는 집법당주도 조금 난감했다. 무공을 시험하기 위한 관문에서 놈은 무공 실력으로 통과하지 않았다.

기상천외한, 그것도 웬만큼 자존심이 있는 무인이라면 절대 하지 않을 우스꽝스러운 모습으로 통과를 했다.

애초의 목적에는 맞지 않지만 그렇다고 규정을 위반한 것도 아니다. 배를 깔고 미끄러지지 말라는 규정은 없었으니까.

집법당주는 고개를 돌려 저만치 태사의에 앉아 구경을 하고 있는 군사부주를 보았다.

무림맹 최고의 지혜를 가진 그에게 자문을 구하는 것이었다.

군중들의 시선도 심사관에서 집법당주로 다시 군사부주에게로 향했다. 군사부주 허가량은 옆에 있는 맹주 이장도와 잠시 의견을 나누었다.

"어떻게 생각하십니까?"

"아홉 명 정도가 눈길을 끄는군요."

"역시, 맹주님이시군요. 저는 겨우 여덟 정도만 찾아냈을 뿐입니다."

"그렇다면 군사부주의 눈썰미가 오히려 저보다 윗줄인 게

지요. 저보다 한 사람을 더 솎아냈으니 말입니다.”

“하하하, 그런가요?”

전혀 공춘보에 대한 내용이 아니었다.

두 사람은 참가자들 중 신비검객으로 의심되는 자를 골라내는 데만 관심이 있었던 것이다. 이처럼 일차원적인 난관에 맹의 최고 수장인 두 사람이 직접 참관을 하는 것도 그런 이유에서였다.

그건 나머지 장로들과 고위급 인사들의 경우도 비슷했다.

아무리 이십 년 만에 열리는 창룡전이라고는 하나 이처럼 기라성 같은 사람들이 모두 얼굴을 보일 필요는 없었다.

결국 모두가 신비검객의 출현에 귀추를 주목하고 있었다.

저들 중 과연 신비검객이 있을까? 그는 누구일까?

맹주와 이야기를 끝낸 군사부주는 집법당주를 향해 조용히 고개를 끄덕였다. 뒤를 이어 집법당주가 심사관을 향해 고개를 끄덕였고 심사관은 썩은 표정으로 하얀색 깃발을 높이 쳐들었다.

“통과!”

“와아아아!”

군중들 사이에서 함성이 터졌다.

第八章
구음멸관(九陰滅關)

天山刀客

삼차 관문을 앞두고 참가자들에게 하루의 시간이 주어졌다.

일차와 이차 관문에서 탈락한 사람은 모두 합해 무려 천삼백여 명.

이제 남은 사람은 겨우 백여 명 정도였다.

금룡관의 사형제들이 그 속에 포함되었다는 건 놀라운 일이었다. 물론 요령이 크게 작용한 사람도 있었지만.

용악산 일행은 객점으로 돌아와 술을 마시며 휴식을 취하고 있었다.

"내가 부끄러워서 진짜."

하풍달이 게걸스럽게 닭다리를 뜯고 있는 공춘보를 보며 말했다.

"왜? 무슨 일 있어?"

"알면서 모르는 척하긴."

"마, 강호를 주유하다 보면 별의별 일이 다 있는 거야. 매사를 꼭 무공으로만 해결하라는 법 있어? 세상은 요령이야, 요령."

"아무데나 갖다 붙이긴."

"그리고 내가 뭐 무공이 약해서 그런 줄 아냐?"

"또 뭔 소리를 하려고?"

"삼차 관문을 위해서 실력을 최대한 숨겨야지."

공춘보는 말을 하면서 은근슬쩍 남은 닭다리 하나에 손을 뻗었다. 닭 두 마리를 시켜 닭다리가 총 네 개였는데 공춘보가 혼자 그중 두 개를 꿀꺽 하려는 것이다.

탁!

하풍달이 공춘보의 손등을 치며 말했다.

"사람이 염치가 있어야지!"

"이크, 난 또 닭 날개인 줄 알았지. 큭큭큭."

능글능글한 공춘보와 그걸 또 굳이 시비를 걸어야 하는 하풍달을 보면서 용악산도 웃지 않을 수 없었다.

"삼차 관문은 어떤 식으로 진행될까요?"

표자룡이 용악산에게 물었다.

"비무가 하고 싶은 모양이구나."

표자룡은 대답 대신 상기된 표정을 지어 보였다.

표자룡이 애초에 창룡전에 참가한 것은 명문대파의 후기지수들과 실력을 겨루어보고 싶어서였다. 그런데 그들과 직접적으로 손속을 나눠볼 기회가 없어 내심 실망하고 있었다.

"걱정하지 마라. 이제부턴 다를 것이다."

용악산의 대답이었다.

쭉정이가 빠진 삼차 관문이야말로 창룡전의 시작이었다.

*　　*　　*

무림맹 맹주부에는 밤이 늦도록 불이 꺼지지 않았다.

"어떻게 보셨습니까?"

군사부주 허가량이 물었다.

"딱히 눈에 띄는 아이는 없더군요."

무림맹주 이장도가 찻물을 따르면서 대답했다.

"제법 솜씨를 보인 아이들도 여럿 보이는 것 같았습니다만."

"속단하기에는 아직 이르겠지요. 내 보기엔 실력을 숨기는 아이들이 훨씬 많더군요."

"동감입니다. 하지만 이십 년 전의 창룡전에 비하면 아이들이 괄목할 만한 성장을 보인 건 사실이지요. 그들이 제 몫을 해준다면 무림의 미래는 밝지 않겠습니까?"

"강함보다는 의로움이 문제겠지요. 협의가 없는 강함은 재앙이 될 뿐입니다."

이장도의 말은 서릿발처럼 차가웠다.

정곡을 찌르는 말이면서 동시에 후기지수들을 향한 무서운 경고였다. 야망은 젊은 무인이 지녀야 할 덕목이나 그것이 지나쳐 무림의 안녕과 평화를 해칠 경우에는 결코 좌시하지 않겠다는.

맹주 이장도는 구파일방이나 오대세가를 두려워하지 않은 유일한 인물이었다. 최강의 무예를 지닌 탓이기도 했지만 그보다는 뼛속까지 협을 추구하는 협골(俠骨)이기 때문이었다.

사람들이 그를 무림맹주로 추대한 것도 바로 그런 면을 존경하고 또 두려워해서였다. 어느 쪽으로도 치우치지 않으면서 동시에 어느 쪽에도 철퇴를 내릴 수 있는 강력한 무인.

"그건 그렇고, 아이들이 본신의 실력을 드러내기엔 두 관문이 너무 쉬웠습니다."

허가량이 말했다.

"어차피 예상했던 일이었습니다."

"문제는 그로 인해 신비검객을 아직 찾아내지 못했다는 거지요."

"쉽게 모습을 드러낼 거였으면 그토록 신비한 행적을 보이지도 않았겠지요."

"그래서 말씀인데… 삼차 관문에서는 구음멸관(九陰滅關)을 열었으면 합니다."

"지금… 구음멸관이라고 하셨습니까?"

예상대로 이장도의 눈동자의 눈동자가 흔들렸다.

태산이 무너져도 눈썹 하나 까딱하지 않을 거라는 철의 무인이 흔들리고 있는 것이다.

"생각보다 문제가 커질 수도 있습니다."

허가량은 이장도의 말을 즉각 알아들었다.

구음멸관은 사지다.

무림세가의 경우는 장차 가업을 이을 적통의 후계자를 참가시키는 경우가 많아 그들 중 누군가가 구음멸관에서 죽는다면 그 여파를 감당하기 어려울 것이다.

그리고 그럴 가능성은 매우 높았다.

젊은 무인들의 패기를 기르자는 취지의 무림대회에서 사람이 죽어나가서야 쓰겠는가. 죽은 자의 사문에서는 단번에 창룡전을 총괄한 무림맹에 그 책임을 따질 것이고, 무림맹으로서는 책임을 피하기 어려웠다.

사실 책임의 소재보다 후기지수들의 목숨까지 담보로 하면서 구음멸관을 열만큼 중요한지가 문제였다.

중요했다. 후기지수가 아니라 무림의 명숙이라고 해도 목숨을 걸어야 할 만큼 중요했다. 몇 사람의 희생이 무림 전체를 구할 수도 있기에.

"해서 부탁드리는 겁니다. 만일의 경우를 대비해 맹주께서 저의 뒷배가 되어주실 수 있겠는지요"

허가량은 만약 불상사가 발생할 경우 맹주인 이장도에게 모든 책임을 져달라고 한다. 이건 강호를 위한 일이었으므로 이장도는 그것을 거부할 명분이 없었다.

그리고 그는 명문대파의 위세를 두려워하는 사람이 아니

었다.

허가량은 그런 이장도의 성품을 알기에 구음멸관을 언급하는 것이었다.

이장도는 구음멸관을 열었을 때의 득과 실을 빠르게 계산했다. 허가량이 그런 이장도의 고민에 약간의 도움을 주었다.

"지금은 위험을 감수해야 할 때입니다. 마지막 관문까지 가기 전에 놈을 찾아야만 그들의 암계를 무산시킬 수 있습니다. 그러자면 이번 관문에서 최대한 무공을 발휘할 수밖에 없도록 만들어야 합니다. 구음멸관이면 놈을 그렇게 만들 수 있습니다. 아니, 신비검객이 정녕 우리가 예상하는 그자가 맞다면 오직 구음멸관만이 그의 본신 무공을 드러내게 만들 수 있습니다."

확실히 그럴 수 있다. 아니, 그럴 수밖에 없다.

할 수만 있다면 구음멸관에서는 팔대조 할아버지가 익힌 잡기에 대한 기억을 짜내야 할 만큼 지독하기 짝이 없었으니까.

홍옥으로 만든 탁자를 가운데 두고 두 명의 거인 사이에는 한동안 싸늘한 침묵이 감돌았다.

이윽고 이장도가 무거운 입을 열었다.

"알겠소이다, 내가 모든 책임을 지지요."

원하는 것을 모두 얻은 군사부주 허가량의 얼굴에 미소가 번졌다.

언제 보아도 군사부주는 대단한 사람이었다.

무림맹주인 자신을 이처럼 외통수에 빠지게 할 수 있는 사람이 천하의 허가량 말고 또 누가 있겠는가. 만약 허가량이 자신과 대치점에 선 마도의 지자였다면 어떻게 되었을까?

이장도는 생각하기도 싫었다.

"참, 그러고 보니 군사께 한 가지 말씀을 드리지 않은 것이 있는데……."

이장도는 잠시 사이를 두었다가 말했다.

이번엔 그가 허가량의 허를 찌를 차례였다.

"창룡전에 참가한 사람들 중에 내가 심어둔 이가 하나 있습니다. 의심을 피하기 위해 일차 관문에서부터 참가시켰지요. 마침 구음멸관을 아주 잘 아는 사람이기도 하고요."

허가량은 엄청난 충격을 받았다.

맹주의 마지막 말, 구음멸관을 아주 잘 아는 사람이라는 말이 그를 경동시킨 것이다. 그렇다면 맹주는 자신이 구음멸관이라는 패를 들고 올 것을 처음부터 알고 있었단 말인가.

허가량은 맹주가 말한 그가 누구인지 알 것 같았다.

세상에 그자만큼 구음멸관을 잘 아는 이는 없을 테니까.

'역시 무서운 사람!'

맹주는 군사부주인 자신에게 태산 같은 신뢰를 주면서도 가끔씩 이렇게 허를 찌른다.

정신을 바짝 들게 하는 것이다. 만약 허가량이 군사부주라는 권세를 믿고 딴 마음을 품기라도 하면 이장도는 언제든 알아차리고 자신의 수족을 잘라낼 것이다. 그리고 그때의 반격은 세상에서 가장 무서운 형태가 될 것이다.

허가량의 무안함을 달래려 이장도가 부드러운 음성으로 말했다.

"아무래도 군사부주와 전 처음부터 같은 생각을 하고 있었나 봅니다. 허허허."

무림맹주이자 현 시대에 가장 강한 십인 중 일인인 이장도의 허허로운 웃음이 맹주부에 낮게 깔렸다.

*　　　*　　　*

무림맹 총단에서 그리 멀지 않은 곳에 점성산(占星山)이라고 하는 산이 있었다. 글자 그대로 풀이하자면 별을 보고 점을 친다, 혹은 천문을 살핀다는 뜻인데, 실제로 이 산에는 과거 천문지리를 공부하는 처사들이 모여 살았다고 한다.

점성산은 사실 수십 개의 봉우리가 앞서거니 뒤서거니 하며 동에서 서로 달리는 산맥이었다.

그중 가장 높은 고지대에 천폭당이라는 기이한 형태의 분지가 생성되어 있었고 천폭령은 바로 그 분지를 둘러싼 고개를 일컫는 말이었다.

지금 천폭령에는 수천 명의 군중들이 운집해 있었다.

모두 창룡전의 삼차 관문을 보기 위해 찾아온 사람들이었다.

무림맹의 연무장에서 열리느라 경계가 삼엄했던 일, 이차 관문과 달리 삼차 관문은 아무런 출입의 제한이 없었다.

때문에 남녀노소를 막론하고 평소 무림에서 벌어지는 일에는 관심이 없던 양민들조차 신기한 무림인들의 경합을 구경하기 위해 모여들었다.

원래 천폭당은 무림맹의 타격대들이 수련을 하거나 훈련을 받는 곳이었다.

하지만 무림맹 내에서도 일부 고위직들만 아는 비밀 한 가지가 이곳 천폭당에 있었다.

바로 이곳 어딘가에 미친 늙은이 뇌신통(雷神通)과 함께 쌍벽을 이루던 기인인 독행천괴(獨行天怪)를 잡기 위한 동혈이 있다는 것.

독행천괴는 괴팍하기 짝이 없는 늙은 악동이었다.

딱히 악행을 저지르지는 않았지만 그렇다고 선행을 펼치는 경우도 없었다. 평생 재밌는 일을 찾아 무림을 종횡했는데 그 과정에서 수많은 문파와 무림세가들이 골탕을 먹고 수모를 당했다.

소림사의 장격각으로 몰래 들어가 달마역근경(達摩易筋經)과 화산파의 매화검보(梅花劍譜)를 바꿔치기 해놓은 일은 지금도 강호의 유명한 일화로 남아 있었다.

다행히 두 문파가 비급을 서로 교환하는 선에서 봉합이 되는 듯했지만 속을 들여다보면 실상은 전혀 그렇지 않았다.

서로가 필사를 해놓았을지도 모른다는 찝찝함을 지울 수가 없었던 것이다. 달마역근경과 매화검보는 두 문파를 대표할 수 있는 최상승의 무학이었다.

어느 한쪽이든 상대의 무학을 익힌다면 단숨에 약점을 알아
낼 수 있는 것이다. 때문에 이 일은 겉으로 보기엔 아무런 피
해가 없는 것처럼 보였지만 실상은 아주 미묘하고도 중요한
문제여서 내부적으로는 상당한 파장이 있었다.

소림사와 화산파는 책임자를 즉각 파면조치 했다. 더 나아
가서는 각각 상대의 문파에 첩자를 심어두었다는 소문도 돌았
다.

소림사와 화산파의 체면이 땅에 떨어지는 것은 당연했다.

그 후로도 독행천괴의 기행은 끊어지질 않았다.

사천의 모처에 삼재검서(三才劍書)를 숨겨두고 전설의 비급
이 출현했다고 거짓 소문을 퍼뜨려 천하의 군웅들을 모이게
했던 일, 묘강오독문(苗疆五毒門)과 사천당문(四川唐門)을 이간
질해 하마터면 큰 싸움이 벌어질 뻔했던 일 등등.

뭔가 기상천외하고 이상하다 싶으면 꼭 독행천괴의 이름이
연루되었다. 독행천괴의 이런 장난은 대부분 한 가지 이유 때
문에 일어났다.

그는 내기라면 사족을 못 썼다.

달마역근경과 매화검보를 바꿔치기 해놓은 것은 강호제일
의 도적인 무영신투(無影神偸)와 솜씨를 겨루는 내기를 하는
과정에서 일어난 일이었다.

전설의 비급이 출현했다고 헛소문을 퍼뜨린 것 또한 사천의
이름난 거부와 짧은 시간에 누가 더 많은 사람들을 불러 모을

수 있느냐를 두고 내기를 하느라 벌어진 일이었다.

이처럼 독행천괴의 장난질이 도를 넘어서자 무림맹주 이장도가 독행천괴에게 공개적으로 대결을 제시하기에 이르렀다.

무공으로는 독행천괴가 이장도를 이길 공산이 없기 때문에 그는 한 가지 꾀를 내었다. 모종의 관문을 통과하면 무엇이든 원하는 것 한 가지를 들어주겠다고. 대신 독행천괴가 진다면 향후 강호에는 모습을 드러내지 말라는 조건도 붙었다.

당시 이 사건은 무림맹주와 천하제일 기인의 대결로 세인의 관심을 모았다.

하지만 독행천괴는 대결에서 졌고 약속대로 그 후로는 강호에 모습을 드러내지 않았다. 그때 이장도가 제시한 것이 바로 구음멸관을 한 시진 만에 통과하는 것이었다.

"휴우, 앞에도 사람들, 뒤에도 사람들, 온통 사람들이잖아."

공춘보가 사방을 둘러보며 말했다.

산자락마다 구석구석 들어앉은 사람들로 빈 곳을 찾아볼 수가 없었던 것이다.

"여기서 무얼 어쩌겠다는 거지?"

하풍달이 혼잣말처럼 하며 사방을 둘러보았다.

공춘보가 사람들 구경에 넋이 나가 있는 동안 하풍달은 앞으로 벌어질 무림대회의 방식이 궁금했다.

무림맹 총단을 나와 바깥으로 온 것을 보면 뭔가 대단한 일이 벌어질 것 같은데 실상은 아무것도 없는 공터였기 때문이다.

여기저기 무림맹 타격대가 수련을 한 흔적들이 남아 있었지만 무언가 특별한 것은 없었다.

하풍달의 시선이 용악산에게서 멈췄다.

용악산은 아까부터 한 곳을 뚫어지게 응시하고 있었다.

분지 서쪽의 깎아지른 듯한 절벽. 높이가 백여 장에 달했는데 오랜 비바람으로 인해 금방이라도 무너져 내릴 것처럼 푸석푸석했다. 용악산은 바로 그 절벽의 한쪽 구석을 뚫어지게 쳐다보고 있었던 것이다.

"대사형, 뭔가 짚이는 게 있으십니까?"

"아무래도 재밌는 일이 벌어지겠는걸."

"그게 무슨 말씀입니까?"

하풍달의 말은 이번에도 이어지는 북소리에 묻혔다.

두두둥!

"젠장, 뭔 말만 하려면……."

북소리와 함께 천폭당 한가운데 설치된 단 위에서 집법당주 구중악이 나타났다.

"지금부터 창룡전의 삼차 관문을 시작하겠소. 관명은 용담호혈(龍潭虎穴)이오!"

집법당주의 말이 끝나기가 무섭게 서쪽 절벽의 한 부분이 갈라지기 시작했다. 잠시 후 아무것도 없던 절벽에 커다란 동혈이 모습을 드러냈다.

뿌연 안개가 뿜어져 나오는 동굴은 아가리를 벌린 짐승처럼 섬뜩했다. 군중들이 웅성거리는 사이 구중악의 설명이 시작됐다. 이번에는 참가자들을 향한 외침이었다.

"한 식경마다 고수(鼓手)가 횟수를 늘려가며 북을 칠 것이다. 여섯 식경이 지나 여섯 번의 북소리가 울리는 순간 동쪽의 석벽이 잠깐 열린다. 그때까지 동굴을 빠져 나온 사람만이 마지막 관문에 도전할 기회가 주어진다. 그리고 마지막 관문은 본신의 실력을 아낌없이 발휘할 수 있는 일대일 비무가 될 것이다. 자, 모두들 시작하라."

두두둥둥!

시작을 알리는 고수의 북소리가 천폭당 가득히 울려 퍼졌다.

사람들은 우르르 서쪽의 동혈 속으로 사라졌다.

조금이라도 시간을 아끼기 위해서였다.

서쪽 동굴로 들어갔다가 동쪽 동굴로 나온다?

얼핏 보기에 백여 장도 채 되지 않는 짧은 거리지만 어디 실제로도 그렇겠는가.

동굴은 구렁이처럼 꼬불꼬불 이어질 것이고 그 과정에 수많은 난관이 기다리고 있을 것이다.

참가자들이나 구경꾼들이나 그 정도를 짐작 못하는 사람은 없었다. 그들이 모르는 건 오직 저 동굴 속에 어떤 종류의 난관이 도사리고 있는가 하는 것이었다.

마지막 한 사람까지 동굴 속으로 들어갔을 때.

꾸구구구궁……!

석문이 웅장한 소리를 내며 굳게 닫혔다. 그리고 곧 동굴 속은 빛 한 줌 들어오지 않은 암흑의 공간이 되었다.

쾅! 쾅! 쾅!

"이보시오, 거기 누구 없소?"

공춘보가 뒤늦게 석벽으로 후다닥 달려가 손바닥으로 석문을 치며 고함을 질렀다. 하지만 바깥에서는 아무런 말도 들려오지 않았다.

"젠장, 누가 도망이라도 갈까 봐 그러나?"

"우리가 무슨 죄 졌소? 도망을 왜 가오?"

하풍달이 말했다.

"내 말이. 쓸데없이 석문은 왜 닫느냐 말이야."

"킥킥킥, 중간에 겁먹고 튀어나오지 말란 뜻이 아닐까?"

설인봉의 목소리였다.

빛이라곤 한 줌도 들어오지 않는 상태라 안력을 끌어올리는 데도 한계가 있었다. 결국 서로가 목소리만으로 상대를 식별하는 수밖에 없었다.

"겁을 집어먹는다고?"

공춘보가 되물었다.

"그렇지 않고서야 석벽을 닫아버릴 이유가 없지. 킥킥킥."

설인봉의 말은 묘하게도 설득력이 있어 사람들은 잔뜩 긴장했다.

"이제 어떡하지?"

어디선가 누군가가 말했다.

하지만 아무도 그 말에 대꾸를 하는 사람이 없었다.

이 상황에서 대답을 줄 수 있는 사람은 아무도 없었으니까.

그때 어디선가 발자국 소리가 들렸다.

저벅 저벅 저벅……

동굴 속이라 그런지 발자국 소리가 유난히 크게 들렸다.

"누, 누군가 오고 있소!"

공춘보가 호들갑을 떨며 칼을 뽑아 들었다.

창룡전의 삼차 관문이다. 깜깜한 상태에서 찾아오는 사람이 설마 인사를 하러 오겠는가.

"옘병, 오는 게 아니라 가는 거요."

하풍달의 목소리였다.

"엉?"

"누가 찾아오는 게 아니라 우리들 중 누군가 가고 있는 거라고. 깜깜해 지니까 귀까지 어두워지는 거요?"

"어디로?"

"그거야 나도 모르지."

발자국 소리는 계속해서 늘어났고 순식간에 조용한 동굴 속을 가득 메웠다.

사람들 모두가 어디론가 이동하고 있었다.

공춘보도 몇 개의 발자국 소리를 따라 걸음을 옮기기 시작했다. 그가 귀를 쫑긋거린 발자국 소리는 당연히 일행인 용악산, 표자룡, 채홍만, 하풍달의 것이었다.

이런 상황에선 그저 함께 뭉쳐 있는 것이 최선의 선택이었다.

　표자룡은 그 누구도 따라올 수 없는 살수의 예민한 감각으로 가장 먼저 위험을 감지할 것이며, 채홍만은 그 커다란 덩치 때문에 어떤 위험이든 자신을 대신해 먼저 맞아(?)줄 것이다.

　만에 하나 어떤 위험이 표자룡을 통과해 채홍만 마저 쓰러뜨리면 그땐 용악산이 마지막으로 막아줄 것이다.

　용악산의 무공이라면 하늘이 무너져도 솟아날 것이라고 믿었다. 모두가 불가능할 것이라고 했던 금룡문을 세운 장본인이 아닌가. 그래서 공춘보는 가장 뒤에서 일행들을 조심스럽게 따랐다.

　"히야, 다들 귀신들이네. 이 깜깜한 데서 도대체 뭐가 보인다고 걸음을 옮기는 거지?"

　"석벽이 닫히기 전에 뭘 보았지?"

　용악산이 물었다.

　"뭘 보고 말고 할 시간이 있었나요. 들어오자마자 바로 석벽이 닫혀……!"

　공춘보는 뒤늦게 용악산이 하려는 말의 뜻을 알아차렸다.

　애초 무인들은 동굴 속에 들어오는 순간 석벽의 지형지물부터 파악한 것이다.

　공춘보는 앞에서 걷고 있는 사람들이 새삼 대단하다는 생각이 들었다. 동굴 속으로 들어온 후 석문이 닫히기까지의 시간은 극히 짧았는데도 불구하고 상당한 거리까지 미리 살펴둔 것이다.

시시각각 변하는 환경을 하나라도 놓치지 않는 무인의 본
능.

얼마나 지났을까? 동굴은 안으로 들어갈수록 정체를 알 수
없는 냉기로 가득했다.

아무것도 볼 수 없다는 것에 대한 원초적인 두려움과 언제
어디서 무엇이 튀어나올지 모르는 긴장감까지 겹쳐 사방은 무
인들이 뿜어내는 기파로 싸늘했다.

그 무형의 기파는 사문에 따라 다르고 또 각자가 익힌 무공
에 따라서도 달라 온갖 종류의 기운이 뒤섞여 더욱 기분을 나
쁘게 만들었다.

그때 앞서 걷던 무리들 중 누군가가 말했다.

"잠깐!"

다급한 목소리에 사람들이 약속이나 한 듯 걸음을 멈추었
다.

"무슨 일이오?"

또 다른 누군가가 물었다.

"앞에 무언가 있습니다."

사람들은 즉각 기감을 잔뜩 끌어올렸다. 하지만 아무것도
알아차리지 못했다.

"어디에 말이오?"

"지금 바로 앞, 제가 서 있는 곳에서 불과 세 걸음도 채 되지
않습니다."

"난 아무것도 느껴지지 않는데 도대체 뭐가 있다는 건

지……."

"틀림없습니다. 분명 무언가가 있습니다."

사람들이 작은 소리로 웅성거리기 시작했다.

처음 무언가를 발견했다는 사람의 목소리에서 잔뜩 긴장한 기색이 읽혀졌기 때문이었다. 어쩌면 아무것도 아닐 수도 있었다. 하지만 앞이 보이지 않는 상태인지라 긴장감은 두 배로 증폭되었다.

그때 누군가가 물었다.

"방금 말을 한 사람이 누구요?"

남궁휘의 목소리였다.

"사천당문의 당진악입니다."

당진악이라는 말에 사람들은 이제 눈앞에 무엇인가 있다는 것을 믿을 수밖에 없었다.

올해 나이 겨우 열일곱. 삼차 관문에 도전한 사람들 중 가장 어렸지만 벌써부터 당문의 핏줄답게 독종이라는 소리를 드는 이였다.

"당 제였군. 다른 사람은 못 느끼는데 당 제만 느꼈다면 아마 독의 일종일 것 같은데."

남궁휘와 당진악은 서로가 안면이 있는 사이였다.

비단 당진악뿐만이 아니라 이곳에 있는 사람들 중 상당수는, 특히 명문대파의 후기지수들은 일면식을 넘어 상당한 친분이 있었다. 물론 그들 중 일부는 십청룡으로 불리는 자들이었다.

"당 제, 무슨 독인지 알 수 없겠나?"

"글쎄요. 아무런 냄새도 느껴지지 않는데다 한 치 앞을 식별할 수 없어 짐작키가 어렵군요. 하지만 상당히 위험한 것만은 틀림없습니다. 당문의 격언 중에는 알 수 없는 독이 가장 위험하다는 말이 있지요."

사람들이 잔뜩 긴장하기 시작했다.

독의 조종이라는 당문 최고의 후기지수조차 알 수 없는 독이라니. 화섭자라도 있다면 불을 밝힐 수 있었겠지만 그걸 지닌 사람은 아무도 없었다.

처음 삼차 관문이 시작될 때 단 하나의 병장기 외에는 아무것도 소지가 허락하지 않았기 때문이었다.

그때 또 다른 누군가 말했다.

"내 옆에 있는 당신은 누구요?"

"예? 저요?"

"그렇소, 당신."

"그러는 당신은 누구시오?"

"난 산동에서 온 황보충이오."

황보세가의(皇甫世家) 후기지수였다.

모용세가, 남궁세가, 사천당문, 신창양가와 함께 오대세가의 한 곳으로 불리는 곳.

하지만 명가의 핏줄답지 않게, 아니, 오히려 그래서 황보충은 성정이 다소 안하무인이며 어디서든 앞장서기를 좋아한다는 말이 있었다.

“전 금룡문의 공춘본데요.”

“……!”

사람들 사이에서 잠시 침묵이 흘렀다.

그들도 이제 공춘보가 누군지 안다.

일, 이차 관문에서 무인으로서는 차마 할 수 없는 우스꽝스러운 짓으로 통과했던 자. 지금 이 자리에 그런 작자와 같이 있다는 것 자체가 부끄러웠다.

비록 깜깜한 동굴 속이었지만 공춘보는 자신에게 쏟아지는 경멸의 시선을 느낄 수 있었다.

“그런데, 왜 그러십니까?”

공춘보는 황보충이 왜 자신의 이름을 물어보는지 궁금했다.

황보충은 상대의 신분이 생각보다 보잘것없자 속으로 잘됐다 싶었다.

뒤탈을 걱정하지 않아도 될 정도로 만만한데다 일, 이차 관문 때 보여준 공춘보의 행동으로 인해 본때를 보여주고 싶은 마음도 있었다. 여기가 어디라고 오나 오길.

“혹시 칼을 가지고 있소?”

채앵!

“보시다시피!”

황보충이 물었고 공춘보는 일부러 칼 뽑는 소리를 크게 냈다.

비록 소심하기는 하지만 나름대로의 자신을 무시한데 대한 일종의 시위였다. 그래서 네가 뭐 어쩔 거냐는.

용악산을 포함해 사형제들이 곁에 있으니 자신을 어쩌지 못
할 거라는 계산도 있었다.
"잘됐군."
채앵!
황보충도 함께 검을 뽑았다.
"허억. 왜, 왜 그러시는 거요!"
깜짝 놀란 공춘보가 뒤늦게 뒷걸음질을 쳤다.
황보충도 마저 칼을 뽑을 줄 몰랐던 것이다.
"나를 향해 칼을 휘두르시오."
말은 그렇게 했지만 황보충이 먼저 공춘보를 향해 검을 휘
둘렀다. 암중에 이는 검풍이 모골이 송연할 정도였다.
저승사자가 눈앞에 아른거리는 것 같았다. 공춘보는 신경이
바짝 곤두섰다. 없는 집중력이 생겨났고 가까스로 황보충의
검을 피할 수 있었다.
쒜애애액!

第九章
황보충의 속셈

天山刀客

황보충은 계속해서 공춘보를 향해 검을 휘둘러댔다.

그때마다 공춘보는 감히 대항할 생각을 못하고 이리저리 피해 다녔다.

"도대체 왜 이러는 거요! 나한테 무슨 억하심정이 있다고!"

"피하지 말고 맞서시오!"

황보충은 무섭게 호통을 치며 계속 공격을 했다.

공춘보는 자신도 모르게 칼을 휘둘러 막았다.

까앙!

황보충의 검과 공춘보의 칼이 부딪치는 순간 강맹한 금속음이 났다.

손목을 통해 짜르르 울리는 통증. 단 한 번의 공방으로 공춘보는 자신이 도저히 황보충의 상대가 아님을 알았다.

"아무래도 안 되겠군. 조심하시오."

황보충의 검이 더욱 흉포해졌다.

"으아악, 젠장 왜 이러는 거냐니까!"

공춘보가 고래고래 악을 써보지만 황보충은 시종일관 무섭게 공춘보를 공격할 뿐이었다.

까앙! 까앙! 까앙!

칼과 검이 부딪치는 소리가 동굴을 울리며 사람들의 귀청을 찢었다. 그러다 한순간 공춘보의 악 쓰는 소리가 멈추었다.

동시에 칼과 검이 부딪치는 소리가 바뀌었다.

소극적이던 공춘보의 공격도 적극적으로 변했다.

가장 먼저 그것을 느낀 사람은 황보충이었다.

처음엔 쳐내는 족족 칼이 튕겨 나가고 방향을 잃더니 이제는 오히려 자신의 검에 착착 감겨서 붙는다.

부딪쳐 온다는 말이 아니다. 자신의 검을 귀신처럼 피해 다니며 아래를 파고든다는 소리다.

검면에 바짝 붙어서 잠시라도 방심할 수 없게 만들었다. 그러다 어느 순간엔 맹렬한 속도로 앞가슴을 베고 지나갔다.

'빠르다!'

짧은 단상이었지만 황보충은 충분히 놀랐다.

그 허술하기 짝이 없는 인사가 이 정도의 쾌도를 지녔을 줄은 상상도 못했기 때문이었다.

사람들은 아무것도 볼 수 없었지만 두 사람 사이에 치열한 공방이 오가는 것을 느꼈다. 살을 에는 검풍과 도풍이 사방으로 느껴졌기 때문에 모두들 적당히 물러서서 사태를 관망했다.

황보충은 갑자기 왜 저러는가?

공춘보는 또 언제 저렇게 강해졌는가?

순식간에 삼십여 합이 지나갔다.

볼 수 있는 사람은 아무도 없었지만 느끼지 못하는 사람도 없었다. 황보충이 왜 무슨 의도로 저런 짓을 시작했는지 모르지만 이제 두 사람 중 어느 쪽도 양보를 못하게 생겼다.

이건 무인의 자존심을 건 싸움이었다.

황보충에겐 반드시 이겨야 할 이유가 있었다.

그는 창룡전에 참가를 하기 전만 해도 항주에 금룡문이라는 곳이 있는지도 몰랐다.

여기 있는 사람들 모두가 그랬다.

전날 공춘보가 그 우스꽝스러운 모습으로 군중들의 눈길을 끌지 않았다면 평생 가도 금룡문이라는 곳은 몰랐을 것이다.

그렇다고 금룡문을 보는 사람들의 시선이 달라진 것은 아니었다. 오히려 공춘보의 그런 짓 때문에 사람들은 더욱 금룡문을 삼류잡파(?)라고 생각했다.

바로 그 보잘것없는 공춘보가 오대세가의 후기지수인 황보충의 검을 벌써 삼십여 차례를 훌쩍 넘게 받아내고 있다.

처음 시작할 때만 해도 이기면 본전이고 지면 치욕스러웠던 상황. 그런데 지금은 이겨도 수모를 면치 못하게 됐다.

하지만 지금이라도 이겨야 했다.

그것도 철저하게 꺾어 잃어버린 체면을 찾아야 했다.

황보세가의 무공이 결코 얕지 않음을 지금 이 자리에 있는 사람들에게 똑똑히 보여줘야 했다. 그렇지 않으면 다른 후기지수들이 자신을 얼마나 무시할 것인가. 동시에 그가 이렇게 한 이유도 납득시켜야 한다.

우르르릉! 꽝꽝!

황보충의 검에서 갑자기 천둥소리가 울려 퍼졌다.

뇌진검(雷震劍)!

황보세가의 무학은 전통적으로 패력을 추구했다.

그들이 생각하는 패력의 최고봉은 벽력이었다.

하늘 아래 천둥, 벼락만큼 강한 것은 없었으니까.

뇌진검은 벽력의 힘을 검으로 구현해 냈다는 황보세가의 상승 무학이었다. 황보세가 최고의 절기이자 직계 혈족에게만 전해진다는 비전의 무공. 바로 그 뇌진검이 지금 황보충을 통해서 펼쳐지고 있는 것이다.

노리는 것은 공춘보의 천령개. 놈의 머리통을 쪼개서는 안 되겠지만 저 정도의 실력이라면 반드시 칼을 수평으로 눕혀 자신의 검을 막으려 할 것이다.

그러면 벼락의 힘을 죽이지 않고 칼을 부러뜨리는 선에서 검을 회수하는 것이다. 뇌진검을 구성까지 이뤄낸 자신의 무공 실력도 보여주고 상대도 죽이지 않고.

그에 반해 공춘보의 칼은 극히 은밀해졌다.

스스슷! 슷!

암중에서 휘두르는 암도(暗刀).

소리 없이 다가와 머리카락 몇 가닥을 서늘하게 베고 간다.

황보충의 검이 놈의 천령개에 닿기도 전이다.

황보충은 모골이 송연해지는 충격을 받았다.

하지만 진짜 놀랄 일은 따로 있었다.

우르르릉 꽝꽝꽝!!

칼과 검이 부딪치며 또 한 번 천둥이 쳤다.

이번엔 동굴 안을 환하게 밝히는 벼락과 함께였다.

뇌진검이 육성에 이르면 천둥이 치고 구성에 이르면 벼락을 동반한다. 지금 황보충의 검이 천둥, 벼락을 함께 때린 것이다.

어쨌든 벼락으로 인해 황보충은 놈을 똑바로 볼 수 있었다.

그런데 상대는 공춘보가 아니었다.

한 자루 검을 머리 위로 들고 자신의 검을 막아선 사내는 그도 모르는 사람이었다. 일, 이차 관문에서 본 기억도 없을뿐더러 출신도 내력도 전혀 모르는 사내.

황보충의 검은 사내의 이마에 거의 닿아 있었다. 조금만 더 빠르거나 혹은 강했어도 사내의 머리가 쪼개졌을 상황.

"하하하. 과연 뇌진검이군요. 황보 형께서 손속에 사정을 두지 않았다면 저 친구의 머리통은 지금쯤 둘로 갈라졌을 겁니다."

어둠 속에서 누군가 말을 했다. 목소리로 보아 하상도였다.

모두들 하상도의 말에 수긍하는 분위기였다. 그도 그럴 것이 조금 전 불꽃이 반짝하는 순간 사내의 이마에 닿은 황보충의 검을 보았기 때문이었다.

"난 분명 금룡문의 제자를 공격했소만?"

황보충은 떨리는 목소리를 겨우 감추며 물었다.

"어떤 작자가 이유도 밝히지 않고 내 사형을 핍박하는데 두고만 볼 수 없지 않겠소?"

한겨울 얼음장 밑을 흐르는 빙수처럼 싸늘한 목소리였다.

황보충을 어떤 작자라고까지 했으니 화가 난다면 한 번 붙어보자는 시비였지만 황보충은 감히 덤벼들 생각을 못했다.

"사형이라 하면……?"

"항주 금룡문의 표자룡이오. 방금 당신이 핍박한 사람의 사제이기도 하고."

"도, 도대체……!"

표자룡의 신분이 밝혀지자 몇몇 사람들의 입에서 놀란 목소리가 흘러나왔다.

공춘보는 속으로 든든했다.

'역시, 자룡이야. 이것들이 어디서 감히. 큭큭큭.'

한편, 사람들은 겉으로 내색은 하지 않았지만 다른 사람들에 대한 일차적인 탐색을 마쳤다.

경계해야 할 자와 무시해도 좋을 자. 협조해야 할 자와 협조하지 말아야 할 자. 자신에게 도움이 될 자와 도움이 되지 않을 자. 무엇보다 가장 먼저 염두에 둔 것은 우승이 유력해 보이는 사람들이었다.

첫 번째는 소위 십청룡이라 불리는 명문대파의 후기지수들.

말이 후기지수지 그들은 어지간한 중소문파의 문주 정도는 찜 쪄 먹을 정도로 강하다.

두 번째는 중소문파 출신의 고수들이었다.

역시 말이 중소문파지 언제라도 구대문파나 오대세가의 반열에 오를 수 있는 저력을 지닌 곳. 어쩌면 이미 그런 힘을 지녔지만 숨기고 있을 수도 있는 곳.

세 번째는 사문을 알 수는 없지만 범상치 않아 보이는 자들이었다.

하지만 그들 마음 속 어디에도 금룡문의 제자들은 없었다.

앞서 공춘보가 우스꽝스러운 짓으로 관문을 통과할 때부터 금룡문은 머릿속에서 아예 지워 버렸다.

그런데 저 사내는 뭔가?

하지만 그것도 잠시, 사람들은 금룡문의 표자룡이 황보충에게 죽을 뻔했다는 사실을 상기했다.

표자룡이 제법 한가락 했지만 황보충에게는 안 되는 것이다. 더불어 금룡문은 의외의 솜씨를 지니긴 했지만 여전히 신경 쓸 정도의 문파는 아니다라는 결론을 내렸다.

단 한 사람, 황보충만은 진실을 알고 있었다.

금룡문의 표자룡은 조금 전 그를 상대로 스스로의 무공을 시험했다.

황보충이 일도양단의 기세로 공춘보인 줄 알았던 표자룡의 머리를 내려칠 때 표자룡의 검은 이미 황보충의 머리카락 몇 개를 서늘하게 베고 돌아가 검을 수평으로 뉘여 막은 것이다.

즉, 황보충이 검을 한 번 휘두를 때, 표자룡은 이미 두 번을 휘두른 것이다. 그러고도 뇌진검의 절초를 막아냈다.

만약 이것이 실전이었다면 황보충은 검을 휘둘러보지도 못하고 머리가 날아갔을 것이다.

완벽한 황보충의 패배였다. 어둠 속이라 아무도 그것을 몰랐을 뿐. 그런데도 표자룡은 어쩐 일인지 그것에 대한 이야기는 언급하지 않았다.

황보충은 치욕을 속으로만 삼켜야 했다.

한편 표자룡은 말없이 용악산의 곁에 와서 섰다.

용악산이 전음으로 물었다.

[무엇을 보았지?]

[과연 대단했습니다. 황보충의 수련이 깊지 않았기에 망정이지 세가의 장로나 가주였다면 당해내지 못했을 겁니다.]

[그것뿐인가?]

[번개 속에서 쾌를 보았습니다.]

뇌진검은 패력을 추구하는 무공이었고 벽력은 패력이다.

한데 표자룡은 벽력 속에서 쾌를 보았다고 한다.

만류귀종(萬流歸宗)이라는 말도 있듯이 표자룡은 패와 쾌가 둘이 아님을 황보충과의 대결에서 깨우친 것이다.

아니, 그런 이치는 이미 진즉에 깨우치고 있었다.

용악산은 단지 머리로 알고 있는 걸 몸으로 체화하게끔 표자룡에게 기회를 준 것이었다.

초식이 형(形)이라면 경험은 그 속에 담기는 실(實)이다.

[수고했다.]

좀처럼 칭찬을 하지 않는 용악산이었다.

단지 수고했다는 한마디뿐이었지만 표자룡은 자신이 본 것이 틀리지 않았음을 알 수 있었다.

"당진악, 무엇을 보았지?"

사람들이 황보충과 표자룡에게 관심을 집중하고 있을 때 누군가 물었다. 무뚝뚝하지만 자신감에 가득 찬 말투.

그제야 사람들은 황보충이 칼을 휘두른 이유를 알았다.

황보충은 벼락을 만들어 동굴을 밝히려고 했던 것이다.

하지만 그의 행동에는 불필요한 호승심이 내재되어 있었고 모두들 속으로는 그것을 비웃었다.

황보충의 그릇의 크기가 어느 정도인지 드러나는 순간이었다. 그렇다고 해도 그가 강하다는 것만큼은 변하지 않지만.

사람들은 이제 단번에 황보충의 의도를 알아차린 사내에게 관심이 쏠렸다. 당진악이라고 낮춰 부르는 걸 보면 그와도 친분이 있는 사이인 것 같은데.

"죄송하지만 방금 말을 한 분이 누구신지요?"

당진악이 물었다.

"나야, 모용광."

요령의 패자라는 모용세가의 후기지수이자 남궁휘와 더불어 십청룡 중의 일인이었다.

어쩐 일인지 이번 창룡전에 참석을 한 십청룡은 이들 두 사람이 전부였다. 소림, 무당, 화산, 청성, 개방, 신창양가 등이

창룡전에 제자들을 불참시키면서 십청룡을 보는 것이 귀해진
것이다.

덕분에 모용광은 남궁휘와 함께 이번 창룡전의 가장 강력한
우승 후보로 거론되는 인물이었다.

"아, 알고 보니 모용광 선배셨군요."

"인사는 나중에 하고 네가 본 것에 대해 이야기를 듣고 싶
다."

"사금파리였습니다. 빛이 비치는 곳까지 모두 사금파리 밭
이군요."

"사금파리? 겨우 그것 때문에 이 소란을 피웠단 말인가?"

모용광과 당진악의 대화에 누군가 불쑥 끼어들었다.

그 역시 대뜸 하대였다. 비록 당진악의 나이가 어리긴 하지
만 그에게 하대를 할 수 있는 인물은 그리 많지 않았다.

"이번에 말씀을 하신 분은 누구신지? 얼굴을 볼 수 없으니
무척 답답하군요."

"곤륜에서 온 운룡일세."

이차 관문에서 운룡대구식을 펼쳐 감탄을 자아내게 했던 인
물. 당진악의 나이가 올해 겨우 열일곱인데 비해 운룡은 이미
이십대 중반의 나이였다.

그래서 저렇게 편하게, 아니, 일부러 하대를 하는 것이리라.

서로 왕래가 없던 처지에 어찌 보면 상당한 실례일 수도 있
었다. 하지만 당진악은 크게 개의치 않는 듯 했다.

"아, 운룡 선배시군요. 협명은 듣고 있었습니다만 인사를 나

눌 기회가 없었습니다."

"이번 일은 자네가 조금 경솔했던 것 같군. 한시가 급한 마당에 쓸데없이 시간을 빼앗았어. 아무래도 나이가 어려 경험이 적은 탓이겠지. 사천당문의 후기지수로서 너무 그러는 것도 보기 안 좋아."

운룡은 마치 형이 동생을 훈계하듯 당진악을 나무랐다.

사람들은 사천당문을 두고 매운 생강이라고들 한다. 어떤 이들은 당문의 독인 곁에는 열 걸음 이상 접근하지 말라고도 한다.

모두가 사천당문의 지독한 성정과 무공을 두려워하는 말들이다. 그런 당진악을 운룡은 모두가 보는 앞에서 어린애 취급을 해버렸다.

당진악은 어둠 속에서 몸을 일으키는가 싶더니 가볍게 웃으며 말했다.

"하하하. 그러게 말입니다. 겨우 사금파리 때문에 제가 선배들의 발걸음을 멈추게 했군요. 자, 먼저들 지나가시지요."

당진악의 태도는 너무나 자연스러워 아무런 문제가 없어 보였다. 하지만 운룡 역시 칼 밥을 먹고 사는 무인이다. 그는 당진악의 태도에서 뭔가 수상한 낌새를 알아차렸다.

'뭔가 있어.'

운룡은 당진악을 노려보았다. 사방이 칠흑 같은 어둠뿐이라 표정에서 무언가를 알아내는 것은 불가능했다.

일순간 긴장감이 흘렀다. 운룡이 느낀 그 이상한 낌새를 다른 사람들도 느낀 것이다. 운룡은 뒤늦게 자신이 실언을 했음을 깨달았다.

"왜 가질 않으시는 겁니까? 설마 겨우 사금파리 따위에 발바닥을 찔릴까 염려하시는 건 아닐 테죠?"

어린 당진악이 운룡을 조롱하고 있었다. 운룡은 진퇴양난에 빠졌다. 평범한 사금파리가 아닌 건 분명한데 이제 와서 무를 수도 없었다.

'영악한 놈이라더니 과연……!'

운룡은 함정인 줄 알면서도 천천히 걸음을 옮길 수밖에 없었다. 운룡이 움직이는 기미를 보이자 사람들도 덩달아 긴장감에 빠져들었다.

과연 운룡에게 무슨 일이 일어날 것인가.

당진악은 과연 운룡에게 무슨 창피를 주려고 저러는 걸까.

분명 위험한 일인 줄 알면서 아무도 말리는 사람이 없었다.

지금 이 순간 이들은 서로가 경쟁자였으니까.

곤륜파는 참 묘한 문파다.

중원에서 보자면 세외에 속하는 청해성이 있으면서도 사람들은 무림을 논할 때 곤륜파를 언제나 빼놓지 않는다.

실제로 곤륜의 무학은 경이롭고 신비스런 구석이 많았다.

그러나 곤륜파는 정마대전을 통해 정파무림이 힘을 합치기 전까지 중원무림과 교류가 미미했다.

그런 곤륜에서 이번에 운룡을 창룡전에 참가시켰다. 여러 가지 의미로 해석될 수 있겠지만 사람들은 중원 진출을 위한 곤륜의 행보라고 생각했다.

만일 그것이 사실이라면 반갑지 않은 일이었다.

곤륜은 정마대전 후 새롭게 성장하는 중소문파들과는 차원이 달랐다. 그들은 이미 그 자체로 거대문파이며 중원무림에 등장해 본격적인 행보를 하는 순간 상당한 파급력을 일으킬 수밖에 없었다.

"저 운룡이라는 자 아무래도 이상합니다. 정말 곤륜파의 도사가 맞을까요?"

어둠 속에서 다른 사람들과 멀찌감치 떨어져 걷던 하풍달이 용악산에게 귓속말로 물었다. 사람들의 청력을 고려해 극도로 소리를 낮췄음은 물론이었다.

"무슨 뜻이냐?"

"그렇지 않습니까? 곤륜파의 제자가 될 정도라면 상당한 기재일 텐데, 저 친구는 행동과 언사가 경박합니다. 있어선 안 될 곳에 사금파리가 있다면 분명 의심을 해야 하지 않겠습니까? 어제 이차 관문에서도 그랬어요. 다른 문파의 후기지수들은 다들 자신의 실력을 숨기느라고 바쁜데 저 친구는 자랑하듯 드러내지 않았습니까. 자신을 그대로 드러내는 것. 그건 하수들이나 하는 짓이거든요."

"그래서 넌 운룡을 별 볼일 없는 사람으로 보는 거냐?"

"일단 우승 후보에서는 제외했습니다."

"그럼, 너 한 사람은 일단 속였구나."

“예?”

“만약 그가 저렇게 허술하게 행동하는 것조차 연극이었다면?”

“굳이 그렇게까지 할 필요가.”

“네 말대로 곤륜을 대표해서 온 사람이다. 난 그런 사람이 그렇게 허술할 거라고 보지는 않는다. 실제로 그가 펼친 운룡대구식은 이미 십성의 경지를 넘었다.”

“만약 대사형의 말씀이 사실이라면 운룡이라는 저 친구 정말 대단하군요.”

“아닐 수도 있지.”

“그건 또 무슨 말씀입니까?”

“만에 하나 그가 곤륜파의 제자가 아니라면?”

하풍달은 인상을 찌푸렸다.

그렇다고 했다가 아니라고 했다가. 도대체 무슨 말인가.

하지만 곧 무언가 생각난 게 있는 듯 화등잔만 해진 눈으로 목소리를 쥐어짰다.

“서, 설마 그가 신비검객!”

“아무것도 밝혀진 것은 없다. 다만 한쪽 면만 보고 그 사람의 전부를 판단하는 우를 범하지 말라는 소리다.”

“에이, 깜짝 놀랐잖아요.”

하풍달은 갑자기 온몸에서 힘이 빠지는 것 같았다.

하풍달이 용악산과 대화를 나누는 사이 운룡은 어느새 당진악을 지나치고 있었다.

이제 한 걸음만 더 내딛으면 사금파리를 만나게 된다.

어둠은 사람의 시야를 가리고 긴장감을 증폭시키는 힘이 있다.

알 수 없는 독이 가장 위험하다는 당진악의 말은 정체를 모르는 적이 가장 위험하다는 강호의 격언과도 일맥상통한다.

알 수 없는 미지의 위험, 그게 운룡의 마음을 내내 괴롭혔다.

'위험이 느껴지면 그걸 인지하는 순간 운룡대구식을 펼치면 된다.'

강호에서 가장 빠르다는 경공이었다. 운룡은 자신의 무공을 믿었다. 자세를 낮추고 마지막 걸음을 옮겼다.

그 순간.

타닥 탁!

누군가 운룡의 발을 걸어차는 동시에 뒷덜미를 잡아챘다.

잔뜩 긴장하고 있는 상태에서 누군가의 손이 자신을 향해 뻗어온 것이다.

자연 운룡의 반응도 빨라질 수밖에 없었다.

그는 본능에 가까운 속도로 상대의 팔을 꺾고 비틀었다.

하지만 상대의 팔은 순식간에 뱀처럼 빠져나가 운룡의 가슴을 슬며시 밀었다. 천하의 운룡이 제대로 반격도 해보지 못하고 뒤로 세 걸음이나 미끄러졌다.

아무리 어둠 속이라고는 하나 현격한 무공 차이였다.

만약 상대가 운룡을 죽이려 했다면……

"누구냐!"

운룡이 신경질적으로 소리쳤다.

위험에서 벗어날 수 있는 구실을 준 고마움보다는 누군지도 모르는 상대에게 무공으로 졌다는 것 때문에 화가 났다. 그것도 단 이초식 만에.

사람들은 모두 운룡이 누군가에게 끌려나왔음을 알아차렸다.

하지만 정체불명의 사내는 아무런 대답도 하지 않았다.

대신 돌멩이 하나가 허공을 날아가더니 사금파리 위로 떨어지는 소리가 났다. 동시에 사금파리 밭에서 기괴한 소리가 들리기 시작했다.

쏴아아아아…….

모래사장으로 밀려온 파도가 빠지면서 나는 소리 같기도 하고, 작은 거품들이 쉴 새 없이 터지는 것 같기도 했다.

소리는 또다시 변화를 일으켰다.

우우우우웅.

이번에는 무언가 허공으로 날아오르는 듯한 느낌. 확실하다. 미세하지만 바람이 느껴졌기 때문이었다.

운룡을 구해내고 돌을 던진 사내는 분명 저것의 정체를 알고 있었다. 그리고 그것을 운룡에게 알려주려고 했던 게 틀림없었다. 하지만 그 사내가 누구인지에 대한 궁금증은 이미 까맣게 잊었다.

"도대체 저게 뭐죠!"

누군가 소리쳤다.

"천년혈고(千年血蠱). 불문에서는 마귀화(魔鬼話)라고도 하지요."

당진악의 목소리가 흘러나왔다.

천년혈고와 마귀화라는 말이 섬뜩하게 들렸다.

당진악은 더 이상의 부연 설명을 하지 않았다.

이곳에 있는 사람들 중 천년혈고에 대해 아는 사람은 없을 것이고 당연히 다시 질문을 해올 것이다. 질문과 대답이 반복될수록 당진악의 존재감은 커질 수밖에 없었다.

예상대로 누군가 질문을 해 왔다.

"천년혈고, 그게 뭐지?"

모용광의 목소리였다.

하지만 상황은 당진악이 대답을 할 때까지 기다려 주지 않았다. 그가 대답을 할 시간도 없이 누군가 비명을 질렀기 때문이었다.

"으아아악!"

동굴 속에 비명이 울려 퍼지면서 사람들은 재빨리 병장기를 뽑아 들었다. 비명은 계속해서 들렸다. 한 사람이 두 사람이 되고 두 사람이 세 사람이 되었다.

여기저기서 비명을 지르는 사람들과 그들에게서 떨어지려는 사람들로 동굴 안은 한바탕 아수라장이 펼쳐졌다.

"당진악! 저놈의 정체가 뭐냐!"

고함을 지르는 모용광의 목소리에 노기가 느껴졌다.

당진악도 이제는 설명을 해줄 수밖에 없었다.

"득도한 고승의 사리를 묻어둔 곳에서만 드물게 생기는 일종의 응애입니다. 파리처럼 작은 몸집에도 불구하고 극음을 성질을 지닌 마물이죠!"

천년혈고는 독성이 워낙 지독하고 오묘해 독인이라면 누구나 가지고 싶어하는 물건이었다.

하지만 천년혈고를 키우고 제련한다는 것은 무척이나 어려웠다. 천년혈고 자체의 희귀성도 있지만 그보다는 먹이로 줄 득도한 고승의 사리를 구할 수가 없기 때문이었다.

득도한 고승의 사리라는 것이 불문에서는 성물과도 같은 것인데 어느 절에서 그걸 쉽게 건네주겠는가. 그런데 이 난제를 해결해 낸 문파가 있었으니 바로 묘강오독문이었다.

묘강오독문에서는 특수한 약물을 섞어 구운 도자기를 깨뜨려 사금파리를 만들면 천년혈고를 키울 수 있다는 걸 알아냈다.

오래전 무림맹주는 그걸 알고 독행천괴를 잡기 위해 묘강오독문에 천년혈고를 부탁했었다.

독행천괴라면 이를 갈고 있던 묘강오독문은 무림맹주가 부탁한 것보다 두 배나 많은 천년혈고를 보내주었다. 그게 지금 여기 있는 것이다.

구음멸관의 시작이었다.

그 구구한 내력까지 알 수 없는 사람들은 당황했다.

"당진악, 저놈들에게 물리면 어떻게 되지!"

이번에는 남궁휘가 물었고 모용광이 질문을 할 때와는 달리 즉각 대답이 나왔다.

"냉기가 뱃속으로 침투해 골수를 얼려 버리면서 지독한 고통이 찾아오죠. 물린 곳을 잘라내 버리고 싶을 만큼!"

불문에서 마귀화라고 부르는 것도 그런 이유에서였다.

끊임없이 자신의 사지를 잘라내고 싶은 내부의 충동이 마귀의 속삭임처럼 강렬하기 때문이었다.

냉기로 인한 고통 때문에 자신의 사지를 잘라내고 싶은 충동과 싸워야 한다니. 그건 냉기의 고통인가 충동의 고통인가.

하지만 당진악은 더 이상 자세한 설명을 할 수 없었다.

그를 향해서도 천년혈고가 날아들었기 때문이었다.

당진악은 주변에 기독을 뿌리고 스스로도 독기를 끌어 올려 천년혈고의 접근을 막았다. 이것이 임시방편은 될지언정 무한정 천년혈고의 침범을 막을 수는 없기 때문에 한시라도 방법을 찾아야 했다.

사람들은 당진악에게 천년혈고를 피할 수 있는 방법을 물어보고 싶었지만 그것까진 너무 염치없었다.

이건 저 독충의 정체에 대해 물어보는 것과는 차원이 다른 문제였다. 지금은 어디까지나 창룡전을 치르는 중이었고 서로가 경쟁자였다.

피할 수 있는 방법을 가르쳐 달라는 건 해답을 가르쳐 달라는 말이었다. 당진악이 스스로 말을 해주면 좋겠지만 그럴 것 같진 않아 보였다.

사실 당진악도 상당히 고전을 치르는 중이었다.

눈 깜짝 할 사이에 비명을 지르는 사람들은 점점 늘어났다.

일단 물린 사람들은 한 번도 겪어보지 못한 미지의 고통을 느꼈다. 독충의 침이 혈액을 타고 흐르는 순간 처음엔 불에 달

군 인두를 쑤셔대는 것처럼 화끈거리더니 곧 반대의 고통이
찾아왔다.

당진악이 말한 바로 그 고통이었다.

극한의 차가움이 이렇게 고통스러운 줄은 처음 알았다. 차
가움이 극에 달하면 뜨거움과 구분을 할 수 없다더니 대장간
의 누런 쉿물이 뼛속을 타고 흐르는 것 같았다.

그런 고통은 시간이 갈수록 더했고 사람들은 두려워했다.

그러다 어느 순간이 되면 스스로 미쳐 자신의 사지를 잘라
내게 되리라.

사람들은 천년혈고에 물리지 않기 위해 미친 듯이 도검을
휘둘러댔다. 천년혈고가 날아오르면서 날개를 떠는 소리가 났
는데 그 소리에 의지해 도검을 휘두른 것이다.

아무것도 보이지 않는 것보다 소리라도 들려서 다행이었고,
그 소리만 듣고도 파리만한 천년혈고를 정확히 둘로 갈라 버
릴 수 있는 무공을 지닌 것도 다행이었다.

만에 하나 저 수많은 천년혈고를 한 사람이 고스란히 당해
내야 한다면 어떻게 될까? 제아무리 신기막측한 무공을 지녔
다고 해도 절대 물리지 않을 수 없을 것 같았다.

하지만 오래전 그런 사람이 있었다는 걸 아무도 몰랐다.

도검을 휘두르는 소리는 점점 거칠어졌다.

누군가 옆에서 도검을 휘두르면 또 다른 옆 사람들은 그것
을 피하기 위해 다시 칼을 휘둘렀고 순식간에 동굴 안은 병장
기들이 춤을 추며 난장판이 되었다.

천년혈고를 죽이기 위해 휘두르기도 하고, 옆 사람의 의도
하지 않은 공격에 당하지 않기 위해 휘두르기도 하고…….

병장기가 부딪치면서 사방에 불꽃이 튀었다. 그리고 간헐적
으로나마 천년혈고의 모습을 볼 수 있었다.

놈들은 파리처럼 작았지만 그 수가 수천 마리가 되니 하나
의 거대한 생명체와 다를 게 없었다. 그것들이 사람들 사이를
비집고 돌아다니며 닥치는 대로 물어뜯는 것이었다.

"으아악. 젠장! 당 공자, 놈들을 피할 수 있는 해법이 뭐요!"

이윽고 고통을 참지 못한 누군가가 염치불구하고 물었다.

공춘보였다.

당진악의 입에서는 의외로 기다렸다는 듯이 대답이 나왔다.

"놈들은 화기를 두려워합니다. 하지만 지금은 불을 일으킬
수 없으니 놈들을 베면서 빠져나가는 수밖에요!"

당진악의 말이 끝나기가 무섭게 사람들이 달리기 시작했다.

눈앞에 사금파리 밭이 펼쳐져 있고 그걸 밟는 순간 사지로
걸어 들어가는 격이 되겠지만 방법이 없다지 않는가.

소나기를 피할 수 없다면 최대한 빨리 이곳을 빠져나가는
것이 최선이었다.

第十章
우리들 중에 신비검객(神秘劍客)이 있다

天山刀客

얼마나 달렸을까?

지독하게 따라붙는 천년혈고가 어느 순간 되돌아간다 싶더니 횃불이 보이기 시작했다.

잠시 후 환하게 시야가 트이면서 넓은 공동이 나타났다.

석벽 곳곳에 박혀 있는 수십 개의 횃불이 동굴 속을 비쳐주고 있었던 것이다.

천년혈고가 화기를 두려워한다는 당진악의 말은 사실이었다.

한바탕 질주를 한 사람들은 곳곳에 아무렇게나 주저앉아 잠시 숨을 돌렸다.

천년혈고에 물린 사람들은 칠할이 훌쩍 넘었다. 그들은 모두 적당한 곳에 가부좌를 틀고 앉아 운기행공을 시작했다. 내공을 끌어올려 천년혈고의 지독한 독기를 태우려는 것이다.

잠시 후 운기행공을 하는 사람들의 옷자락이 땀으로 흥건하게 젖어들었다. 천년혈고의 독기와 얼마나 치열한 싸움을 하는지 짐작할 수 있었다.

싸움에 진 사람도 나타났다.

가려움을 참지 못해 칼을 뽑아 자신의 팔을 자르려고 한 것이다. 눈동자가 시뻘겋게 충혈된 것이 이미 마성이 찾아온 게 분명했다.

까앙!

누군가 그의 칼을 튕겨냈다.

변검이었다. 길거리에서 다른 마희단원들과 함께 놀라운 무공을 펼치던 사내.

"참으시오. 반 시진만 참으면 가려움은 사라진다고 하오."

"으아악. 비켜! 비키란 말이야!"

사내는 막무가내였다. 무작정 칼을 휘둘렀고 아무것도 들리지 않는 듯했다. 그런 사람들이 계속해서 늘어났다.

똑같이 물리고도 반응이 다르니 공력의 우열이 현저히 드러나는 순간이었다. 변검은 그런 사람들을 일일이 찾아다니며 때로는 만류하고 때로는 설득했다.

아무 소용없었다. 오히려 변검을 향해 칼을 휘두르기까지 했다. 한데, 어쩐 일인지 그들은 변검의 일초반식의 상대도 되질 않았다.

변검은 귀신같은 솜씨로 칼을 피하는 한편 금나수를 펼쳐 칼을 하나씩 빼앗기 시작했다. 하지만 숫자가 너무 많았다. 칼을 빼앗긴 자들은 횃불을 들어 자신의 팔을 지졌다.

지독한 냉기를 그렇게라도 이겨보자는 심산인 것이다.

어떤 자들은 돌멩이를 주위 팔을 찍었다. 자신의 팔을 불로 지지고 돌멩이로 찍다니. 믿기도 힘들고 믿을 수도 없는 참혹한 광경이 계속해서 펼쳐졌다.

그때 용악산이 다가가 변검을 도왔다.

용악산 칼을 빼앗지 않고 발작을 하는 사람들의 등을 한 차례씩 쓰다듬었다. 그러자 발작을 하던 사람들은 썩은 고목처럼 빳빳하게 굳더니 그대로 쓰러졌다.

"어떻게 한 겁니까?"

묵직하고도 단단한 음성, 변검이었다.

"마혈을 짚었소."

"솜씨가 대단하군요. 그나저나 마혈을 풀어주면 또 발작을 할 텐데 큰일입니다."

"풀어주지 않을 거요. 어차피 두 시진 후면 스스로 해혈이 될 테니까."

"하지만 그때는 창룡전이 끝나지 않겠습니까?"

"사지를 자르는 것보단 낫지 않겠소?"

"딴은… 그렇겠군요."

첫 번째 탈락자들이 생긴 것이다.

주위의 사람들은 변검과 용악산을 흥미로운 눈으로 쳐다보았다. 그들은 귀신같은 변검의 신법과 금나수에 놀랐고, 눈으로 보고도 어떻게 했는지 모를 용악산의 신묘한 점혈법에 놀랐다.

원래 상대를 다치지 않게 제압을 하는 것은 죽이는 것보다 훨씬 어려운 일이다. 그런데 스물이나 되는 무인들을, 그것도 칼을 들고 미쳐 날뛰는 사람들은 한 차례 등을 쓰다듬어 주는 것만으로 간단히 제압했다.

짝짝짝!

"강호는 넓고 영웅은 많다더니 과연……."

모두들 강력한 경쟁자의 출현에 경계를 하는데 유독 설인봉만이 저만치에서 삐딱하게 앉아 박수를 쳤다. 그는 용케 횡액을 면한 모양이었다.

그의 박수가 변검을 향한 박수인지 용악산을 향한 박수인지는 알 길이 없었다. 어쩌면 두 사람 모두를 향한 박수일 수도 있었다.

하지만 변검이나 용악산이나 설인봉에게는 눈길 한 번 주지 않고 각자의 자리로 돌아가서 앉았다. 용악산은 일부러 다른 사람들과 멀찍이 떨어진 곳에 자리를 잡고 앉았다.

"천년혈고라는 건 어떻게 아셨습니까?"

표자룡이 용악산의 곁에 다가와 앉으면서 물었다.

"있어선 안 될 곳에 사금파리가 있었다. 당진악이 처음 기운을 느꼈으니 당연히 독물의 일종일 테고 그 다음엔 사금파리와 연관된 독물을 더듬어보았지. 다행히 나는 천년혈고라는 독충에 대해 읽어 본 적이 있다. ”

“그렇군요. 대사형 덕분에 횡액을 면했습니다.”

“나 때문이 아니야. 너의 검이 빠른 덕분이지.”

애초 용악산은 사금파리가 나타나는 순간부터 자신의 사형제들에게 경고를 해주었다. 미세한 소리와 함께 독충들이 날아오를 테니 물리지 않도록 각별히 조심하라고.

부지불식간에 물리는 데에는 장사가 없지만 일단 소리라는 징후가 있을 거라는 걸 알고 나니 철저하게 대비를 할 수 있었다.

표자룡은 어둠 속에서 검을 휘두르던 살수 시절의 무공과 최근에 보기 시작한 환검의 경지를 배합해 그것들을 모두 베었다.

채홍만은 대초차곤을 휘둘러 돌풍을 일으킨 다음 천년혈고의 접근을 막았다. 대초자곤의 두께나 워낙 큰데다 용력 또한 타의 추종을 불허하니 돌풍을 일으키는 것은 일도 아니었다.

다행히 천년혈고 역시 가볍기 짝이 없는 미물인지라 바람에는 속수무책으로 날려갔다.

용악산은 더욱 쉬웠다. 이미 엄청난 공력을 숨기고 있는 몸이다. 천년혈고 따위가 그의 호신강기를 뚫을 수는 없었다.

반면에 공춘보와 채홍만은 좀 달랐다.

“으아악, 젠장할 가려워 죽겠네!”

공춘보가 자신의 배를 벅벅 긁으면서 고통을 호소했다.

“괜찮소?”

하풍달이 물었다. 그 역시 팔다리를 벅벅 긁고 있었다.

"네 눈엔 이게 괜찮아 보이냐?"

"짜증을 내는 걸 보니 살 만한가 보군."

"이 자식이 진짜. 아이고 가려워, 아이고 가려워."

쉴 새 없이 몸을 긁고 있지만 다른 사람들과는 또 다른 반응이었다.

천년혈고에 물린 사람들의 반응은 둘 중 하나였다.

운기행공을 하면서 지독한 독기와 싸우거나 아니면 팔을 자른다고 발작을 하거나.

하지만 두 사람은 가렵다며 긁기만 할 뿐 운기행공을 할 생각도, 스스로 자신의 팔다리를 자를 생각도 하지 않았다.

엄살을 부리지만 결국은 견딜 만하다는 소리.

사람들이 기괴한 눈으로 쳐다보는 건 당연했다.

사실 이는 죽거나 살거나 식으로 시전한다는 천년멸극대법의 힘이었다. 만독불침의 독왕지체(毒王之體)는 아니었지만 어지간한 잡독 정도는 그저 가려운 정도에 지나지 않았다.

천년멸극대법 앞에서 천년혈고는 잡독에 불과했다.

"어쩐지 좀 이상합니다."

하풍달이 목을 벅벅 긁으며 다가와 용악산에게 말했다.

"뭐가 말이냐?"

"저 사람들, 하마터면 불구가 될 뻔했습니다. 창룡전이 제아무리 어려운 난관이라고 해도 근본 취지는 강호의 젊은 무인들끼리 무공과 지략을 겨루는 축제가 아니겠습니까? 한데 이건 좀 심하지 않습니까? 어려운 것과 위험한 것은 다르거든요.”

“앞으로는 더 심할 거다.”

“제 말이 그겁니다. 첫 번째 난관이 이 정도였다면 필히 앞으로 갈수록 더 위험할 텐데. 도대체 무림맹에서 왜 이런 무리수를 두느냐는 거죠. 아닌 말로 저기 있는 명문의 후기지수들 중 하나만 죽어나가도 무림맹은 상당히 곤란해질 겁니다.”

“강호에서 벌어지는 일엔 이유 없는 것이 없지.”

“뭔가 짐작되는 거라도 있으십니까?”

“이곳을 연 것은 무림맹이니 그들의 입장에서 생각해 보면 쉽게 답이 나오질 않겠느냐?”

“무림맹의 입장이라…….”

공춘보는 한참이나 머리를 굴리더니 포기하고 말았다.

“에잇, 전 모르겠습니다.”

“무림맹은 지금 누군가를 찾고 있다. 이래도 모르겠느냐?”

“아, 신비검객! 그를 찾고 있군요. 그런데 그게 이렇게 위험한 관문을 설치하는 것과 무슨 상관이 있을까요?”

“무림맹은 아직 신비검객을 찾지 못했다. 그가 최대한 무공을 발휘할 수 있는 환경을 만들어줘야 무언가를 짐작할 수 있지 않겠느냐.”

“그건 마지막 관문까지 가면 자연스럽게 밝혀질 일을…….”

“무언가 서두르는 이유가 있겠지. 가령, 신비검객이 무림맹의 의사에 반하는 어떤 일을 도모한다거나.”

용악산은 왠지 이 일이 멸천대주 장산벽의 행보와 무관하지 않을 것 같다는 느낌이 들었다.

장산벽이 모습을 드러낸 것과 신비검객이 출현한 것이 거의 비슷한 시기인데다 현재로선 무림맹을 가장 곤란하게 만들 문제가 마도의 재결합 외에는 달리 없었기 때문이었다.

그때 저만치에서 남궁휘와 모용광이 자리에서 일어났다.

잠시 숨을 돌렸으니 다시 길을 재촉하려는 것이었다.

여기 있는 사람들은 동행이 아니었고 함께 행동해야 할 이유는 더더욱 없었다.

그런데도 두 사람이 일어나자 여기저기서 따라나섰다.

정확히 말하면 뒤처지지 않기 위해 일어선 것이었다.

하지만 운기행공을 통해 독기를 몰아냈던 자들은 공력을 빠르게 소비하느라 거의 탈진 상태였다.

비로소 사람들은 첫 번째 관문의 공능을 깨달았다.

무인의 공력을 고스란히 빼앗아 무기력한 상태로 만들어 버리는 것. 무인이 한순간이나마 공력을 잃는다는 것은 무장해제를 당하는 것이나 다름없었다.

문제는 천년혈고만이 아니었다. 그 괴상한 독충에 물린 것보다 옆 사람들이 휘두른 칼에 맞아 부상을 입은 사람들이 의외로 많다는 것이다.

그들은 하나같이 분노한 눈빛으로 주위 사람들을 노려보았다. 어둠 속에서 내지른 칼인지라 범인을 알 수 없다는 게 더더욱 분통 터지는 일이었다.

그리고 그게 상황을 더욱 악화시키고 있었다. 사람들은 서로를 믿지 않게 된 것이다.

누군가는 통과를 하고, 누군가는 그렇지 못할 거라는 경쟁심에 불신까지 겹쳐 경쟁은 더욱 치열해 질게 분명했다.

이제는 서로를 도와주려 하기보다 떨어뜨리려는데 혈안이 될 테니까.

내분의 징조는 금방 돌아왔다.

천년혈고에게 당한 후유증으로 정신을 차릴 틈도 없이 커다란 지저호수가 나타났다. 호숫가에는 작은 배 한 척이 정박해 있었는데 다섯 명 정도가 겨우 탈 수 있는 쪽배였다.

배보다도 물을 발견한 반가운 마음에 갈증을 느낀 사람들이 우르르 달려가 호수에 얼굴을 박고 벌컥벌컥 물을 마셨다.

천년혈고를 피해 달리느라, 또 독기를 태우느라 땀을 잔뜩 흘려 갈증이 극에 달한 것이다.

그때 누군가 날카로운 비명을 질렀다.

"다들 피햇!"

호수 속에서 새까만 그림자가 구름처럼 몰려왔던 것이다.

놀란 사람들이 앞 다투어 호수에서 몸을 뺐다. 하지만 이럴 때 꼭 느려터진 사람이 한 사람쯤 있게 마련이었다.

"으아아악! 젠장. 입술을 물렸어, 입술을!"

공춘보는 팔짝팔짝 뛰며 발작을 하더니 갑자기 괴어를 잡아 입으로 아작아작 씹은 후 뱉어버렸다.

입술에 피를 잔뜩 흘리면서 씩씩거리는 공춘보의 발아래에는 수십 마리의 괴어가 팔딱대고 있었다.

사람들이 몸을 빼는 것과 동시에 괴어들이 물가로 튀어나온 것이다. 성질이 보통 급하고 사나운 물고기가 아니었다.

생긴 것은 손바닥만 한데 입이 몸통의 절반을 차지할 만큼 컸다. 머리는 아귀(餓鬼)를 닮았고 톱날처럼 솟은 이빨은 칼날처럼 날카롭기 그지없었다.

가장 징그러운 건 눈이 없다는 것이다.

"휴우. 어떤 놈인지 섬뜩하군요. 멋모르고 호수를 헤엄쳤다간 절반도 채 건너지 못해 뼈만 남을 것입니다."

황보충은 마치 남의 일인 것처럼 공춘보의 부상에는 신경도 쓰지 않고 말했다.

"금교(金鮫)!"

모용광이 말했다.

"정확하게 말하면 만년금교(萬年金鮫)지. 살아 있는 것은 무엇이든 뼈도 남기지 않고 먹어버리는."

남궁휘가 설명을 덧붙였다. 모용광의 말에는 그런가 보다 하던 사람들도 남궁휘의 말에 탄성을 질렀다.

금교와 만년금교는 천지차이였다.

금교라면 단순히 식인 물고기 정도지만 만년금교는 숫제 마물이라고 봐야 했다. 오죽하면 한천금교가 사는 지저호수에는 용도 살지 못한다는 전설이 있을까.

거기까지 생각이 미치자 사람들은 호숫가에 떠 있는 배로 시선을 주었다. 금교든 만년금교든 저 배를 타고 건너면 그만 아닌가. 혹시 또 다른 함정이 있는 걸까?

남궁휘가 용감하게 나섰다.

그는 주위를 둘러보며 함께 갈 사람이 있는지 물었고 당진 악을 비롯해 몇 사람이 따라나섰다. 남궁휘를 필두로 다섯 사람이 배에 올라타는 순간 모용광이 말했다.

"잠깐!"

남궁휘가 걸음을 멈추고 모용광을 돌아보았다.

"무슨 일이냐, 모용광?"

남궁휘는 모용광보다 두 살이 많았다.

십청룡들은 모두가 한 번씩은 무림맹에서 내외원의 요직을 맡은 적이 있기 때문에 선후배의 서열이 있었다. 그런 이유로 남궁휘가 자연스럽게 하대를 하는 것이었다.

"만에 하나 저 호수에 아무런 문제가 없다면 어쩌시겠습니까?"

"무슨 뜻이지?"

"가령 배를 타고 건너간 사람들이 다시 배를 돌려보내지 않을 수도 있다는 거지요."

사람들 사이에서 탄성이 터졌다.

과연 남궁휘와 몇 사람들이 호수를 건넌 후 배를 돌려보내지 말라는 법이 없지 않은가. 사람들은 그제야 지금 서로가 치열한 경쟁을 하고 있다는 것에 생각이 미쳤다.

남궁휘가 용감하게 먼저 건너겠다고 한 것도, 영악한 당진 악이 냉큼 따라가겠다며 나선 것도 수상했다.

남궁휘가 눈살을 찌푸리며 말했다.

"지금 나를 믿지 못하는 것이냐?"

"모용 형의 말이 그리 틀린 것 같지는 않습니다. 아, 물론 남궁 형은 믿지요. 하지만 지금은 신의를 논할 때가 아니지 않나요? 한 명의 우승자를 놓고 경쟁을 할 때는 무엇보다 한 점의 의혹도 없도록 공평한 것이 우선이지요."

곤륜의 운룡이 모용광에게 동조하는 말을 하며 그를 도왔다.

그는 괜히 설쳤다가 천년혈고에 이미 한바탕 당한 터라 이번에는 뒤로 빠져 있었다. 특히 당진악이 남궁휘와 함께 배에 올라타는 걸 본 이후로는 함께 가고 싶은 마음이 싹 사라졌다.

하지만 그들을 먼저 보내는 것도 탐탁지 않았다. 호승심이라면 그 누구보다 강한 운룡이었다. 그러던 차에 마침 모용광이 시비를 걸어주니 좋지 않은가.

"지금은 이런 일로 논쟁을 할 때가 아닙니다."

보다 못한 당진악이 나서서 만류했다. 딱히 누구를 언급하지는 않았지만 운룡의 말을 반박하고 나온 터라 은연중에 남궁휘를 도우는 상황이 되어버렸다.

"당진악, 급할수록 공평해야지."

이번엔 황보충이 말했다. 그의 태도도 단호했다.

"휴우, 정말 상황을 어렵게들 만드시는군요."

은연중에 남궁휘와 모용광이라는 두 고수 사이에 주도권을 놓고 기 싸움이 펼쳐지고 있었다.

더불어 일부는 모용광을, 일부는 남궁휘에게 동조하는 분위기였다. 그리고 그것은 묘하게도 강남과 강북의 문파 출신들로 나누어졌다.

잦은 왕래로 인한 친분과 인맥이 작용했을까? 아니면 다른 이유가 있는 걸까? 어쨌거나 이래저래 묘한 상황이었다.

"하면 네가 먼저 건너라."

남궁휘는 순순히 배에서 내려 옆으로 물러나며 모용광을 향해 말했다. 하지만 모용광은 선뜻 오르지 않고 말을 이었다.

"내가 간다고 해도 공평치 못한 것은 마찬가지지요. 난 특정한 사람의 유불리가 아니라 지금의 이 상황이 지니고 있는 불공평함을 말한 것뿐입니다."

남궁휘의 발목을 잡으면서도 원론적인 주장을 펼쳐 자신의 책임은 묘하게 피하고 있었다. 서로를 불신하게 된 상황이 모용광의 말에 설득력을 부여했다.

"그래서 어쩌자는 거지?"

"저라고 뾰족한 수가 있겠습니까? 서로 머리를 맞대봐야겠죠."

사람들이 그런 일로 이야기를 나누고 있는 동안 용악산은 저만치 떨어진 곳에 앉아 추이를 지켜보고 있었다.

저들이 어떻게 이 난관을 해쳐나갈지가 궁금했다. 그때 저만치에서 설인봉이 육포를 잘근잘근 씹으면서 다가왔다.

"꿀꺽. 그 육포는 어디서 난 거요? 병장기 하나 외에는 아무것도 소지가 금지되어 있었는데."

공춘보가 침을 한번 삼키고는 물었다.

"이까짓 육포 하나 숨겨 오는 게 무에 그리 대수라고. 그나저나 어떻게 보시오?"

말끝의 물음은 용악산을 향한 것이었다.

"어렵겠군요."

"역시 그렇지요? 진짜 문제는 다들 너무 잘났다는 건데. 후훗, 멍청한 놈들. 제 욕심은 돌아볼 줄 모르고 엉뚱한 상황만 탓하고 있으니. 아주 잘들 돌아가는구나, 잘들 돌아가. 큭큭큭."

용악산은 묘한 표정으로 설인봉을 보았다.

놀랍게도 이 엉성해 보이는 인사는 문제의 핵심을 생각보다 정확히 간파하고 있었다.

"그렇게 답답하면 가서 가르침을 좀 주지 그러시오."

"사공이 두 명으로도 모자라 나까지 가세하란 말이오? 큭큭큭, 아서시오. 그리고 난 이런 상황이 아주 재미있다오. 큭큭큭."

설인봉은 한참을 혼자서 낄낄거리더니 다시 물었다.

"그나저나 호수 속에 과연 다른 함정은 없을까요?"

용악산은 없다고 생각했다. 하지만 입 밖으로 내뱉지는 않았다. 기다리기가 지쳤는지, 아니면 원래 성급한 성미인지 설인봉이 스스로 대답했다.

"난 없다고 보오."

"왜 그렇게 생각하십니까?"

"이건 세상에서 가장 복잡한 함정이거든. 큭큭큭."

"과연 그럴 수도 있겠군요."

용악산은 수긍한다는 듯이 고개를 끄덕였다.

그리고 속으로 웃지 않을 수가 없었다. 설인봉이 저렇게 즐거워하는 이유를 알기 때문이었다. 용악산과 설인봉의 대화를 듣고 있던 하풍달이 불쑥 물었다.

"도대체 무슨 말씀이십니까? 방금은 호수 속에 아무것도 없을 거라고 하더니 지금은 또 세상에서 가장 복잡한 함정일 거라니."

설인봉은 빙그레 웃더니 오히려 하풍달에게 반문했다.

"세상에서 가장 복잡한 것이 무엇이라고 생각하시오?"

"글쎄요, 그건……."

"사람이지, 사람의 마음."

하풍달이 대답을 하기도 전에 설인봉이 이번에도 스스로 대답을 했다. 확실히 성격이 급한 쪽인 것 같았다.

"그것과 지저호수가 무슨 상관이 있습니까?"

"애초 지저호수 자체가 난관이었다면 배를 한 척만 놓아두었을 리가 없지. 이건 심리적인 함정이오. 경쟁관계에 있는 인간의 본성을 건드리는 거지."

"그런 문제라면 서로가 철저하게 약속을 한 상태에서 호수를 건널 수도 있지 않을까요?"

"바로 그 단순한 해결책 때문에 사람의 이기적인 심리가 개

입됨으로써 가장 복잡하게 꼬이는 거지. 저렇게 갑론을박을 벌이다가 결국 감정이 격해지면 서로 치고받고… 큭큭큭. 아마 한 놈도 제대로 건너지 못할 걸.”

설인봉은 마치 그랬으면 좋겠다는 얼굴이었다.

“설 형의 논리엔 인간의 본성 한 가지가 간과되어 있습니다.”

용악산이 말했다.

“무슨 다른 의견이라도?”

“사람들은 서로를 불신하지만 동시에 명예를 소중히 하죠. 모용광이든 남궁휘가 되었든 지금 이 자리에 있는 사람들 중 누가 건너든 배를 반드시 돌려보내 줄 겁니다.”

“하면 일이 생각보다 쉽게 풀릴 거라는 말씀?”

“아닙니다, 일이 복잡하게 풀릴 거라는 설 형의 말에는 나도 동감입니다. 사람들은 결국 지저호수를 건너는 유일한 방법이 서로를 믿는 것밖에 없다는 걸 깨닫게 될 테니까요.”

“그렇다면 이번 난관은 별 의미가 없다는 말씀?”

“충분히 의미가 있지요. 가장 어려운 난관이기도 하고요.”

“그게 무슨……?”

그 순간 어디선가 미세한 북소리가 들려왔다.

두웅!

북소리는 습한 공기를 타고 동굴 속 깊숙이 울려 퍼졌다. 한 식경이 지났음을 알려주는 북소리였다.

“바로 저겁니다.”

"옳거니! 그런 문제도 있었군. 이거 점점 재밌어지는걸. 큭큭큭."

그제야 설인봉은 용악산의 말을 이해했다.

이번 난관은 최대한 시간을 끄는 것이다.

사람들이 서로를 믿지 못해 갑론을박을 벌이는 사이 시간은 점점 흐르고 있었다. 앞으로 얼마나 더 많은 난관이 기다리고 있는지 모르는 상태에서 이거야말로 가장 큰 어려움이었다.

저만치 호숫가에서 갑론을박을 벌이던 사람들도 북소리를 들었다. 그들 역시 여기서 이렇고 있을 때가 아니라는 걸 알고 있었다. 지금 이곳에 모인 사람들 중에 멍청한 사람은 한 명도 없었다.

상당수는 나름대로 기재라는 소리를 듣고 자랐던 사람들이다. 그들은 이 난관을 해결하기 위해서는 서로가 믿는 수밖에 없다는 것을 알고 있었다.

알면서도 서로를 믿지 못해 쉽게 결론이 나지 않는 것이다.

오히려 단순한 해법에 시간적인 제약까지 겹쳐 더욱 초조했고 그러면 그럴수록 이성은 마비되어 갔다.

그러나 방법은 처음부터 한 가지밖에 없었고 결국 다섯 명씩 짝을 지어 건너기로 했다.

"과연 대사형 말씀대로 되는군요."

하풍달이 말을 하며 일어섰다.

"그럼 우리도 설설 줄을 서볼까."

공춘보도 배를 벅벅 긁으면서 일어섰다. 줄이라도 잘 서야 조금이라도 빨리 건널 것이 아닌가. 하지만 설인봉은 다른 육포를 꺼내 씹으면서 벌러덩 누워 버렸다.

"아직 멀었을 걸."

"예?"

설인봉이 대답을 할 필요도 없이 사람들은 또 티격태격하기 시작했다. 당연하게도 이번에는 누가 먼저 배를 타고 갈 것인가에 대한 논쟁이었다.

"뭐야? 처음부터 저것 때문에 갑론을박을 벌인 게 아니었어?"

"그러게, 지금까지 뭘 한 거지?"

공춘보와 하풍달이 인상을 쓰며 다시 주저앉았다.

배를 타고 차례대로 호수를 건너기로 한 것과 누가 먼저 건널 것인가에 대한 문제는 같으면서도 달랐다.

먼저 호수를 건넌 사람들에게 유리한 것은 너무도 자명했다.

지금 이곳에 있는 사람은 모두 백여 명, 그들 중 이십 명 정도가 마혈을 짚여 옴짝달싹할 수 없으니 나머지는 팔십 명 정도였다.

다섯 명씩 짝을 지어 모두 열여섯 차례에 걸쳐 나누어 건너려면 족히 두 식경은 걸릴 것이다. 사정이 이러니 가장 처음 호수를 건넌 사람들과 가장 나중에 건넌 사람들과의 차이는 삼차 관문의 승패를 좌우할 수도 있을 만큼 컸다.

시간은 급박한데 사람들은 아직도 결론을 내지 못하고 있었다.

욕심이 한 치 앞을 가리고 있는 것이다. 어둠이 서로를 믿지 못하게 하는 것이다. 천년혈고를 통과하느라 서로 칼을 겨누는 동안 불신이 깊어진 것이다. 이런 모든 것들이 복합적으로 작용해 사람들은 좀처럼 이성을 찾지 못하고 있었다.

"에이, 답답한 작자들 같으니라고."

"휴우, 답답하군, 답답해. 인간이라는 게 이렇게 답답한 짐승인 줄 처음 알았습니다."

공춘보와 하풍달이 말했다.

두 사람을 멀뚱히 보고 있던 설인봉이 말했다.

"그런데 당신들, 창룡전의 우승에는 별 관심이 없구만."

"으에? 그건 또 무슨 소리요?"

공춘보가 물었다.

"그게 아니라면 왜 당신들은 저들하고 섞여 싸우지 않지?"

듣고 보니 그런 것도 같았다.

어차피 하풍달은 처음부터 참가할 생각이 없었고 공춘보는 명문대파의 미녀들을 만나 인맥을 넓히려고 왔다.

하지만 막상 와보니 미녀들은 볼 수도 만날 수도 없고 죄다 사내들뿐이 아닌가. 명문대파의 후기지수들 중에는 아리따운 여인들도 많다더니 전부 헛소문이었다. 적어도 창룡전에 참가한 사람들 중에는 별로 없는 게 확실했다.

표자룡은 처음부터 명가의 검을 익힌 후기지수들과의 비무를 하는 것이 목적이었다.

　채홍만은 시종일관 공춘보를 노려보며 무언가를 요구하는 것 외에는 달리 관심이 없었다.

　그러나 창룡전에 참가한 이후 은근히 욕심이 생기는 것도 사실이었다. 다만 그 욕심이 눈을 가릴 정도로 많지 않을 뿐.

　"그러는 당신은 왜 그렇게 태연자약하고 있소?"

　공춘보가 물었다.

　"집착을 버리면 세상만사 하찮게 보이는 법. 나는 이미 달관을 했거든. 중으로 치면 득도한 고승이라고나 할까?"

　"하긴, 거지나 고승이나 빌어먹는 건 매한가지니까."

　"그렇지, 거지가 곧 고승이고 고승이 곧 거지……!"

　설인봉이 육포를 씹다말고 벌떡 일어났다. 눈동자에서는 흉흉한 살기가 뻗어 나왔다.

　'이크!'

　화들짝 놀란 공춘보가 저만치 구석으로 도망갔다.

　채홍만이 기다렸다는 듯이 슬그머니 일어서더니 공춘보의 앞에 가서 앉았다. 항주를 출발할 때부터 공춘보에게서 시선을 떼지 않는 채홍만이었다.

　공춘보는 품속에서 무언가를 부시럭 부시럭 꺼내는데 채홍만의 커다란 덩치에 가려 무얼 하는 건지 알 수가 없었다.

　"혹, 이 관문의 이름이 무엇인지 알고 있습니까?"

　용악산이 설인봉에게 물었다.

　"아까 바깥에서 어떤 양반이 용담호혈이라고 하지 않았소. 설마 이상한 벌레와 괴어가 사는 호수를 두고 용담호혈이라고 하지는 않았을 테고. 과연 어떤 난관이 기다리고 있을지 궁금하군. 큭큭큭."

"내 생각엔 다른 이름이 있을 것 같습니다만."

"다른 이름이라니?"

"어쩐지 급조한 것 같지가 않아서 말이지요. 천년혈고에 이어 만년금교가 사는 호수를 건너려면 제아무리 극강의 고수라도 공력을 모두 소진시킬 겁니다."

"배를 타고 가면 되는데 무슨."

"과거에는 배가 없었을 것입니다. 배는 가져다 놓은 지 얼마 되지 않았습니다. 내 생각엔 누군가 엄청난 무공을 지닌 인물을 잡기 위해 만든 함정인 것 같습니다만……."

그 순간 설인봉의 눈빛에 기광이 스쳐 가는 걸 용악산은 놓치지 않았다. 설인봉은 얼른 기광을 감추고는 육포를 다른 쪽으로 옮겨 씹으며 말을 했다. 무언가 화제를 돌릴 때면 그가 하는 버릇이었다.

"그나저나 저 사람들 중에 신비검객도 있겠지요?"

"글쎄요."

"난 아무래도 저 변검이라는 작자가 의심스럽소. 아까 펼치는 귀신같은 신법을 보았겠지요. 천년혈고에도 물론 물리지 않았고. 범상치 않은 무공을 지니고 있는 건 분명 한데."

"그것만으로 그가 신비검객이라고 단정하는 건 어렵지 않을까요?"

"무엇보다 그는 여태 한 번도 자기 목소리를 내지 않았소.

있는 듯 없는 듯 그렇게 존재한다는 말이지. 수상해, 수상해."

설인봉이 말한 변검은 지금도 구석진 곳에서 묵묵히 사태를 지켜만 보고 있었다.

"아, 그리고 운룡이라는 작자도 수상하오. 곤륜파의 도사라고는 하는데 그를 아는 사람들이 아무도 없더군. 아무리 세외에 있다고는 하나 그 정도의 무공을 지녔다면 당연히 알려졌을 텐데 말이지."

"운룡대구식을 보았지 않습니까?"

"그게 오히려 함정일 수도 있지요. 운룡대구식이라는 것에 집착해 사람들이 모두 곤륜파의 후기지수라고 철석같이 믿고 있지 않소."

"운룡대구식이 가짜라는 말입니까?"

"운룡대구식은 진짜였소. 내가 이래봬도 소싯적에 제법 돌아다녀 견문이라면 누구에게도 뒤지지 않지. 하지만 무공이 진짜라고 반드시 사람까지 진짜라고 할 수는 없지."

"운룡대구식이 외부로 유출되기라도 했다는 말로 들립니다."

"뭐 그럴 수도 있고, 아닐 수도 있소."

"그건 또 무슨 말입니까?"

"중원의 모처에는 매화검보를 구할 수 있는 흑점이 있소. 아, 물론 정수가 오롯이 빠진 검보지. 이를테면 삼 할은 진짜고 칠 할은 가짜랄까. 왜 그런 물건이 흘러나오느냐 하면, 아, 이거 설명하려면 아주 복잡한데. 하여튼 그렇다 치고. 삼 할만 진짜라고 해도 사람들은 감쪽같이 속아 넘어갈 수밖에 없지. 그렇지 않으면 누구나 한 번 보는 것만으로도 매화검을 익히게. 큭큭큭.”

설인봉의 말은 횡설수설하기 짝이 없었다.

하지만 일부는 상당히 설득력이 있었다.

그것과는 별도로 설인봉뿐만이 아니라 여기 있는 사람들은 모두 신비검객에 대해 궁금해 하고 있었다.

과연 누가 신비검객일까? 그는 지금 이곳에 있기나 한 걸까?

설인봉의 말이 이어졌다.

“하지만 가장 궁금한 것은 운룡이 사금파리 밭을 건너려 할 때 막아선 사람이 누구냐는 거지. 운룡이 이름을 물었을 때도 그는 아무런 대답이 없었거든. 굳이 그럴 필요가 없었는데 말이지. 나는 그자가 신비검객일 가능성이 가장 높다고 보오.”

“딴에는 그렇기도 하겠군요.”

용악산은 가볍게 고개를 끄덕이고는 팔베개를 하고 누워 버렸다. 순서를 정하는 것이 생각보다 시간이 오래 걸릴 것 같기도 하고, 설인봉과 이야기를 나누는 것에 더 이상 흥미를 잃었기 때문이다.

그때 운룡을 잡아 끈 사람은 다름 아닌 용악산 자신이었다.

한바탕 수다를 떤 설인봉은 용악산이 상대해 주지 않자 심심했는지 또 다른 상대를 물색하러 나섰다. 그가 찾은 상대는 변검이었다.

“저 설인봉이라는 작자가 보기보다 상당히 식견이 뛰어난

데요. 하는 말마다 그럴듯하지 않습니까.”

“그럴지도 모르지.”

“아닐 수도 있다는 말씀입니까?”

“여기 있는 사람들 중에 가장 신분이 불투명한 사람은 바로 저 설인봉이 아닐까? 줄곧 남 얘기만 했지 자기 얘기는 한 번도 한 적이 없지 않느냐.”

“아, 듣고 보니 그것도 그렇군요. 하면 대사형께서는 저 설인봉이 신비검객이라고 생각하시는 겁니까?”

“그가 신비검객이라는 증거도 없지만 아니라는 증거 또한 없으니 그저 기다려 볼 밖에.”

잠시 후 사람들은 모두가 공평하게 호수를 건너는 방법을 생각해 냈다. 방법은 아주 간단했다. 하지만 멍청했다.

가령 이런 식이었다.

앞서 호수를 건넌 사람들은 길을 재촉하지 않고 건너편 호수에서 다른 사람들이 올 때까지 기다린다. 그러면 다음 사람들이 배를 타고 와서 또 기다리고. 그렇게 해서 모두가 호수를 건널 때까지 꼼짝 않고 기다리는 것이다.

먼저 호수를 건넌 사람들이 짜증을 내지 않을 리 없다. 하지만 누구도 다른 사람들을 놔두고 떠날 생각을 못했다. 단 한사람이라도 그런 자가 나오면 나머지 사람들이 합심을 해서 그의 발목을 자르자고 합의를 봤기 때문이다.

여기서 주목해야 할 것이 있었다.

발목을 자르자! 이 한마디는 지금 이곳에 모인 후기지수들이 얼마나 이성을 잃고 있는지를 여실히 보여주는 말이었다.

무공이 강한 자들은 다른 사람들 보다 앞설 수 있는데도 불구하고 손해를 보는 느낌이었다. 무공이 약한 자들은 또 그들 나름대로 자신들을 거추장스러워하는 강자들이 불만이었다.

불신은 점점 깊어갔고 신경은 극도로 날카로워졌다.

"지금부터 정신 바짝 차려라. 너희들 외에는 그 누구도 믿지 말 것이며 항상 서로가 다섯 걸음을 유지해라."

용악산이 사형제들에게 말했다.

第十一章
독행천괴(獨行天怪) 설궁도

天山刀客

창룡전 삼차 관문이 한창 진행 중인 시각, 무림맹 맹주부.

"아이들이 지저호수를 통과했다는 군요"

허가량이 말했다.

"얼마나 걸렸다고 하던가요?"

난을 치던 이장도가 물었다.

"호수에서만 한 시진을 소비했습니다."

난관이 여덟 개나 더 남았는데 겨우 두 번째에서 한 시진을 소비했다니, 생각하기에 따라 가장 쉬울 수도 있는 관문이었다.

역시 피가 너무 뜨거웠던 탓일까? 노련한 노강호였다면 그런 어리석은 짓을 하지 않았을 것이다. 이건 지혜의 문제가 아니라 혈기의 문제였다.

"애석하군요. 장차 무림을 이어갈 기재들이라고 생각했는데."

"아직 실망하기엔 이른 것 같습니다."

"어찌해서 그렇습니까?"

"모용광과 남궁휘, 당진악, 운룡, 황보충 등이 주로 의견을 내고 다른 사람들이 각각 찬반을 하며 논쟁을 벌인 것으로 압니다만."

"압니다만?"

"사태를 주시하고만 있는 아이들도 제법 여럿 있었다고 합니다. 지켜본 바에 의하면 논쟁을 일으키지 않으려고 일부러 피하는 것 같다고 했습니다."

"그러면 더욱 애석한 일이지요. 강력한 지도력을 발휘해 다른 이들을 통솔할 수 있는 아이가 나오길 바랐건만."

한 명의 천재가 수천 명을 살리는 것이 강호다.

창룡전의 진짜 목적은 강하면서도 지혜가 깊은 자를 고르는 것이 아니던가. 그리하여 무림맹의 중책을 맡기는 것이 목표가 아니었던가.

"그보다 신비검객은 아직 모습을 드러내지 않았습니까?"

"그는 정체를 드러내기 꺼려 할 테니 방관자들 중에 섞여 있지 않을까 합니다. 하지만 아직은 두고 봐야 할 것 같습니다."

"그렇군요. 구음멸관의 진짜 난관은 이제부터 시작이니까요."

　　　　　*　　　　　*　　　　　*

천년혈고와 지저호수는 시작에 불과했다.

호수를 건너자마자 사람들은 듣도 보도 못한 온갖 기상천외한 기관진식을 만났다.

대막에서나 난다는 수천 마리의 금갈자(金蝎子)와 천장에서 폭우처럼 쏟아지는 암기는 차라리 양호했다.

갑자기 땅이 쑥 꺼지는가 하면 사방이 꽉 막힌 공간에서 물이 차오르기도 했다. 부지불식간에 바닥에서 솟아오른 수백 개의 창날에 발등을 뚫린 자도 부지기수였다.

이 모든 것들이 정신을 차릴 수 없을 정도로 빠르게, 그리고 번갈아서 사람들을 습격했다.

그제야 사람들은 무언가 잘못되었다는 것을 느꼈다.

단순한 관문이 아닌 것이다.

무림맹이 자신들을 죽이려 한다며 성토를 하는 사람도 나왔다.

그런 과정을 거치면서 사람들은 점점 뿔뿔이 흩어졌다. 일부는 갈림길에서 길을 잃었고 일부는 부상으로 낙오되었다. 그리고 대다수는 뒤쳐졌다.

이제 선두에서 길을 가고 있는 사람들은 겨우 스무 명 정도에 불과했다. 남궁휘나 모용광을 비롯해 대부분은 명문대파의 후기지수들이었다.

그렇지 않은 사람들도 있었다. 항주의 작은 문파인 금룡관의 제자들, 즉 용악산 일행이었다. 또 하나, 마지막까지 남은 사람들 중에는 설인봉과 변검도 있었다.

두 사람은 딱히 뛰어난 무공 솜씨를 보인 것 같지 않은데도 용케 지금까지 남았다. 애석하게도 하상도와 배인걸은 바닥에서 창날이 솟아오른 관문을 지난 후 보이지 않았다.

어느 틈엔가 낙오된 것이다.

잠시 후 사람들이 만난 것은 뱀처럼 구불구불 이어진 동혈이었다.

동혈은 평범했다.

대여섯 명 정도가 나란히 지나갈 수 있을 정도의 폭에 높이도 비슷했다. 군데군데 횃불을 밝히고 있어 시야를 확보할 수도 있었다.

하지만 사람들은 걸음을 옮기는데 극도로 조심스러웠다.

바닥에서 창이 올라와 발등을 뚫지는 않을까, 갑자기 천장이 쩍 벌어지며 독기가 짜르르 울리는 독사를 쏟아 붓지는 않을까 염려스러웠던 것이다.

말수도 줄어들었다. 특히, 명문대파의 후기지수들은 불현듯 닥쳐올 위험에 대비하느라 기도를 잔뜩 끌어올린 상태였다.

톡 건드리기만 해도 당장 칼을 휘두를 것 같은 분위기.

"이상한데요. 길이 너무 편해요."

가장 뒤쪽에서 따르던 사람들 중 누군가 침묵을 깨며 말했다. 하풍달이었다.

“편한 것도 불만이냐?”

공춘보가 핀잔을 주었다.

“편해선 안 되는 상황에서 편하니까 문제지. 횃불이 줄어드는 것도 걱정되고.”

횃불은 확실히 문제였다.

그동안 거의 일 장 간격으로 석벽에 꽂혀 있던 횃불이 점점 숫자가 줄어들더니 이제는 십여 장을 지나야 겨우 하나 나올까 말까 했다. 때문에 횃불이 없는 공간을 지날 때는 어슴푸레할 수밖에 없었다.

하지만 앞으로는 그것마저도 어려울 것 같았다. 저만치 굽어진 쪽으로 더 이상의 빛이 보이지 않았기 때문이었다.

“이런 답답아, 횃불이 왜 횃불이냐. 들고 다니라고 횃불 아니냐.”

공춘보는 대단한 거라도 발견한 사람처럼 석벽에 꽂혀 있는 횃불 하나를 쑥 뽑아 들었다. 사람들의 표정이 사색이 되었다. 공춘보는 그걸 감탄의 눈길로 오해하고 어깨를 으쓱거렸다.

“뭐 이 정도를 갖고.”

“이런 젠장, 아무거나 함부로 만지면 어쩌오!”

하풍달의 말이 끝나기가 무섭게 어디선가 기음이 들려왔다.

쿵, 꾸르르……!

여러 차례 죽을 뻔한 사람들은 작은 소리에도 극도로 민감하게 반응했다. 약속이나 한 듯 즉각 자세를 낮추는 것이었다.

소리는 계속해서 들렸다.

꾸르르르룽…….

고래의 뱃속에서 들리는 소리 같기도 하고, 지하 깊은 동굴 속에서 잠든 고대의 용이 깨어나는 소리 같기도 했다. 소리는 점점 커지고 빨라졌다. 동시에 사람들이 서 있는 동굴 천장에도 그 진동이 전달되었다.

꾸르르르르르르룽…….

"저쪽입니다!"

당진악이 소리치며 천장을 가리켰다.

정체를 알 수 없는 그 소리가 한차례 지나가고 난 뒤 돌조각이 우수수 떨어졌다. 후미에 있던 사람들은 천장이라도 무너지는 줄 알고 후다닥 자리를 피하기까지 했다. 하지만 돌조각 몇 개가 떨어졌을 뿐 아무 일도 일어나지 않았다.

소리는 점점 멀어졌다.

사람들이 안도의 한숨을 쉴 바로 그때 또다시 소리가 들렸다.

꾸르르르르르르르룽……!

"이번엔 앞쪽이오."

운룡이 외쳤다. 소리 또한 조금 전보다 훨씬 커졌다.

소리는 그렇게 멀어졌다 가까워졌다를 반복하며 사람들의 머리 위를 지나다녔다. 그러다 곧 끊이지 않고 이어져 동굴 전체를 울렸다.

"젠장, 저게 도대체 뭐야?"

공춘보가 천장을 비추며 말했다.

"뭔지 모르지만 당신이 불러들인 건 분명한 것 같군!"

남궁휘는 잔뜩 인상을 쓰더니 허리춤에 꽂아 둔 장검을 쑥 뽑아 들었다.

채앵! 채앵! 채앵!

남궁휘를 필두로 사람들 모두가 장검을 뽑아 들며 동혈 안에는 한바탕 살벌한 기운이 감돌았다. 사람들은 더욱 자세를 낮추고 언제 닥쳐올지 모르는 저 불길한 소리의 정체와 맞서 싸울 준비를 했다.

동시에 공춘보를 찢어 죽일 듯 노려보았다. 만약 이 난관을 벗어나지 못한다면 네놈부터 죽이겠다는 듯.

"꿀꺽. 내, 내가 뭘 어쨌다고."

"대사형, 어떻게 할까요?"

하풍달이 용악산에게 물었다. 사람들은 그 와중에도 저 사내라고 무슨 뾰족한 수가 있겠냐는 얼굴을 했다.

그런데 놀랍게도 용악산의 입에서는 단단한 목소리가 흘러나왔다.

"홍만, 선두에 서라."

"존명!"

줄곧 공춘보의 뒤통수를 노려보고 있던 채홍만은 두 말도 않고 사람들을 지나쳐 선두로 나갔다. 용악산은 다시 주변을 둘러본 다음 한 사내를 향해 말했다.

"형산파에는 통원장이라고 하는 대단한 장법이 있다지요?"

"그렇소만."

팔이 유난히 길고 삐쩍 마른 사내가 말했다. 용악산이 자신의 사문을 치켜세워 주자 눈동자에 은근히 힘도 들어갔다.

"실례지만 성취가 어느 정도 되는지?"

사내는 대답 대신 맞은편 석벽을 향해 일장을 뻗었다.

콰앙! 콰르르르…….

웅장한 소리와 함께 동굴이 울리더니 석벽의 한쪽이 우르르 무너졌다.

사내의 이름은 조궁기였다.

그는 태어날 때부터 팔이 남들보다 길었는데 이는 형산파의 무공을 익히기에 아주 적합했다. 결국 아홉 살에 형산파의 장문인 눈에 들어 적전제자가 되었다.

"이만하면 되겠소?"

"조금 모자라군요."

조궁기의 눈썹이 씰룩거렸다.

"무얼 하려는 건지 모르지만 장법에 관한한 여기 있는 사람들 중 내가 으뜸이라고 자부하오!"

상당히 오만한 태도임에도 불구하고 모여 있는 사람들 중 누구도 그걸 부정하는 사람은 없었다. 조궁기가 형산파 장문인의 적전제자인데다 상당한 기재라는 걸 알기 때문이었다.

"그렇다면 한번 믿어보지요. 뒤를 맡아주시오. 지금부터 전속력으로 달려가되 최대한 거리를 많이 확보해야 할 겁니다."

용악산이 말한 곳은 채홍만이 막고 있는 곳의 반대편, 즉 사람들이 지나온 뒤쪽의 동혈이었다.

“그다음엔 뭘 하면 되는 거요?”

“때가 되면 스스로 알게 될 겁니다.”

조궁기가 반신반의하면서도 즉각 뒤를 향해 달려갔다.

용악산에게서 느껴지는 무형의 기도가 형산파의 제자인 그를 절로 따르게 했다.

그동안에도 꾸르릉거리는 소리는 계속해서 들렸고 점점 가까워졌다. 사람들의 긴장감 또한 점점 팽팽해졌다. 반면에 용악산은 시종일관 침착함을 잃지 않았다.

그때 변검이 용악산에게 다가와 물었다.

“내가 도울 일은 없겠습니까?”

용악산은 잠시 변검과 시선을 마주치더니 말했다.

“부상자들의 앞을 지켜주겠소? 무엇을 할지는…….”

“기다려 보면 알겠지요.”

변검은 용악산이 말을 미처 끝내기도 전에 대답을 하고는 부상자들을 모아 뒤로 갔다.

“자룡, 그를 도와라.”

“알겠습니다.”

“난 뭘 하면 좋을까? 기왕이면 쉬운 걸로 했으면 좋겠는데. 아시다시피 내가 기력이 좀 딸려서 말이오.”

육포를 질겅질겅 씹으면서 다가온 사람은 설인봉이었다. 그는 도무지 긴장감이라곤 찾아볼 수 없었다.

“횃불이 하나 더 있으면 좋겠소만.”

“그거라면 쉽지.”

설인봉이 할랑할랑 걸으면서 횃불을 찾아 어디론가 사라졌다.

이쯤 되자 사람들의 관심은 온통 용악산에게로 쏠렸다.

지시를 하는 것이 상당히 구체적이어서 위험의 정체에 대해 무언가를 알고 있는 것 같았기 때문이었다.

하지만 용악산은 더 이상 설명을 해주지 않았다. 공춘보와 하풍달에게 몇 가지 당부를 하고는 적당히 자리를 잡는 것이 전부였다.

용악산에게서 무언가 희망을 발견한 몇몇 사람들이 각각 공춘보와 하풍달의 곁으로 가서 서거나 표자룡처럼 부상자들의 앞을 막아섰다. 하지만 그들 중에 명문대파의 후기지수는 없었다.

"저게 무언지 알면 서로가 도움이 되지 않겠습니까?"

당진악이 말했다. 용악산에게 아는 것만큼이라도 설명을 좀 해달라는 소리였다.

"나도 모르오. 안다고 해도 달리 방법도 없고."

"무언지 모르면서 방법이 없는 줄은 어떻게 안단 말이오?"

"이건 창룡전을 위한 관문이 아니오. 어떻게 된 건지 모르겠지만 우리는 지금 함정에 빠졌소."

"함정이 기관진식이라면 어딘가에 파훼 장치가 존재하지 않겠습니까?"

"파훼 장치는 없소. 이 관문은 처음부터 누군가를 잡기 위해 만들어졌소. 기관의 위력으로 볼 때 무척 고강한 사람을 잡으려 했던 것 같은데. 그를 보내줄 생각이 아니었다면 파훼 장치를 손이 닿는 곳에 두었을 리가 없지.”

이는 기과진식의 가장 간단한 이치였다. 즉, 수련을 목적으로 활로를 열어두는 기관진식과 누군가를 함정에 빠뜨리기 위해 활로를 처음부터 만들지 않는 기관진식의 차이다.

용악산은 후자라고 생각했고 창룡전이 끝까지 무림대회라고 믿는 다른 사람들은 전자라고 생각한 것이다.

당진악은 무언가 더 묻고 싶었지만 물을 수가 없었다.

언제부턴가 창룡전이 잘못되었다는 것, 그리고 이 기관이 누군가를 잡기 위한 것이라는 용악산의 말에 그 역시 공감하고 있었기 때문이다.

분위기가 어색한 가운데 침묵이 흘렀다.

그사이에도 소리는 점점 커지고 또렷하게 들렸다. 굳이 듣고 자시고할 것도 없이 땅을 딛고 선 발바닥을 통해 동굴 전체의 진동이 느껴졌다.

무언가 엄청난 것이 다가오고 있는 것이다.

“우리가 무얼 하면 되겠습니까?”

당진악이 다시 물었다. 설명 대신 명령을 해달라는 소리였다. 조금이라도 도움이 될 수 있도록.

“내가 신호를 주면 저 친구를 도와주시오.”

용악산이 말한 저 친구는 채홍만이었다.

“그게 답니까?”

“그렇소.”

당진악은 담백한 성격이었다. 그는 두말 않고 채홍만의 뒤에 가서 섰다. 품속에서 교룡의 가죽으로 만든 수투를 꺼내 착용한 것이 그가 준비한 전부였다.

잠시 후에는 황보충이 당진악의 옆에 섰다. 그는 부친으로부터 하사받은 보검을 단단히 움켜쥐고 일도양단의 자세를 취했다. 여차하면 벼락을 뿜어낼 기세였다.

이어 운룡이 가세했다. 뒤를 이어 그동안 특별히 목소리를 내지 않으면서도 모용광이나 남궁휘에 비해 모자라지 않는 실력을 보이던 공동, 점창, 종남 등의 후기지수들과 그 외 신분을 알 수 없는 몇몇 사람들도 가세했다.

가장 마지막엔 남궁휘와 모용광도 그 대열에 합류했다. 줄곧 남궁휘와 모용광이 주도하던 상황의 무게중심이 용악산으로 옮겨지는 순간이었다.

꾸르르릉! 꾸르르릉! 꾸르르릉!

소리는 이제 천둥만큼 커졌고 동굴 전체가 지진이라도 난 것처럼 흔들릴 정도로 진동이 느껴졌다.

동굴의 앞쪽을 향해 시선을 주고 있는 사람의 긴장감은 이루 말할 수가 없었다. 용악산에게 무언가를 묻고 싶어 죽을 지경이었지만 꾸욱 참았다.

듣도 보도 못한 금룡문의 쭉정이 따위에게 목숨을 맡긴 것만도 자존심이 상하는 일인데 더 이상은 못난 꼴을 보이고 싶지 않았다.

그때 강력한 돌풍과 함께 먼지가 사람들의 얼굴에 '혹' 하고 와 닿았다. 동굴 안쪽 어둠 속으로 불어오는 바람이었다.

"춘보! 횃불을 앞으로 던져라!"

화라라라라락!

용악산의 명령에 공춘보가 횃불을 앞으로 던졌다. 횃불이 기다란 꼬리를 만들며 날아갔다.

순간 사람들은 천둥소리의 정체를 알아차렸다. 높이가 석 장이나 되는 동굴을 꽉 채우며 덮쳐 오는 거대한 바위 덩어리!

"으아악! 젠장!"

공춘보의 비명 소리는 들리지도 않았다. 바위 덩어리를 본 사람들이 저도 모르게 흠칫 놀라 뒷걸음질을 쳤다.

"다들 자리를 지켜!"

용악산의 사자후가 굉음을 뚫고 동굴 안을 쩌렁쩌렁 울렸 다.

사람들은 한순간 뇌를 진탕당하는 충격을 느끼며 정신을 차 렸다.

확실히 도주를 하기엔 늦었다.

형산파의 조궁기로 하여금 뒤쪽을 맡게 했다는 것에 생각이 미친 것이다. 뒤로 도주해 봐야 거기서도 바위 덩어리와 맞닥 뜨리게 될게 자명했다.

그쪽은 오히려 조궁기 혼자니 더욱 위험했다. 제아무리 무 공이 강한 들 누가 저 바위 덩어리를 멈추게 할 수 있을 것인 가. 얼핏 보아도 족히 수천 근은 나갈 듯싶은데.

그때 용악산이 소리쳤다.

"홍만, 지금이야!"

"우아아아아악!"

콰앙!

괴성을 지르며 달려간 채홍만이 두 손으로 바위 덩어리를 쳤다. 장법이 아니라 그냥 두 손으로 바위 덩어리를 막아내는 것이었다.

무식하기 짝이 없는 짓이었다. 어지간한 전각 정도는 한 번 구르는 것으로 초토화시켜 버릴 것 같은 저 거대한 바위를 어떻게 사람의 힘으로 막는단 말인가.

그런데 믿지 못할 일이 벌어졌다. 바위가 한순간 주춤 하더니 그대로 멈춘 것이다.

"휴우, 하마터면 육포가 될 뻔했네."

공춘보가 이마에 흐르는 땀을 닦으며 한숨을 토해냈다.

"그런데… 왜 소리가 끊어지지 않지?"

그 말이 채 끝나기도 전에.

쫘아앙!

엄청난 굉음과 함께 채홍만의 몸이 한 순간 튕겨 나갔다.

동시에 바위가 다시 사람들을 향해 굴러오기 시작했다.

바위는 하나가 아니었던 것이다. 여기서는 보이지 않지만 또 다른 바위가 동굴 속 저편에서 굴러와 처음의 바위와 부딪쳐 충격을 준 것이다.

채홍만이 서둘러 바위에 붙었지만 조금씩 밀리고 있었다.

목과 팔의 핏대가 철사 줄처럼 툭툭 불거졌다. 당진악을 비

롯한 사람들이 고개를 돌려 용악산을 보았다. 자신들이 나서
야 할 때가 지금이 아닌지 묻고 있는 것이다.

하지만 용악산은 정좌를 한 상태에서 공력을 끌어 모으고
있었다.

"이 상황에서 도대체 무얼 하는 건지……."

운룡이 차마 묻지는 못하고 혼잣말을 했다.

그 와중에 세 번째 바위가 굴러와 부딪쳤다.

"우어어어억!"

채홍만은 다시 한 번 기합을 터뜨리며 그 무지막지한 힘에
맞섰다. 이번엔 손으로 민 것이 아니라 몸을 재빨리 바꿔 등으
로 바위를 받아내고 있었다.

강철같은 다리는 바닥을 파고들었고 얼굴엔 핏줄이 터질 것
처럼 부풀어 올랐다. 그의 근육도 덩달아 부풀어 올라 옷자락
이 투둑 소리를 내며 찢어지고 있었다. 사람들은 거구의 신장
이 뿜어내는 엄청난 완력에 기가 질렸다.

그때 용악산이 외쳤다.

"그를 도와주시오!"

사람들이 기다렸다는 듯이 달라붙었다. 동굴 저편에서 바위
덩어리가 구르는 소리는 계속 이어졌고 쉬지 않고 달려와 충
격을 주었다.

벌써 몇 개째인지 모른다. 아마 스무 개는 붙은 것 같았다.

바위 하나의 무게를 오천 근으로만 잡아도 스무 개면 십만
근이다.

도저히 사람의 힘으로 버텨낼 수 있는 무게가 아니었다. 하지만 바위에 깔려죽지 않기 위해 사람들은 젖 먹던 힘까지 쥐어짰다.

이 순간 창룡전도 잊고 경쟁자도 잊었다. 숟가락 들 힘이라도 남아 있다면 아끼지 말고 보태야 했다. 일시에 이십여 명이 끌어올리는 필생의 공력으로 동혈 안의 공기는 숨 막힐 듯 무거워졌다.

그때쯤에는 조궁기가 달려간 동혈의 뒤쪽에서도 '쾅쾅' 하며 폭발 소리가 연이어 울려 퍼졌다. 후미를 맡고 있는 조궁기가 굴러오는 바위 덩어리를 향해 장법을 펼치고 있는 것이다.

"혼자는 힘들 거요. 종남의 벽운천강수(碧雲天剛手)와 공동의 현명신장(玄冥神掌)이라면 도움이 될 거요!"

용악산의 말이 떨어지기가 무섭게 두 사내가 조궁기가 있는 곳으로 바람처럼 신형을 날렸다.

그들이 어둠 속으로 사라지자마자 세 개의 각기 다른 천둥소리가 번갈아 울려 퍼졌다.

사람들은 형산, 종남, 공동의 후기지수들이 펼치는 장법이 생각보다 위력적이어서 상당히 놀랐다. 한데 그 소리가 너무 가까이서 들렸고 지금도 계속 가까워졌다.

앞에서는 채홍만을 비롯한 사람들이 밀리고 뒤에서는 조궁기와 황보충이 밀렸다.

묘한 것은 이 상황에서 십청룡이라 불리는 남궁휘와 모용광이 별다른 도움이 되지 못한다는 사실이었다. 그들이 할 수 있는 건 채홍만을 도와 최대한의 공력으로 거대한 바위와 맞서는 것뿐이었다.

급기야 뒤에서 돌조각들이 우수수 날아오기 시작했다.

몇 차례 폭발음이 지나가고 난 후 뒤쪽 동혈 속으로 달려갔던 조궁기와 종남, 공동의 후기지수들이 모습을 드러냈다.

그들은 가장 처음 굴러온 바위조차 부수지 못하고 겨우 굴러오는 속도만 늦추었을 뿐이었다. 그마저도 지금은 점점 밀리는 중이었다.

옷자락은 반탄 되어 오는 강기와 돌조각에 갈가리 찢겨진 상태였다. 무언가 이상함을 느낀 당진악이 수투를 낀 손으로 바위를 쳤다.

깡깡!

불꽃을 튀기며 표면만 약간 부서질 뿐 아무 소용이 없었다.

남궁휘도 모용광도 일생의 공력을 끌어올려 도검으로 바위를 갈라보았지만 길게 불꽃만 일으킬 뿐이었다.

"어림없지. 단단하기가 이를 데 없는 청강석(靑鋼石)이야. 저 바위를 녹여 얻은 쇳물로 소위 말하는 청강장검(靑鋼長劍)을 만들지. 소림의 불공(不恐) 대사가 나타난다면 또 모를까. 그전엔 어림없지."

어디서 구해왔는지 마지막 남은 횃불을 치켜들고 있는 설인봉이 말했다. 사람들은 당황한 나머지 그가 은연중에 하대를 하고 있다는 것도 인식하지 못했다.

불공 대사는 현 시대에 장법으로 가장 강한 사람이었다. 장

강이 범람해 한 마을이 수장될 위기에 처했을 때 그가 백장 높이의 거대한 절벽을 쪼개 물길을 열어준 일화는 지금도 강호의 전설처럼 내려온다.

설인봉은 지금 바로 그 불공 대사라야 겨우 저 바위들 중 하나를 부술 수 있다고 하는 것이다.

그때쯤엔 뒤쪽과 앞쪽의 거리가 불과 십여 장으로 좁혀진 상태였다. 이대로 가다간 앞과 뒤에서 밀려드는 집채만 한 바위에 전원이 압사당할 상황.

"지금 이 상황에서 무슨 운기행공이오!"

참다못한 운룡이 용악산을 향해 버럭 소리를 질렀다.

상황이 한 치 앞을 예측 할 수 없는데도 불구하고 팔자 좋게 운기행공만 하고 있는 용악산이 답답한 것이다. 그 말을 하는 순간에도 사람들의 발은 점점 밀려서 이제 불과 대여섯 장을 남겨두고 있었다.

이제는 촌각을 다투었다.

지금 당장 무슨 수를 내지 않으면 모두가 이곳에서 목숨을 내놓아야 했다. 그것도 무인으로서는 치욕스럽기 짝이 없게도 바위에 깔려서.

그때 용악산의 옷자락이 잔뜩 부풀어 올랐다.

머리카락은 하늘로 솟구쳐 나풀거렸고 자줏빛 광채가 전신을 에워쌌다.

"헛! 저, 저게 뭐지!"

사람들의 표정이 경악으로 물들었다. 설인봉의 눈동자에도 기광이 어렸다. 그 순간 용악산의 입에서 일갈이 터졌다.

"홍만! 비켜라!"

명령은 채홍만에게 했지만 모두가 신형을 날렸다. 사람들이 쫙 갈라지고 그사이로 사이로 용악산이 빛을 뿌리며 달려갔다.

저지하고 있던 힘이 사라지자 십만 근의 바위 덩어리들이 태산이 무너지듯 덮쳐 왔다. 용악산을 에워싸고 있던 자줏빛 광채는 두 주먹으로 모이고 있었다. 순간, 빛 덩어리는 서산을 넘기 직전의 광명(光明)처럼 붉은 황금빛으로 변했다.

황금빛 덩어리가 그대로 바위를 향해 충돌했다.

쿠아아아아아아앙!

천지를 진동하는 가공할 힘이 동굴 전체로 전해졌다.

벽운개산(劈雲開山)!

구름을 쪼개고 태산을 가른다.

천마신교 십대비기 중 하나인 아수라파천장(阿修羅破天掌)의 백 번째 초식이었다.

물론 여기 있는 사람들이 그것을 알아볼 리는 없었다.

아수라파천장은 이미 오십 년 전 실존된 무학으로 마도의 고위급 인사들조차도 그 행방을 몰랐으니까.

그럼에도 불구하고 십대비기 중 하나로 전해지는 것은 그 이름이 지닌 위력과 상징성 때문이었다.

주위가 쥐 죽은 듯 고요해졌다.

바위는 아무런 변화가 없었다. 채홍만이 대초자곤으로 내려

치기 직전까지는

꽈아앙! 푸쉬쉬쉬…….

형산, 공동, 종남의 후기지수들이 필생의 공력을 쏟아 부어
도 꿈쩍 않던 바위가 대초자곤 한방에 썩은 두부처럼 부서졌
다. 다음 바위도 그다음 바위도 모두 산산조각이 난 상태였다.

형체가 있는 만물은 예외 없이 결을 가지게 되어 있다. 인간
의 신체로 따지면 근육이나 피부 곳곳에 거미줄처럼 퍼져있는
핏줄과도 같은 것인데 용악산은 그 결을 통해 강력한 경력을
방사한 것이다.

"격산타우(隔山打牛)! 세상에, 완벽한 벽공장(劈空掌)이
야!"

당진악의 입에서 탄성이 터져 나왔다.

장법이든 권법이든 적에게 타격을 가할 때 공력을 모아 위
력을 배가시키는 것을 발경(發勁)이라 한다.

벽공장은 벽을 쳐서 건너편의 대상에게 발경의 힘이 미치도
록 하는 장법의 한 갈래를 일컫는 말이었다. 격산타우는 산을
쳐서 건너편의 소를 쓰러뜨린다는 뜻으로 벽공장의 최고 경지
를 일컫는 일종의 비유적인 수사였다.

그 응축된 공력이 얼마나 깊어야 저런 발경이 나올 것인가.

사람들은 용악산을 무슨 괴물 쳐다보듯 했다.

황보충의 뇌진검을 받아낸 표자룡과 엄청난 용력의 소유자
채홍만, 그리고 이제는 태산이라도 무너뜨릴 것 같은 저 용악
산이라는 괴물까지.

사람들은 금룡문에 대한 인식이 완전히 바뀌었다.

어쩌면 금룡문의 제자들이야말로 창룡대전의 가장 완벽한 우승 후보일지 모른다.

가장 충격을 받은 사람들은 형산, 종남, 공동의 후기지수들이었다. 특히 조궁기는 자신의 장법 통원장에 대한 자부심이 대단했다. 한데 자신은 금룡문의 장제자에 비하면 그야말로 어린애의 따귀 수준이지 않은가.

그리고 그들보다 더 충격을 받은 사람은 남궁휘와 모용광이었다. 장법과 권법이 다르고 검법과 도법이 다른 것처럼 장법이 강하다고 꼭 무공이 높다고는 할 수 없었다.

장법이 약해도 검법이 고절하면 실전에서 능히 이길 수 있는 것이다. 지금의 상황은 검법보다는 장법이 유용했고 그것이 적중했다고 스스로를 위로했지만 엄청난 위력 앞에 주눅이 드는 것은 사실이었다.

"곧 동굴이 무너질 거요!"

하풍달이 말을 하자 사람들은 충격에서 빠져나왔다.

뒤에서는 아직도 바위 덩어리가 굴러오고 있었다.

사람들은 너나 할 것 없이 부서진 바위를 밟으며 나아갔다.

앞서간 채홍만이 대초자곤으로 바위를 부수며 길을 내면 다른 사람들이 따라가는 식이었다.

"젠장. 도대체 어떤 놈을 잡으려고 이렇게 무시무시한 기관을 설치한 거야!"

마침내 바위를 모두 뚫고 나온 공춘보가 하얗게 날리는 돌가루를 휘저으며 말했다.

"독행천괴!"

설인봉이 말했다.

"예? 그 괴물은 오래전에 비명횡사했다고 하던데."

공춘보도 독행천괴에 대한 소문은 알고 있었다.

강호인이라면 고금을 통틀어 가장 괴상한 기인을 모를 리가 없었다. 성정은 괴팍하기 이를 데 없고 무공 또한 십대고수들만큼이나 강해서 아무도 건드리지 못했던 사람, 완벽한 자유인.

설인봉에게서 이제는 전설 속으로 사라져 버린 전대의 고수에 대한 이야기가 흘러나오자 사람들의 시선이 모아졌다.

"그러니까 삼십 년 전에 말이야. 삼십 년 전에 무림맹주가 독행천괴를 잡으려고 장장 삼 년에 걸쳐 이 동혈을 만들었지. 이름이 구음멸관이라고 하던가?"

"아니, 그런데 왜 우리가 여기로 들어온 거요?"

"신비검객을 찾기 위해서."

설인봉의 입에서 신비검객이라는 말이 직설적으로 흘러나왔다. 모두들 여기 있는 사람들 중 누군가가 신비검객일 거라고 믿고 있었다.

하지만 그것을 먼저 입 밖으로 꺼내는 사람은 없었다. 왠지 그 이름을 언급해서는 안 될 것 같았다. 아니, 언급하고 싶지 않았다.

할 수만 있다면 피하고 싶은 것이 솔직한 심정이었다.

강북에서 펼쳐진 십여 개의 무림대회를 석권하는 것은 결코 쉬운 일이 아니다.

누군지 모르지만 이미 후기지수의 차원을 넘어선 대단한 고수임에 틀림없었다.

어쩌면 소림이나 무당, 화산 등에서 제자들을 파견하지 않은 것도 그자와 부딪치는 것이 부담스러워서가 아니었을까?

무림의 태산북두라는 그들이 일개 무명검객에게 쓰러진다면 그처럼 망신스러운 것이 없었다.

"신비검객을 찾는 것과 우리를 이곳으로 유인하는 게 무슨 상관… 서, 설마, 신비검객을 잡으려고?"

"그렇지. 그가 누구인지 모르지만 무림맹에서 단단히 벼르고 있는 것 같더군."

설인봉은 말을 하면서 주변을 한 바퀴 쓰윽 둘러보았다.

"이런 제기랄. 그럼 그 한 사람 때문에 우리가 모두 죽을 뻔했단 말이오!"

공춘보가 소매를 걷어붙이며 씩씩거렸다.

사람들 역시 곁에 있는 사람들을 살피느라 정신이 없었다. 운룡을 비롯한 신분이 확실한 명문대파의 사람들에게도 시선은 쏟아졌다.

"설마 내가 누군지 모른다는 거요?"

운룡은 불쾌한 기색을 숨기지 않았다.

"신비검객은 역용의 대가라더군. 강북에서 열린 무림대회의 심사관들은 모두 강호의 내로라하는 고인들이었지. 그들의 예리한 안목을 통과한 것만으로도 그건 증명이 되지. 뿐만 아니라 우승을 한 다음에는 군중들 속에 숨어들어 귀신같이 사라졌다고 하더군."

설인봉이 말했다. 그는 어느 순간부터 은근슬쩍 하대를 하고 있었다.

"무슨 말을 하고 싶은 거요?"

"그런 솜씨를 지닌 자라면 가짜 무림맹주 노릇도 할 걸. 하물며 일개 문파의 애송이쯤이야……."

"방금… 뭐라고 했지?"

운룡의 눈동자에서 화염이 줄기줄기 뻗어 나왔다.

"애.송.이.라고 했다, 이 애송아."

채앵!

운룡의 허리춤에서 시퍼런 예광을 토해내는 보검이 뽑혔다.

설인봉의 여유 만만한 태도가 범상치 않음을 알아차린 모용광이 재빨리 운룡을 막아서며 물었다.

"당신은 누구요?"

대답은 엉뚱한 곳에서 들려왔다.

"독행천괴!"

용악산이었다.

사람들의 표정이 썩어 문드러진 것처럼 일그러졌다.

독행천괴가 왜, 무엇 때문에 지금 이곳에 있단 말인가. 그리고 그게 설인봉이라니.

저만치 앉아 있던 용악산이 스윽 몸을 일으키며 말을 이었다.

"이곳의 이름이 구음멸관이었군요."

사람들의 눈동자는 이제 믿을 수 없을 만큼 튀어나왔다.

"껄껄껄. 범상치 않다는 건 알았지만 과연 대단한 눈썰미군 그래."

설인봉, 아니, 독행천괴가 말했다.

좀 겉늙어 보이기는 하지만 그래도 중년 이상으로 보기 힘든 외모에서 노인의 걸걸한 목소리가 흘러나오자 사람들은 적잖게 놀랐다.

"이제 노선배께서 왜 이곳에 있는지를 설명해 주셔야겠습니다."

용악산이 말했다. 사람들의 시선이 용악산과 독행천괴를 번갈아 향했다.

"맹주와 내기를 했지."

"맹주께서 당신을 이곳에 보냈단 말씀입니까?"

"빌어먹게도 그런 셈이지."

여기저기서 놀란 목소리가 터져 나오는 사이 용악산이 다시 물었다.

"그 내기란 다름 아닌 신비검객을 찾는 것이겠군요."

"껄껄껄. 역시 한마디를 하면 열 마디를 알아듣는군. 삼십 년 전 맹주와의 내기에 진 나는 앞으로는 일절 강호에 모습을 드러내지 않기로 했지. 하지만 이번에 창룡전이 끝나기 전에 신비검객을 찾아낸다면 맹주는 그 결계를 풀어주기로 했다네.”

“창룡전은 아직 끝나지 않았는데 이미 정체를 드러내신 이유는?”

“껄껄껄. 내 정체는 내가 드러낸 것이 아닐세. 자네가 찾아냈지.”

“선배께서 진정으로 감추고자 했다면 제가 어찌 찾아냈겠습니까?”

“자네 정말 여우로군. 좋아. 기왕 이렇게 된 거 솔직히 말을 하지. 사차 관문은 다들 알다시피 비무야. 그때가 되면 신비검객도 정체를 드러낼 수밖에 없겠지. 제아무리 재주가 많아도 일대종사들의 눈을 속일 수는 없거든. 즉, 그때는 무공이 높은 그 빌어먹을 맹주가 나보다 먼저 신비검객을 찾아낼 수도 있다는 거지. 그게 바로 내가 여기서 반드시 신비검객을 찾아야 하는 이유며 신분을 드러낸 이유다. 껄껄껄.”

독행천괴는 한바탕 웃고 나더니 곧 무서운 얼굴로 사람들을 쏘아보았다.

“자, 이제 묻겠다. 너희들 중 누가 신비검객이냐?”

“이미 정체를 밝혔으니 더욱 찾기 어려울 것 같습니다만.”

용악산이 말했다.

“후후, 과연 그럴까?”

독행천괴는 말을 하더니 뒷짐을 지고는 사람들을 지나쳐 저

만치 걸어가 동혈의 한가운데를 턱하니 막아섰다. 그의 품속
에서 독문병기인 백골구비조(白骨九飛爪)가 튀어 나온 것도 동
시였다.

　주먹만 한 쇠뭉치에 강철 발톱 아홉 개를 숭숭 박아 놓고 던
지는 일종의 암기인데 갈고리에는 강사가 묶여 있어 던지는
즉시 회수할 수 있었다.

　독행천괴가 뿌리는 백골구비조는 하늘 아래 가장 빠른 병기
였다. 독행천괴가 천하를 주유하던 시절 북방의 달단에서 조
총(鳥銃)이라는 신식 무기를 지닌 아라사(俄羅斯:러시아)의 장
교 열 명과 맞닥뜨린 일이 있었다. 그때 독행천괴는 열 개의
조총이 불을 뿜기도 전에 놈들의 머리통을 모두 날려 버렸다
고 전해진다.

　백골구비조를 보는 순간 사람들은 비로소 기행이라는 측면
에 가려져 있던 독행천괴의 위험성을 깨달았다. 독행천괴는
천성이 잔인하지는 않았지만 오히려 그 보다 더욱 위험한 장
난기가 있었다.

　"지금부터 한 명씩 나의 십초식을 받아낸다. 그때까지 견디
는 자는 그대로 통과시켜 주지."

　독행천괴의 손에서 백골구비조가 윙윙 소리를 내며 돌았다.

　그는 십 초식이면 신비검객의 정체를 알아낼 수 있다고 생
각하는 것 같았다.

　"신비검객의 사문을 모르는 상태에서 어떻게 정체를 알아
낸다는 겁니까?"

이번엔 남궁휘가 물었다.

"다행히 내겐 놈이 익힌 무공에 대한 한 가지 정보가 있지. 맹주가 슬쩍 귀띔을 해준 것인데. 큭큭큭. 맹주가 실수를 한 거지."

"그게 무엇입니까? 아, 말씀을 해주지 않으시겠군요. 그가 알면 그 무공을 펼치지 않을 테니까 말입니다."

"천만에, 가르쳐 줄 수 있다. 난 놈이 그 무공을 펼치지 않을 수 없도록 손속에 인정을 두지 않을 테니까."

"하면……?"

"금강대천종(金剛大天宗)!"

"서, 설마 불사지체(不死之體)!"

당진악의 입에서 경악성이 흘러나왔다.

사람들은 강호에 떠도는 한 가지 전설을 기억해 냈다.

서장의 고산지대에 동굴을 암자로 삼아 수도를 하는 신비로운 밀교가 있어 그곳의 승려들은 천 년이 지나도 죽지 않는 불사의 몸을 지녔다. 어떤 도검으로도 상처를 낼 수 없으며 어떤 독으로도 죽일 수 없으니 그들이 익히는 무공을 금강대천종이라고 한다.

물론 전설을 모두 믿을 수는 없다. 하지만 분명 엄청난 신공임에는 틀림없었다.

사람들은 놀라지 않을 수 없었다. 뜬금없이 독행천괴가 나타난 것만으로도 놀라운 일인데 자신들 중 신비검객이 있고 그가 밀교의 비공까지 익혔다니.

그 말이 사실이라면 강북의 무림대회를 석권한 것도 무리는 아니었다.

"난 모용세가의 핏줄입니다. 설마 나처럼 신분이 확실한 사람들도 시험을 하시겠다는 겁니까?"

모용광이 앞으로 나섰다.

"후후. 오대세가에서 무언가 흉계를 꾸미고 신비검객을 만들지 않았다는 보장도 없지. 맹주는 뭔가를 알고 있는 것 같은데 그것까지 알려주지는 않더란 말이지."

"그게 무슨……!"

모용광이 주먹을 불끈 쥐었지만 감히 저항을 하지는 못했다.

독행천괴는 그가 감히 맞설 수 있는 상대가 아니었다.

그때,

두웅… 두웅… 두웅… 두웅… 두웅!

다섯 번의 북소리가 울렸다. 여섯 번의 북소리가 울리면 출구가 열리면서 창룡전의 삼차 관문이 끝이 난다. 시간이 얼마 남지 않은 것이다.

"후후. 너희들에겐 시간이 별로 없는 것 같구나. 자, 누구부터 시작을 하겠느냐!"

독행천괴의 눈동자에서 살을 에는 듯한 광망이 줄기줄기 흘러나왔다. 더불어 백골구비조는 기음을 토해내며 더욱 강맹한 속도로 회전했다. 당장에라도 누군가의 얼굴을 향해 날아가 그대로 짓이겨 버릴 것만 같았다.

신비검객으로 하여금 금강대천종을 펼치게 만들려면 그는 손속에 사정을 두지 않을 것이다. 즉, 독행천괴는 여기 있는 사람들 모두를 죽음 직전까지 몰고 갈 것이다.

죽지 않는다면 다행이고 살아남아도 중상을 면치 못할 것이다. 일이 어쩌다가 이 지경까지 되었는가. 사람들은 두려움에 떨었다.

그때 용악산이 말했다.

"시간이 없기는 피차 마찬가지인 것 같습니다만……."

"무슨 말이지?"

용악산이 미처 대답을 하기도 전에 동굴 천장에 금이 가는가 싶더니 안쪽에서부터 천장이 무너지기 시작했다.

꾸르릉, 쫘광, 꽝!

"어쩌시겠습니까? 계속 거기서 흉악한 물건을 돌리고 계실 겁니까? 아니면 함께 깔려 죽겠습니까?"

천장이 무너지면서 이젠 동굴 전체가 흔들리고 있었다.

"젠장, 네놈이 벽공장을 쓴 탓이다!"

독행천괴는 결국 자리를 비켜주고 말았다.

사람들은 계속해서 달렸다.

뒤에서는 천장이 파도처럼 무너지며 사람들을 맹추격했다. 마치 그대로 집어삼킬 것처럼.

얼마나 달렸을까. 커다란 석회암 동굴이 나타난다 싶더니 천장에 바늘처럼 뾰족한 종유석이 가득했다. 천장이 무너지면서 그것들은 사람을 위협하는 흉기가 되었다.

그때 앞서 가던 당진악이 다급하게 외쳤다.

"빛입니다. 앞쪽에 빛이 있습니다."

사람들의 시선이 모두 그가 가리키는 방향으로 향했다.

불빛이었다. 주먹만큼이나 작아 처음엔 횃불처럼 보였지만 자세히 보면 횃불이 아니었다. 일렁이지도 않고 붉은 기운도 느껴지지 않았다. 그건 햇빛이었다.

지긋지긋한 구음멸관의 관문이 끝나가는 것이다.

동시에 사람들의 머릿속에는 잠시 잊고 있었던 투지가 되살아났다. 너나 할 것 없이 출구를 향해 신형을 날렸다.

천장이 무너지기 전에. 혹은 다른 사람들보다 빨리 창룡전의 삼차 관문을 통과하기 위해 마지막 남은 한줌의 공력까지 끌어올려 전력 질주를 했다.

곳곳에 종유석이 숲의 나무처럼 빽빽한 공간에서 이십여 명이나 되는 사람이 전력 질주를 하는 것은 쉽지 않았다.

경공에 자신이 있는 사람들은 벽을 타고 달렸다.

이때는 모용광과 남궁휘의 실력이 유감없이 발휘되었다. 특히 운룡은 가히 독보적이었다.

이래서 무공은 한 가지만으로 사람을 평가할 수 없는 것이다.

조금 전 장법으로 위력을 떨쳤던 형산, 공동, 종남의 후기지수들은 상대적으로 모용광이나 남궁휘 등에게 경공에서 밀렸다. 그러나 이대로 달리기만 한다면 그들이 창룡전의 삼차 관문을 통과하는 것은 어렵지 않아 보였다.

사람들이 달리는 소리가 동굴을 진동시켰다. 그러다 갑자기 약속이나 한 듯 모두가 걸음을 멈추었다. 동굴의 진동이 심상치 않았다. 사람들이 달리는 앞쪽의 천장이 갈라지기 시작했다.

쩌저저적!

천장의 갈라짐은 번개처럼 갈 지(之) 자를 그리며 사람들이 서 있는 곳을 지나 점점 뒤로 번졌다.

그리고 그 갈라짐이 향하는 방향에 커다란 석주(石柱)가 있었다. 천장과 바닥이 맞닿아 동굴 전체를 떠받치고 있는 기둥처럼 보이는 석주.

사람들은 설마 하는 눈빛으로 석주를 바라보았다.

석주는 석회를 머금은 물이 수만 년 동안 떨어져 생성된 돌기둥을 말한다. 즉, 석주보다 동굴이 먼저 생겨났다는 소리다. 그런데 석주가 무너진다고 동굴이 일시에 무너질까?

우려는 현실이 되었다.

꾸구구구궁.

석주의 귀퉁이가 떨어져 나가면서 동굴의 무너지는 속도가 배가됐다.

"뛰엇!"

모용광이 짧게 소리쳤다.

사람들은 또다시 질주를 시작했다. 튼튼한 두 다리에 목숨이 달려 있었다. 사문에서 익힌 경공에 사활을 걸어야 했다.

그때 돌발 상황이 발생했다. 창에 발등을 뚫리는 부상으로 경공을 제대로 펼칠 수 없는 무인들 몇 명이 뒤로 쳐졌는데 천장이 무너지면서 고립될 위기에 처한 것이다. 저대로 두면 수억만 근의 바위 덩어리에 깔려 압사당하고 말 상황.

용케 삼차 관문까지 살아남았는데 여기서 죽게 생긴 것이다.

앞서 가던 사람들이 잠시 망설였다.

고립된 사람들을 구하러 가기에는 너무 늦었다.

전력 질주를 하다 보니 저만치 보이는 출구의 햇빛도 이제는 보름달만큼이나 커져 있었다. 이대로 촌각 정도만 달려가면 삼차 관문을 통과하는 것이다.

창룡전의 우승에 대한 욕심과 사람을 구해야 한다는 인간적인 감정 사이에서 사람들은 갈등했다.

사람들의 갈등은 오래가지 않았다. 남궁휘와 모용광이 한차례 굳은 표정을 보인 후 돌아섰다. 그들의 선택은 다른 이들의 경쟁심을 자극했다. 죄책감도 나누었다.

너도나도 등을 돌리더니 달리기 시작했다. 일단 돌아서자 더 이상의 망설임은 없었다.

앞서 가던 무리들 중에는 용악산 일행도 있었다.

"너무 늦었네, 어서 가지!"

독행천괴가 용악산을 향해 소리를 질렀다.

그 순간 한 사내의 외침이 귀청을 파고들었다.

"살려주시오! 부탁이오!"

고립된 사람들 중 한 명이 집채만 한 바위에 하체를 깔려 옴짝달싹못하고 있었다. 엎친 데 덮친 격으로 그의 머리 위에서는 거대한 종유석이 흔들리고 있었다.

"홍만! 천장을 떠 받쳐라!"

용악산의 입에서 믿을 수 없는 말이 터져 나왔다.

무너지는 천장을 받치라니. 수천수만 근은 족히 될 터인데 저걸 사람의 힘으로 떠받치라고? 그런데 채홍만은 불복이라고는 모르는 사람처럼 우렁차게 대답했다.

"존명!"

마치 수하가 주인을 대하듯 대답한 채홍만은 믿을 수 없는 빠르기로 달려갔다. 사람들이 고립된 곳으로 달려간 채홍만은 두 다리를 굳건히 버티고 서서 양쪽 어깨로 무너져 내리는 천장을 받았다.

그의 무릎이 한순간 살짝 구부러지는가 싶더니 다시 펴졌다.

무너져 내리던 천장이 주춤했다. 채홍만의 전신에 핏줄이 튀어나오고 얼굴은 괴물처럼 일그러졌다.

"자룡, 천장의 종유석을 제거하라! 춘보, 풍달 사람들을 구해라!"

용악산의 두 번째 명령이었다.

표자룡은 사람들이 고립된 곳으로 비호처럼 몸을 날렸다.

공춘보와 하풍달도 뒤를 따랐다. 먼저 도착한 것은 표자룡이었다. 그는 막 바위에 깔린 사내의 머리 위로 떨어지려는 종유석을 향해 측각을 날렸다.

'콰앙' 소리와 함께 종유석이 돌가루가 되어 우수수 떨어졌다. 한발 늦게 도착한 공춘보와 하풍달이 천장에서 떨어지는 종유석들을 쳐내며 부상당한 사람들을 구해냈다.

표자룡은 바위에 깔린 사내의 양팔을 잡고 꺼내려 했지만 소용없었다. 커다란 바위가 꿈쩍을 하지 않았다. 채홍만이라도 있으면 바위를 번쩍 들어 올릴 텐데, 그는 지금 무너지는 천장을 받치느라 여념이 없었다.

그의 무릎은 점점 굽혀지고 있었고 옷가지는 부풀어 오른 근육으로 모두 터졌다. 그때 또 한 사람이 달려와 바위를 들기 시작했다.

변검이었다.

"사지를 함께 지나온 동료를 버리다니. 정파 놈들이란 어쩔 수 없지 않소?"

"……?"

표자룡이 묘한 눈빛으로 변검을 보았다.

그사이 용악산은 자신이 서 있는 곳에서 신형을 솟구쳤다.

목표는 사람 허리통만큼이나 두꺼운 석주의 윗부분. 거무튀튀하게 변한 용악산의 수도가 천장과 맞붙은 석주를 정확히 후려쳤다.

천마파천수(天魔破天皇手)!

수도(手刀)에 관한한 상대할 만한 무공이 없다는 대종사의 숨은 절학이다. 급박한 순간에 용악산은 마도의 비공을 출수

한 것이다.

짜앙!

천지가 진동하는 듯한 굉음이 울리면서 높이 십 척에 달하는 거대한 석주가 쓰러졌다. 용악산은 쓰러지는 석주를 허리에 끼고 계속해서 무너지고 있는 앞쪽의 천장에 괴었다.

앞과 뒤쪽의 천장이 모두 무너지고 있기 때문이었는데 이는 고립된 사람들과 그들을 구한 사형제들이 탈출을 할 수 있도록 공간을 만들기 위해서였다.

하지만 이미 천장이 절반쯤 무너진 상태라 석주는 비스듬하게 설 수밖에 없었다. 용악산은 공력을 최대한 끌어올려 석주가 무너지지 않도록 버텨야 했다.

모순되게도 그 순간 희미한 북소리가 들렸다.

두둥……!

시간이 모두 끝났음을 알리는 마지막 북소리가 울리기 시작한 것이다. 북소리가 여섯 번째 울리는 순간 창룡전의 삼차 관문도 끝이 난다.

"아직 늦지 않았네. 지금이라도 저들을 포기하고 뛰어 간다면 삼차 관문을 통과할 수 있어!"

독행천괴가 용악산을 보며 안타까운 마음으로 말했다.

"먼저 가시오!"

"겨우 몇 사람을 살리려다 자네와 사형제들 모두가 죽을 수도 있네. 설사 저들이 죽는다 해도 자네 탓이 아닐세! 빌어먹을 무림맹주의 탓이지!"

"과거의 나였다면 그랬을 것이오. 하지만 지금은 아니오!"

용악산은 말을 하면서도 계속해서 옆으로 쓰러져 가는 석주를 세우기 위해 안간힘을 썼다. 채홍만과 용악산 모두 거대한 자연의 힘에 정면으로 저항하고 있었던 것이다.

"젠장, 정말 빌어먹을 고집이로군!"

독행천괴는 한바탕 욕지거리를 하더니 고립된 사람들이 있는 곳으로 신형을 날렸다.

第十二章
흑도의 다섯 고수

天山刀客

창룡대전의 삼차 관문이 끝이 났다.

삼차 관문을 통과한 사람은 겨우 열세 명. 나머지는 모두 탈락하고 말았다. 물론 용악산 일행도 탈락했다.

구음멸관을 연 것을 두고 말들이 많았지만 다행히 사상자가 생겨나지 않아 문제가 확대되지는 않았다.

오히려 창룡전의 관문이라면 그 정도는 되어야 하지 않겠냐는 의견이 대세를 이루었다. 이는 통과한 제자를 둔 사문의 입김이 대단하다는 또 다른 반증이기도 했다.

용악산을 비롯한 금룡관의 제자들이 동혈 속에서 보인 신위에 대해서는 별다른 소문이 돌지 않았다. 후기지수들의 경쟁심이 다른 사람들을 추켜세우는데 인색했기 때문이었다.

그나마 고립된 사람들을 통해 약간 알려지기는 했지만 그들은 대단한 사문을 지니고 있지도 않았고, 크게 떠벌리는 성격들도 아니었다. 무엇보다 패자들의 변명 같은 말을 귀담아 듣는 사람들이 없었다.

어쨌든 마지막 관문을 앞두고 하루의 시간이 주어졌다.

삼차 관문을 통과하지 못한 용악산 일행은 객점에서 휴식을 취하고 있었다. 이대로 쉬었다가 마지막 관문의 비무나 구경하고 항주로 돌아갈 참이었다.

"억울해요, 억울해!"

공춘보는 연거푸 술잔을 들이키며 푸념을 했다.

"잊어버리시오."

하풍달이 말했다.

"하상도 그 인간을 구출하기 위해 창룡전을 포기하다니. 그 인간만 아니었으면 마지막 관문에까지 나갈 수 있었다고."

"나갔으면 우승은 할 수 있고?"

"뭐?"

"마지막 관문은 순수한 대련이라는데 흠씬 두들겨 맞을 일 있소? 차라리 이쯤에서 떨어진 게 잘됐지."

"맞긴 누가 맞아!"

공춘보가 술지게미까지 튀기며 소리쳤다.

"알았소, 알았어. 술이나 드시오."

공춘보와 하풍달이 티격태격 하는 동안 용악산은 표자룡에게 물었다.

"아쉽느냐?"

표자룡은 대답은 않고 조용히 술잔을 비울 뿐이었다.

용악산은 누구보다도 강자들과 겨루어보고 싶어 했던 표자룡의 안타까운 마음을 알 수 있었다.

"아쉬울 것 없다. 강호를 떠나지 않는 한 강자들을 만날 기회는 얼마든지 있다."

용악산은 입가에 잔잔한 미소를 띠며 자룡에게 술을 따라주었다.

그때 저만치에서 한 사람이 다가왔다.

백발이 성성한 노인이었는데 덕지덕지 심술이 묻어나는 얼굴이었다. 그는 양해를 구하지도 않고 다짜고짜 합석을 했다.

공춘보와 하풍달이 뭐 이런 노인네가 다 있나 하는 얼굴로 째려보았다. 하지만 용악산은 아무 일 없다는 듯이 자신의 술잔을 비우고 노인에게 내밀었다.

"한잔하시겠습니까?"

노인은 술을 입안에 탁 털어 넣고는 거칠게 술잔을 내려놓으며 말했다.

"네놈 덕분에 일을 망쳤다."

"마지막 관문이 시작되지 않았으니 아직 늦지 않았지요."

"그땐 맹주가 놈을 찾아내는 건 시간문제야. 어쩌면 지금쯤 찾아냈을지도 모르지."

그제야 사람들은 이 노인네가 설인봉으로 변장했던 독행천괴라는 걸 알아차렸다.

독행천괴는 맹주와의 내기에서 질까 봐 노심초사했다. 평생을 그물에 걸리지 않는 바람처럼 홀로 강호를 주유했던 사람이다. 그런 그가 맹주에게 발목이 붙잡혀 있으니 얼마나 갑갑할 것인가.

그때 한 무리의 사람들이 객점 안으로 들어왔다.

"어라, 저것들은……."

공춘보는 새로 나타난 사람들을 향해 노골적인 반감을 드러냈다. 그들은 남궁휘와 모용광을 비롯한 창룡전의 마지막 관문에 출전할 후기지수들 중 일부였다.

주로 명가의 후기지수들이었는데 동혈 속에서는 서로 으르릉 거리더니 어느새 죽이 척척 맞는 모양이었다.

하긴 명가의 인맥은 하루아침에 무너지는 것이 아니니까.

사람들은 용악산 일행을 발견하고는 천천히 다가왔다.

그들 속에는 명가의 핏줄로 보이는 젊은 여자들도 여럿 있었다. 영웅들의 곁에 미인이 있는 법이라더니 하나같이 아름답기 짝이 없었다.

그중에 공화연이 있었다. 공춘보가 반색을 했지만 남궁휘가 곁에 있는지라 크게 내색은 못했다.

공화연은 용악산을 향해 살짝 눈인사를 했다.

"실례가 되지 않는다면 합석을 해도 좋겠소?"

남궁휘가 말했다. 저들 중에서는 그가 가장 연장자였다.

"그러시오."

곁에 서 있던 당진악이 점소이를 불러 새로 음식과 술을 가져을 것을 명했다. 점소이들이 부랴부랴 먹던 음식을 치우고 자리를 마련하는 등 부산을 떨었다. 잠시 후 대충 분위기가 정리된 후 남궁휘가 물었다.

"제 짐작이 틀리지 않는다면 여기 계신 노 선배께서는 독행… 선배시겠지요"

천괴라는 말을 덧붙이기에는 어쩐지 실례가 될 것 같았다.

"아주 썩은 눈은 아니구만."

"신비검객은 찾으셨는지요?"

"네놈이 지금 나를 놀리는 것이냐?"

"제가 어찌 무림의 대선배를 놀리겠습니까? 전 다만 걱정이 되어 말씀드린 것뿐입니다."

"흥!"

독행천괴는 남궁휘와 대화를 나누기 싫은 듯 돌아앉았다.

그때 모용광이 용악산에게 물었다.

"금룡문의 제자들이라고 하셨지요?"

"그렇습니다."

"항주에 잠룡이 웅크리고 있는 줄은 미처 몰랐소이다. 어떤 문파인지 꼭 한번 가보고 싶군요."

그래서 뭘 어쩌라는 말일까? 초대라도 해달라는 말일까?

대모용세가의 후예가, 그것도 대공자가 직접 금룡문을 찾아온다면 확실히 금룡문의 위상이 달라지긴 할 것이다. 인맥이 그 어느 곳보다 중요한 항주무림에서 모용세가와 교분을 맺는다는 것은 대단한 일이니까.

하지만 용악산은 아무런 대답을 하지 않았다.

객점 안에는 남궁휘와 모용광 등을 알아보는 사람들이 많았다. 그도 그럴 것이 수천의 군중들이 운집한 가운데 가장 먼저 구음멸관을 빠져나온 사람들이었다.

때 아닌 선남선녀들의 등장에 객점 안이 술렁거렸다.

공춘보는 자신이 받아야 할 주목을 저들에게 빼앗긴 것 같아 화가 치솟았다. 하지만 그것을 밖으로 드러낼 수는 없었다.

창룡전의 영웅들이 나타나자 객점 안의 사람들은 또다시 작은 목소리로 갑론을박을 벌였다.

창룡전의 최종 우승자가 누가 될 것인가에 대한 것이었다. 한번 터진 봇물은 걷잡을 수 없이 이어졌고 결국은 각자가 아는 선에서 무공을 말하며 가상의 대결까지 펼쳤다.

설전은 주로 모용광과 남궁휘의 대결로 압축되었다.

가령 이런 식이었다.

모용광이 모용세가의 비전도법인 참풍도(斬風刀)를 펼치면 남궁휘가 창궁무애검(蒼穹無涯劍)으로 맞설 것이다.

아니다, 창궁무애검이 오묘하기는 하지만 참풍도의 은밀함을 당할 수 없다.

참풍도가 아무리 은밀한들 남궁세가의 강기공인 천뢰기(天雷氣)를 당할 수는 없을 것이다.

남궁휘가 천뢰기를 펼치는 동시에 창궁무애검으로 검기를 떨치면 모용광은 당해낼 재간이 없다 등등.

그중에 당진악, 운룡, 황보충 등을 비롯한 형산, 종남, 공동의 후기지수들 이름도 간간이 흘러나왔지만 역시나 최대의 관심사는 남궁휘와 모용광의 대결이었다.

그러나 그것보다 더 사람들의 관심을 끈 것이 있었으니 신비검객의 행방이었다. 몇 사람으로 압축된 상태라 신비검객에 대한 호기심은 극에 달했다.

삼차 관문을 통과한 십삼인 중에 신비검객이 있다 없다부터 시작해 그가 만약 있다면 제아무리 남궁휘와 모용광이라고 해도 당해낼 수 없을 거라는 것까지.

남궁휘와 모용광뿐만 아니라 그들과 함께 온 사람들은 자존심이 상하기 짝이 없었다. 그러나 누구보다도 자존심을 상하게 만드는 이들은 따로 있었다.

"쿡쿡쿡. 그래 봤자 애들 싸움이지."

"그러게 말이오. 사문에서 귀하게만 자란 친구들이 무얼 알겠소."

"경합 방식은 또 어떻고. 비무를 통해 진정한 강자를 가린다? 훗, 웃기는 소리. 피와 살점이 튀는 실전에서는 한 치의 실수로도 승패가 갈리는 법인데 말이오."

용악산을 비롯해 탁자에 합석을 한 모든 사람의 시선이 그쪽으로 쏠렸다.

객점의 구석진 곳에 앉아 있는 다섯 명의 사내였다. 하나같이 건장한 체구에 허리춤에는 칼을 찼는데 어딘지 어두운 분위기를 풍기는 자들이었다.

용악산은 그들이 낯이 익었다.

처음 객점에 온 날부터 저들은 해가 질 무렵이면 객점을 찾아와 한쪽 구석에서 조용히 술을 마셨다. 다른 사람들과 어울리지도 않고 자기들끼리 작은 목소리로 소근대며 이따금씩 은전을 주고받기도 했다.

오늘도 그랬다. 은자가 두둑이 들어 보이는 전낭이 사람들 사이에서 오갔다.

돈을 받은 사람은 얼굴에서 웃음기를 감추지 못했고, 반대로 준 사람들은 썩은 호박처럼 일그러졌다.

그들의 대화가 계속되었다. 작게 속삭이는데다 사람들이 떠드는 소리에 묻혔지만 용악산은 또렷이 들을 수 있었다. 합석을 한 다른 사람들도 마찬가지였다.

"만약에 말이야. 창룡전의 마지막 관문에 도전하는 후기지수들이 묘왕전(墓王戰)에 참가를 하면 어떨까?"

용악산은 속으로 상당히 놀랐다.

창룡전이 열리는 와중에 또 다른 무림대회라도 열린단 말인가? 도대체 어디서? 왜? 무엇 때문에?

무덤의 왕을 가른다니. 이름부터가 어두운 느낌을 주는 묘왕전이라는 말이 강한 호기심을 자극했다.

곁을 돌아보니 남궁휘를 비롯한 다른 사람들도 잔뜩 흥분한 것 같았다.

사내들의 대화가 계속되었다.

그건 소리가 나는 대화라기보다 시선의 교환이었고 조소였다.

동시에 서로를 쳐다보더니 '훗' 하고 웃음을 터뜨렸기 때문이었다.

"방금 그 웃음, 무슨 의미지?"

어느새 그들의 곁으로 다가간 황보충이 물었다.

황보충의 전신에서 범상치 않은 살기가 느껴지는지라 객점 안이 일시에 싸늘하게 식었다. 사내들은 소리도 없이 갑자기 나타난 황보충으로 인해 상당히 놀란 얼굴들이었다.

"말해봐, 웃음의 의미가 무엇이냐고."

황보충이 재차 추궁했다.

"아무것도 아니오."

사내들 중 가장 우두머리로 보이는 자가 술잔을 입으로 가져가며 말했다. 그의 모습 어디에서도 황보충을 두려워하는 기색은 없었다.

쾅! 우르르르르……!

언제 뽑아 들었는지 황보충의 검이 탁자를 내려쳤다.

천둥소리가 들린 것은 그 후였다.

탁자가 산산조각이 났고 술과 음식들이 바닥으로 쏟아졌다.

놀란 다섯 사내가 반사적으로 일어나며 다섯 개의 기괴한 병장기를 뽑아 들었다. 눈 깜짝 할 사이에 각각의 방위를 점하며 황보충을 에워쌌다.

천살미혼진(天殺迷魂陣)!

흑도의 악명 높은 검진 중 하나였다. 평범한 사람들이 아닌 것이다. 놀란 황보충이 순간 한 발을 뒤로 빼면서 검을 수평으로 뉘었다.

삐쩍 마른 사내가 벼룩처럼 튀어 올라 핏빛이 감도는 쇠뭉치로 황보충의 머리를 부수었다. 무림인들은 이걸 혈저(血杵)라고 부른다.

"갈!"

까앙!

불꽃이 튀며 황보충이 두 걸음이나 물러났다.

다섯 사내는 일초식의 여유도 주지 않고 황보충을 겁박했다.

자줏빛 도끼와 쇠못이 박힌 낭아봉과 날카로운 마디를 가진 청동곤이 각각 발목과 허리와 목을 노렸다. 초승달 모양의 갈고리가 달린 호수구(護手鉤)와 톱니가 달린 겸(鎌)이 앞과 뒤에서 동시에 가슴과 등을 찍었다.

황보충의 신형이 돌풍을 일으키며 검이 천변만화(千變萬化)를 일으켰다. 우레의 기운을 담은 검이 순식간에 십여 개로 늘어난 것이다.

"태산십팔반검(泰山十八盤劍)!"

장내의 누군가가 비명 같은 탄성을 내질렀다. 군중들의 관심사에서 남궁휘를 비롯해 모용광에게도 밀린 황보충이 공력을 극한으로 끌어올려 숨기고 있던 삼 할의 실력마저 모두 드러낸 것이다.

그러나 다섯 사내를 감당하기엔 벅찼다.

따다다다당!

귓청을 때리는 금속음과 함께 한 사내의 겸이 황보충의 어깨를 찍었기 때문이었다.

그 순간.

펑! 펑!

두 줄기 육중한 장력과 함께 다섯 사람의 검진이 부서졌다.

중심을 잃고 물러난 다섯 사람의 사이에 모용광과 남궁휘가 서 있었다. 황보충의 어깨는 이미 붉은 선혈로 물들고 있었다.

치명적인 부상은 아니었지만 수치스러움이 부상보다 더 괴로웠다. 네 명의 사내가 다시 공격을 하려는데 우두머리인 듯한 자가 말렸다.

"대형!"

마른 사내가 우두머리를 불렀다.

"물러서라!"

사내들이 물러섰고 대형으로 불린 자가 앞으로 나섰다.

그는 초승달의 모양의 갈고리가 달린 호수구를 들고 있었다.

황보충의 어깨에 상처를 낸 주인이었다.

그가 말했다.

"이쯤에서 서로 물러나는 것이 어떻겠소?"

"황보세가의 혈족에게 피를 보이게 하고 물러나라?"

남궁휘가 말했다.

"공격은 그쪽에서 먼저 했소. 본 사람들이 많으니 딴 소리는 안 하겠지?"

"명예에 죽고 사는 무인을 비웃은 건 그쪽이 먼저 아닌가?"

"후훗. 없는 데선 나라님도 욕하는 법이오."

"불행하게도 우리는 여기 있었고, 당신들이 나누는 대화를 똑똑히 들었지."

"남궁휘, 우리는 당신들이 두려워서 공격을 멈춘 게 아니오."

"우리가 사문이라는 뒷배를 믿고 함부로 설친다는 뜻이오?"

"후후, 점점 얘기가 꼬이는 군. 어찌 됐든 그대들이 덤빈다고 해도 우리를 꺾을 수는 없을 것이오. 하니, 이쯤에서 피차 양보를 하는 것이 어떻겠소?"

"당신들은 누구요?"

대답은 뒤에서 남궁휘의 뒤에서 들려왔다.

"신도오절(神道五絶)! 한동안 보이질 않는데 했더니 묘왕전을 기웃거리고 있었군."

말을 한 사람은 독행천괴였다.

신도오절은 자칭 귀신의 도를 추구한다는 다섯 명의 흑도고수로 각각 혈저, 대부, 낭아봉, 호수구, 겸으로 일절을 이루었다.

무시무시한 흑도의 고수가 등장하자 객점 안의 사람들은 마른침을 삼키느라 바빴다.

한편 남궁휘와 모용광은 저들이 생각보다 대단한 고수들이라는 것에 적지 않게 놀랐다.

호수구를 쥔 사내가 독행천괴에게 포권을 하며 말했다.

"독행 노 선배를 여기서 뵙는군요."

"나를… 아느냐?"

"아까 저 친구가 하는 얘기를 얼핏 들었습니다."

말을 하면서 사내가 남궁휘를 힐끗 가리켰다.

대단한 청력이 아닐 수 없었다. 신도오절에 이어 독행천괴까지 등장하자 사람들의 놀라움은 극에 달했다.

"제기랄, 이렇게 알아보는 사람이 많으니 맹주에게 단단히 욕을 먹겠군. 지금부터라도 더 이상 관여하지 말아야겠군."

독행천괴는 한발을 뺐다. 강호에 모습을 드러내지 않는다는 건 사고를 치지 말라는 뜻이니 잠자코 있으면 약속은 지킨다고 생각했다.

이번엔 모용광이 말했다.

"통성명도 한 셈이니 이제 우리 일을 매듭지읍시다."

"후후. 우리가 누군지 알고도 물러날 생각을 않다니. 모용광, 네놈이 정녕 간이 배 밖으로 나왔구나."

"길고 짧은 건 대봐야지 않겠소?"

남궁휘와 모용광을 비롯한 몇 사람이 뒤로 한 걸음씩 물러나며 도검을 뽑아 들었다.

하지만 사내는 오히려 호수구를 허리춤에 비껴 차며 말했다.

"네놈들 중 하나라도 죽인다면 우리는 평생 네놈들의 아비와 사부가 보낸 고수들에게 쫓기겠지. 아니꼽지만 우리는 이쯤에서 물러나겠다."

그 말은 오히려 모용광과 남궁휘를 더욱 자극했다.

결국 사문의 위세만 믿고 세상 무서운 줄 모르는 애송이라는 뜻이 아닌가.

"정녕… 그냥 보내줄 수 없는 작자들이로군."

　모용광이 살기를 끌어올렸지만 신도오절은 바람처럼 몸을
빼 창문 너머로 사라지면서 말했다.

　"하하하. 정녕 애송이가 아니라면 한 시진 후 묘왕전이 열리
는 야묘(夜墓)로 와라! 거기서 우리를 만날 수 있을 것이다. 하
하하하. 하하하하!"

　신도오절이 사라지고 난 후 객점 안이 한동안 술렁거렸다.

　묘왕전이 무엇이냐? 야묘가 무엇이냐 하는 말들이 두서없이
쏟아졌다. 하지만 아무도 묘왕전에 대해서는 아는 이가 없었
다. 야묘가 어딘지에 대해서 아는 이 또한 없었다.

　"묘왕전이 무엇입니까?"

　아직도 흥분을 가라앉히지 못한 황보충이 독행천괴에게 물
었다. 독행천괴는 세상에 기웃거리지 않은 곳이 없으니 당연
히 알 것 같아서였다. 예상대로 독행천괴는 알고 있었다.

　"아아, 묻지 말게. 사고치지 않고 근신하기로 맹주와 철석같
이 약속을 했단 말일세."

　"선배님!"

　"글쎄, 말해줄 수 없다니까. 자네들이 거기 가서 죽어나가기
라도 한다면 죄다 나를 탓할 것이 아닌가."

　"선배께서도 저희들을 애송이 취급하시는 겁니까?"

　"사실 그리 틀린 말도 아니지 뭐."

　"선배께서 대답을 해주시지 않더라도 일다경이면 알아낼
수 있습니다. 묘왕전에 참가를 하고 안 하고 역시 우리가 스스
로 판단한단 말입니다. 그러니 무슨 일이 생겨도 선배를 탓하

지 않을 테니 가르쳐 주십시오."

독행천괴는 잠시 사람들을 둘러보니 길게 한숨을 쉬며 말했다.

"휴우. 하긴 가르쳐 주는 건 내가 직접 관여한 게 아니니까."

사람들이 한 걸음씩 독행천괴의 가까이에 모여들었다.

"묘왕전은 흑도들이 생사결을 통해 진정한 실력을 가리는 검투장이라네. 무기에 제한이 없고, 참가 자격에도 제한이 없지. 규칙은 단 한 가지. 상대가 죽어야 끝이 난다는 거지. 아, 올해는 특별히 한 가지 제한이 있더군. 스물아홉 살 이하로는 받지 않는다는 것."

"그게… 무슨 뜻입니까?"

남궁휘가 물었다.

흑도들끼리 진정한 실력을 가린다면서 나이에 제한을 두는 것은 무슨 이유며, 설사 그렇다고 하더라도 서른 살도 아니고 굳이 스물아홉 살이라고 하는 것은.

"무림맹을 엿 먹이는 거지. 정파무림을 비웃는 거라는 말일세. 내 말 무슨 뜻인지 모르겠나?"

"그게 무슨……."

"쯧쯧쯧. 답답하군, 답답해. 무림맹에서 주최하는 창룡전은 강호 최대의 무림대회일세. 하지만 그래 봤자 반쪽짜리 우승이다, 이 말이지. 이래도 내 말 무슨 뜻인지 모르겠어? 모른다면 평생 모르고 살게."

독행천괴는 짜증난다는 듯이 신도오절이 먹다가 남긴 술병을 들어 목구멍에 들이부었다.

용악산은 독행천괴의 말을 이해할 수 있었다.

간단히 말해 창룡전의 우승자가 강호 최강의 후기지수는 아니라는 것이다. 거기엔 마도의 후기지수가 빠졌고, 흑도의 후기지수가 빠졌다.

참가 자격에 제한이 없다지만 사실상 반쪽짜리 승부인 것이다.

반면에 묘왕전은 참가 자격에 제한이 없었다. 정파는 물론 사마외도들까지 참가할 수 있는 것이다.

여기서 간과해선 안 될 게 하나 있다.

대저 사공이니 마공이니 하는 것들은 수련 과정이 사악하고 반인륜적인 반면 단기간의 성취가 높다. 정공의 경우 젊은 날의 성취는 느리지만 세월이 흐를수록 심오함이 깊어진다.

이는 결국 정파의 후기지수들보다 사마외도의 후기지수들의 무공이 더욱 강할 가능성이 높다는 뜻.

"그곳이 어딥니까!"

황보충의 목소리에는 분노가 가득했다.

"가려고?"

"설마 절 더러 사문의 뒷배를 믿고 설치는 애송이라는 말을 듣고도 참으라는 말씀은 아니시겠지요?"

"내 진심으로 충고하건대 거긴 기웃거리지 말게. 흑도들 중에는 상상을 초월하는 괴물들이 많다네. 묘왕전은 그런 자들이 우글거리지."

"선배!"

황보충이 거듭 청을 했다. 남궁휘와 모용광 역시 이미 결심을 굳힌 듯했다. 그럴 만도 했다. 신도오절이 이들의 자긍심을 너무나 쉽게 무너뜨려 버렸다.

단지 몇 마디 말 때문이 아니었다.

신도오절은 자신들과 비슷하거나 아니면 두서너 살 위로 보였다. 결국 비슷한 연배라는 말인데 조금 전 몇 수를 겨루어보았을 때 그들은 결코 자신들의 아래가 아니었다.

저들이 만약 흑도가 아니었다면?

그래서 창룡전에 참가를 했다면?

남궁휘 등은 저들을 꺾지 않고는 진정한 창룡전의 우승자라고 할 수 없을 것 같다는 생각이 들었다.

결정적으로 조금 전 신도오절과 공방을 나누고 대화를 나누는 걸 객점 안의 사람들이 모두 보고 들었다. 제아무리 창룡전에서 우승을 하더라도 이제는 반쪽짜리 승부라는 말을 피할 수 없게 됐다.

"휴우. 정 그렇다면 어쩔 수 없군. 야묘는 특정한 장소를 일컫는 말이 아닐세. 묘왕전이 열리는 곳이면 거기가 바로 야묘지."

"하면 어떻게 거길 갈 수 있습니까?"

"흑도들이 사용하는 흑화(黑話)를 알아야 하지."

"흑화는 어디에 있습니까?"

"쯧쯧쯧. 이러니 애송이 소리를 듣지. 흑화는 곳곳에 있네. 길거리에도, 전각의 담벼락에도, 심지어 이곳 객점 안에도 있

다네. 세상천지 사람이 있는 곳이면 어디나 흑화가 존재한다
는 말이지."

"……?"

사람들이 멀뚱멀뚱한 눈으로 독행천괴를 바라보았다.

야묘가 있는 곳으로 안내해 줄 것을 바라는 눈치였다.

독행천괴 역시 고민했다.

내로라하는 정파 후기지수들과 흑도의 고수들이 싸우면 어
떻게 될 것인가. 강호에 그런 일이 없는 것은 아니지만 이처럼
많은 사람들이 정식으로 겨루는 일은 다시없을 터였다.

'다시 볼 수 없는 재밌는 광경일 텐데… 정말 재미있을 텐데.'

용악산은 용악산대로 독행천괴의 속셈을 알아차렸다. 저 늙
은 괴물은 재밌는 일을 절대로 놓칠 물건이 아니었다. 지금도
후기지수들을 슬쩍슬쩍 자극하는 한편 못 이기는 척 정보를
꺼내주고 있지 않은가.

독행천괴는 이미 가르쳐주기로 결심을 했다. 다만 그가 자
신의 내면에 있는 또 다른 어둠의 자아를 발견하지 못했을
뿐.

"에따, 모르겠다. 같이 가세. 단! 이것 하나만은 분명히 하자
고."

"……?"

"난 단지 길 안내를 해줄 뿐, 전적으로 자네들의 자유 의사
에 따른 것이네."

"물론입니다."

독행천괴와 남궁휘 등이 우르르 사라졌다.

객점 안에 있던 구경꾼들이 따라나섰지만 독행천괴가 품속에서 피 묻은 백골구비조를 슬쩍 꺼내 보이자 다들 혼비백산해서 도망가 버리고 말았다.

사람들이 썰물처럼 빠져나가자 하풍달이 용악산의 곁으로 다가와 말했다.

"휴우. 강호엔 정말 기이한 일들이 많군요. 창룡전이 벌어지고 있는 와중에 흑도들끼리 무림대회를 열다니."

"이제는 흑도들만의 무림대회가 아니다."

"예? 아, 과연 그렇군요. 일이 재밌게 되어가는 걸요. 하하하."

하풍달이 호탕하게 웃는데도 불구하고 용악산은 잔뜩 무거운 얼굴을 하고 있었다. 하풍달은 뒤늦게 용악산이 한 말의 진의를 깨닫고 망치로 뒤통수를 얻어맞는 것 같았다.

"세상에! 창룡전의 마지막 관문이 무림맹도 모르는 사이에 묘왕전을 통해 이루어지고 있어!"

"한데, 춘보와 홍만이는 어딜 간 거냐?"

"공 사형은 여기… 어라, 방금까지 있었는데 어디 갔지? 하. 귀신같네."

*　　　*　　　*

객점에서 멀리 떨어지지 않은 무경촌의 뒷골목.

길게 뻗은 골목을 따라 양쪽으로 붉은 등이 화룡처럼 길게 늘어서 있었다. 단지 다른 사람들의 눈에 띄지 않고자 구석진 곳을 찾아왔더니 난데없이 홍등가가 펼쳐진 것이다.

두 명의 장한이 저만치 구석진 골목에서 홍등의 아스라한 불빛 아래에 쭈그리고 앉아 있었다.

"대사형도 있는데서 자꾸 옆구리를 찌르면 날 더러 어쩌자는 거야! 앙!"

"다음 편이 너무 궁금해서 견딜 수가 있어야지요."

공춘보의 역정에 채홍만은 뒤통수를 긁적긁적했다. 얼굴은 미안해 죽겠다는 표정이었다.

"아무리 그래도 그렇지. 때가되면 내가 어련히 알아서……."

공춘보의 말은 채홍만의 눈동자가 슬그머니 치켜떠지는 순간 멈췄다.

"험험. 그래서 어디까지 읽어 줬더라?"

"거기 제가 접어놨잖아요."

공춘보는 헛기침을 한번 하고는 천천히 손에 든 서책을 읽기 시작했다.

친구의 누나는 부모님들이 모두 외출을 했다며 나에게 놀다 가라고 했다. 그리곤 덥다며 얇은 적삼을 훌렁훌렁 벗어젖히더니 내 손을 잡아… 내 손을 잡아… 꿀꺽!

"에잇. 도저히 못 읽겠다!"

공춘보는 춘서를 읽다 말고 바닥에 내팽개쳤다. 한참 상기되어 침을 꼴깍꼴깍 삼키고 있던 홍만이 목소리를 착 깔면서 물었다.

"왜 만날 뭘 좀 하려고 하면 멈춥니까?"

"아무리 사내들끼리라도 그렇지. 이거 원 민망해서."

"그럼 어쩌자고요."

"휴우. 은자 열 냥만 있으면 한 방에 해결하는 건데."

그때 공춘보의 눈에 맞은 편 담벼락에 그려진 이상한 낙서가 들어왔다. 철모르는 아이들이 숯검정으로 대충 찍찍 갈긴 것 같지만 그건 분명 흑화였다.

흑도들끼리 은밀히 주고받는 암호.

지방마다, 파벌마다 약간씩 변형되기도 하지만 근본 원리는 똑같았다. 마치 지방마다 사투리가 있지만 아주 못 알아듣는 것은 아닌 것처럼.

흑화 속에는 온갖 정보가 들어 있었다.

하남에 유명한 흑도의 고수가 나타났다는 소식부터 어느 단체와 어느 단체가 싸웠다는 얘기들까지. 그중에서 공춘보의 눈길을 끈 건은 어떤 도박장에 대한 것이었다.

"묘왕전(墓王戰)?"

들어본 적이 있다.

절강의 도박장을 전전하던 시절 한 도박꾼으로부터 하남 땅 어딘가에서 열린다는 흑도들의 도박장에 대한 얘기를 들은 것이다.

그가 한 말에 따르면 모처에서 매월 보름달이 뜨는 밤이면 무인들이 생사결(生死決)을 펼치는데 그걸 보고 몰려든 사람들이 돈은 건다는 것이다.

공춘보는 몸을 쓰윽 일으켜 담벼락에 다가갔다.

그리고 깜짝 놀랐다.

"뜨헙! 시, 시, 십만 냥!"

은자 십만 냥이면 하남 최고의 미인들 수십 명을 한꺼번에 데리고 몇 달을 탱자탱자할 수 있는 액수다.

저거 한 방이면 채홍만의 정력을 감당하다 못해 아예 고갈을 시켜버릴 수도 있을 것이다. 더불어 자신도 좀 어떻게……

'으흐흐흐.'

공춘보의 얼굴에 음충맞은 웃음이 흘렀다.

하지만 그는 얼른 표정을 바꾸고 획 돌아서며 물었다.

"홍만아! 너 돈 좀 벌어보지 않으련?"

『천산도객』 3권 끝

共同傳人
공동전인

설경구 新무협 판타지 소설

마교를 재건하라.

혈미옥에 갇히며 마교 장로들의 공동전인이 된 사무진에게 주어진 과제.
역사상 가장 착한 마교의 교주.
하지만 역사상 가장 강한 마교의 교주가 되고 싶다.

고정관념을 버려요.

마교도라고 해서 꼭 나쁜 놈일 필요는 없잖아요.

지금까지와는 다른 마교.

이제 사무진이 만들어가는 새로운 마교가 모습을 드러낸다.

설봉 新무협 판타지 소설

환희밀공

무유 칠덕(武有七德), 금폭(禁暴), 집병(戢兵), 보대(保大),
정공(定功), 안민(安民), 화중(和衆), 풍재(豊財), 자야(者也).
〈좌전(左傳), 선공 십이년(宣公 十二年)〉

무에는 일곱 가지 덕이 있다.
첫째, 난폭을 금지한다. 둘째, 무기를 거두어들인다. 셋째, 큰 나라를 보전한다.
넷째, 공적을 정한다. 다섯째, 백성을 편안하게 한다. 여섯째, 대중을 화합하게 한다.
일곱째, 물자를 풍부하게 한다.

섬서성(陝西省) 육반산(六盤山)에 신력(神力)을 바탕으로
패공(覇功)을 구사하는 가문(家門), 육반루가(六盤婁家).
세상에게 외면받고 멸시당하는 환희교(歡喜敎).
육반루가의 후손과 환희교 교주의 운명적인 만남.

"넌 환희교를 지키는 수문장(守門將)이 될 거야.
강하게, 아주 강하게 키워주마."
'아버지처럼 죽지 않을 거야. 아무도 날 죽일 수 없어.
세상에서 최고로 강한 사람이 될 거야.'

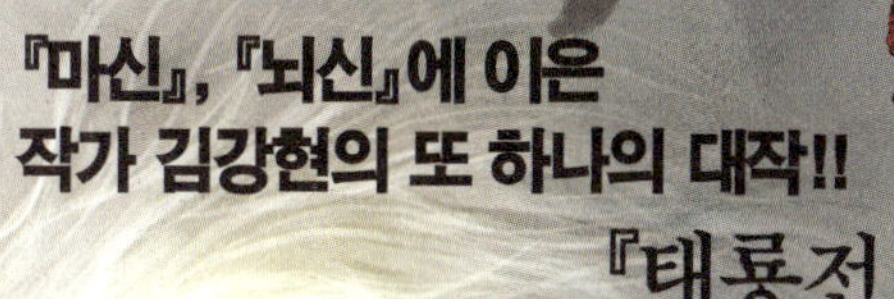

『마신』, 『뇌신』에 이은
작가 김강현의 또 하나의 대작!!
『태룡전』

김강현
新무협 판타지 소설

내가 이곳 미고현에 위치한 천망칠십오대에
온 지도 벌써 두 달이 넘었거든.
그런데 아직도 이해하지 못한 일이 하나 있어.
그게 뭐냐고? 우리 대주 말이야.
우리 대주님이 가장 좋아하는 게 뭔지 아나?
바로 침상에서 좌우로 데굴데굴 굴러다니는 거야.
그다음으로 좋아하는 게 그렇게 뒹굴다 잠드는 거고…….
나려타곤(懶驢打滾)!
더도 덜도 아닌 딱 우리 대주님을 지칭하는 말일세.

천망칠십오대 대주 단유강!!
격동의 무림은 그에게 휴식을 허락하지 않는다.
단유강, 그의 일보가 천하를 떨쳐 울린다!